대형 설서린

대형 설서린 5

설봉 新무협 판타지 소설

초판 1쇄 찍은 날 § 2003년 9월 25일
초판 1쇄 펴낸 날 § 2003년 10월 5일

지은이 § 설봉
펴낸이 § 서경석

편집장 § 문혜영
편집 § 장상수 · 권민정 · 유경화
마케팅 § 정필 · 강양원 · 이선구 · 김규진 · 홍현경

펴낸곳 § 도서출판 청어람
등록번호 § 제1081-1-89호
등록일자 § 1999. 5. 31
어람번호 § 제2-0261호

주소 § 경기도 부천시 원미구 심곡1동 350-1 남성B/D 3F (우) 420-011
전화 § 032-656-4452 팩스 § 032-656-4453
http://www.chungeoram.com
E-mail § eoram99@chollian.net

© 설봉, 2003

값 8,000원

ISBN 89-5505-831-4 04810
ISBN 89-5505-684-2 (SET)

대형 설서린

❀ 설봉 新무협 판타지 소설

5

비상편(飛翔篇)

도서출판
청어람

第二十九章

혈야(血夜)

1

혈야(血夜)

산마루에 황금빛 아침 안개가 물결쳤다.

귀주사괴와 엽수낭랑 등은 밤이 새도록 주변을 헤집고 다녔지만 독사의 흔적은 어디에도 없었다.

"이상하네, 이상해. 이럴 리가 없는데……."

신령은 같은 소리만 반복했다.

진취는 잔뜩 콧잔등만 찡그린 채 말을 잊었다. 광안은 좁은 눈을 더욱 가늘게 떴지만 그 역시 말을 잊기는 마찬가지다.

모두 말을 잊었고 움직임도 잊었다.

"카악! 퉤! 소리가 죽었는데…… 빌어먹을! 염병할! 중원 천지 안 가본 곳 없이 싸돌아다녔지만 이렇게 정나미 떨어지는 곳은 처음이네. 우리가 혹시 지옥에 들어온 것 아냐?"

통음이 가래침을 뱉어내며 말했다.

못 볼 것을 본 듯 몸을 부르르 떨기도 했다. 그러나 그러는 가운데도 그의 귀는 바람에 흩날리는 갈대처럼 부지런히 움직였다.

현문 고수에게 납치되다시피 끌려와 이상한 싸움에 휘말린 것부터가 마음에 들지 않는다. 하물며 그들의 무공으로는 발꿈치도 따라가지 못할 도왕을 적으로 돌려세웠으니, 앞으로 무림행이 결코 순탄하지 않으리란 것은 불을 보듯 뻔하다.

거기까지는 그런대로 참을 만하다.

독사를 찾아 나선 길은 천지자연의 오묘한 순리가 깃들어진 곳을 더 들어가는 것이 아니라 지옥의 불길 속을 본인 스스로 헤집고 들어선 기분이 든다.

나무는 있다. 바위도 있고 흙도 있다. 하늘도 보이고 물소리도 들린다.

그런데 생물이 살지 않는다.

작은 동물들의 움직임은 고사하고, 통음을 밤낮으로 속 썩이던 새소리마저 들리지 않는다.

죽음의 땅.

그들이 서 있는 땅은 그런 곳이다.

"멸혼촌은 작은 곳이야. 독사가 움직였다고 해도 많이 움직이지는 않았을 거야. 도왕과 부딪쳤다면…… 틀림없이 근방에 있을 텐데."

섭혼살호가 중얼거렸다.

그도 적잖이 실망한 표정이 역력했다. 그래도 귀주사괴라는 기이한 자들의 능력을 조금은 믿었는데, 이건 숫제 자신이 멸혼촌 주위를 이 잡듯 뒤지는 것만 못하지 않은가.

귀주사괴는 아무런 흔적도 찾아내지 못하고 있다.

신령은 귀신 씨나락 까먹는 소리만 중얼거리고 있고 진취, 광안, 통음은 버릇처럼 얼굴 근육을 씰룩거린다.

섭혼살호의 마음에 들 리가 없다. 만약 엽수낭랑이 암암리에 눈짓을 보내오지 않았다면 벌써 쓴 소리 한마디쯤은 했을 게다.

"시(屍)… 기(氣)도 없소?"

진취가 섭혼살호의 눈치를 살피며 말했다.

시기가 무엇인가. 죽음의 기운이지 않은가. 그것은 독사가 죽었다는 것을 의미하니, 섭혼살호와 독사의 인연이 범상치 않다면 주먹 한 대는 맞을 소리다.

안다. 알지만 하도 답답해서 물어본 소리다.

뜻밖에도 섭혼살호는 아무 소리도 하지 않았다.

'휴우! 이거 말 한마디 하기가 이렇게 힘들어서야. 이런 마두가 아직도 죽지 않고 살아 있다니…… 저 몰골 하며…… 불길하다는 소리만 중얼거리더니 정말 불길한 곳이야.'

신령의 예감은 한 번도 틀린 적이 없다. 제발 이번만은 비켜가기를 바래도 '불길하다' 는 소리가 터지면 여지없이 불행이 다가선다.

이번 불행은 무엇일까.

도왕의 손길에서 무사히 벗어났으니 도왕을 적으로 돌린 것은 아닐 것이고…… 이놈들… 사람 같지 않은 작자들을 만난 것이 불행일까? 아니면 독사를 찾아 나선 것?

그때 진취의 후각에 이상한 냄새가 걸려들었다.

세상에 존재하는 모든 냄새를 맡아봤다고 자부하는 그였지만 그의 콧속으로 면면히 흘러드는 냄새만은 생전 처음 맡아보는 기이한 냄새였다.

'향긋한데? 여인의 분 냄새? 아닌데? 저 여자는 분을 바르지 않았는데? 사향(麝香)을 지닌 것도 아니고…… 이런! 내가 맡아보지 못한 분도 있었나?'

진취는 냄새가 흘러오는 곳으로 고개를 돌렸다.

새벽이 머리 위를 지나가고 있지만 숲 속은 어두컴컴하기만 하다.

그곳…… 늑대의 아가리처럼 시커먼 어둠에 물들어 있는 수림 속에서 분 내음이 흘러나오고 있다.

'다른 여자가 있군. 이런 지옥 같은 곳에서 분까지 바른 여자라…… 좋지 않아. 이런 곳에서 잠시라도 머문다면 분을 바를 여유는 없을 테고…… 외지에서 온 여자군. 그렇다면 무인이야!'

당연한 생각이다. 평범한 여자라면 절대 이런 오지에 발을 들여놓을 리가 없다.

진취는 습관적으로 두 손을 들어 올려 코를 감쌌다.

진취의 행동을 지켜보던 신령의 눈가에 광채가 어렸다. 통음은 더욱 귀를 쫑긋거리며 슬그머니 한 발을 내디뎠고, 광안도 더욱 눈을 좁히며 작은 움직임을 보였다.

잔심마도는 위기를 직감했다.

지금까지 귀주사괴와 행동을 같이하면서 터득한 직감 중에 하나가 바로 이것이다.

귀주사괴가 서로 등을 맞대는 경우는 오직 하나뿐이다.

위기!

귀주사괴는 넷 중 한 명이라도 위기를 느끼면 독특한 표현으로 경고를 발하고, 넷은 최후의 발악이라도 하겠다는 듯 슬그머니 움직여 둥그렇게 모여든다.

이들은 좋은 일은 목청을 높이지만 나쁜 일이다 싶으면 절대 음성을 토해내지 않는다.

잔심마도도 걸음을 떼어 귀주사괴와 합쳤다.

귀주사괴에게 무슨 일인지 물어볼 필요는 없다. 이럴 경우 그가 할 수 있는 모든 행동은 전방에서 다가올 사람을 경계하는 일뿐이다.

진취는 다시 한 번 숨을 크게 들이쉬었다.

'분 냄새, 무인…… 좋아.'

진취는 처음 맡은 냄새에 호기심이 치밀었다. 오기도 치밀었다. 세상의 모든 냄새를 안다던 자부심이 무너진 데서 치민 오기다.

분은 가루분, 고형분(固形粉), 연백분(煉白粉), 유성분(油性粉)으로 나눌 수 있다.

여인이 가루분을 사용했다면 연석(鉛錫), 활석(滑石), 백토(白土), 황토(黃土) 혹은 조개껍질을 태워 빻은 분말 냄새가 나야 한다. 점결액(粘結液) 냄새가 가미되어 있으면 고형분이요, 벌꿀이나 지방 냄새가 버무려져 있으면 연백분이다. 밀랍(蜜蠟) 냄새가 난다면 유성분이고…….

진취는 차분하게 분 냄새를 쪼개 나갔다.

서둘 필요는 없다. 여인은 자신이 발각당한 줄도 모르고 움직일 생각을 하지 않고 있다. 냄새의 진원지가 흔들리지 않고 있으니 당분간 움직일 생각이 없는 것은 틀림없다.

분 냄새를 파악하면서 또 다른 냄새도 맡아내야 한다.

여인이 혼자만의 몸이라면 섭혼살호도 있고 신검서생도 있으니 겁낼 것이 없다. 그러나 절대 혼자일 리 없다. 혼자라면… 도왕이나 일수일살 같은 고수들이 득실거리는 곳에 혼자 왔다면…… 섭혼살호조차 무시할 수 없는 고수가 틀림없다.

우선은 동조자가 있다 생각하고 냄새를 파악해 내야 한다.

광안과 통음도 가만히 있지 않았다. 그들은 진취가 냄새 맡는 방향을 파악해 내고는 눈과 귀를 모았다.

"불길해……."

신령이 재미없는 소리를 했다.

광안과 통음이 아무 소리도 하지 않는 것 역시 불길했다. 지금쯤이면 무엇인가를 보아야 옳고, 하다못해 개미 기어가는 소리 정도는 들었어야 한다.

'미치겠네. 이게 도대체 무슨 냄새지?'

여인의 분 냄새인 것만은 확실한데 무슨 냄새인지 구분해 낼 수가 없다. 분꽃 가루 냄새가 배어 있는 것 같으면서도 아니다. 꿀 냄새가 섞여 있는 것 같은데 아니다.

어둠 속에서 흘러나오는 냄새는 진취가 파악할 수 없는 신비로운 냄새였다.

'빌어먹을! 오늘로서 세상 모든 냄새를 안다는 말은 접어야겠군. 큭! 그래도 조금은 덜 억울하네. 보아하니 광안은 아무것도 보지 못했고, 통음은 아무 소리도 듣지 못한 것 같으니…… 뭐야, 그럼? 귀주사괴가 망한 건가?'

달콤하고, 청량하며, 은은한 향기…….

진취는 입을 열어 자신이 맡은 냄새를 말하기 전에 다시 한 번 크게 숨을 들이켰다. 냄새를 세분화하려던 노력을 포기하고 냄새 자체를 음미해 보고 싶어서였다. 그런데,

'헉!'

진취는 너무 놀라 하마터면 헛바람을 토해낼 뻔했다.

'이건 비린내……!'

너무 익숙한 냄새가 분 냄새에 섞여 나온다.

피 냄새는 어떤 냄새보다도 강렬해서 모든 냄새를 죽이는 법인데 이번에는 상황이 반대다. 분 냄새가 너무 강렬해서 오히려 피 냄새를 죽였다.

아무리 그래도 그렇지 지금까지 피 냄새를 맡지 못했다는 게 말이 되는가.

"피! 피야!"

진취가 입을 열었다.

상대가 여인이든 아니든 상관없다. 분 냄새를 흘리고 있는 상대가 누구든 간에 피를 흘리고 있다는 사실만은 확실하다.

"무슨 소린가?"

지금까지 하는 양을 지켜보고 있던 섭혼살호가 되물었다.

진취는 대답 대신 손을 들어 냄새가 흘러나오는 곳을 가리켰다. 순간 엽수낭랑의 신형이 비조처럼 날아올랐다.

"아!"

진취는 또 한 번 곤욕감에 빠졌다. 이번 곤욕은 분 냄새를 맡았을 때보다 더욱 지독해서 정신을 수습하지 못할 정도였다.

독사가 피를 흘리며 쓰러져 있다.

핏물 속에 몸을 담그고 있다고 생각해도 좋을 만큼 주변은 피로 흥건했다.

이 정도로 피를 흘렸다면 단번에 냄새를 맡았어야 한다.

'피 냄새에 분 냄새가 섞여 있어. 이런 일이……!'

분 냄새의 진원지를 파악해 냈다. 피다. 피에서 분 냄새가 흘러나오고 있다. 지독한 비린내 대신 향긋한 분 냄새를 흘리고 있다. 그것이 그를 더욱 곤혹스럽게 만들었다.

시신이 썩는 냄새를 제거하기 위해 일종의 향이나 가루분을 사용하는 경우가 있다. 그것도 일반적으로 사용하는 것은 아니고 부잣집에서나 쓰는 것이지만.

진취는 시취제거분(尸臭除去粉)이라고 일컬어지는 그런 종류의 냄새를 거의 백여 가지나 기억하고 있다. 그러나 그중에 지금처럼 굳어 있지 않은, 선홍색 핏물 냄새까지 완벽하게 죽이는 향 내음은 기억에 없다.

한 가지를 보면 열을 안다고 했다.

진취는 냄새 한 가지만으로 독사에게 살수를 전개한 자의 고명함을 읽을 수 있었다. 흉수는 도왕이나 일수일살처럼 강하면서도 훨씬 치밀한 자다.

'누군지 지독한 자를 적으로 두었군.'

진취는 고개를 설레설레 흔들었다.

신령, 광안, 통음의 안색도 어두워졌다. 그들 역시 진취의 마음속을 환히 꿰뚫어 보고 있었기 때문에.

신검서생, 섭혼살호는 그들과는 다른 이유로 안색이 어두웠다.

"이런!"

"만무타배! 이놈의 자식이!"

섭혼살호의 말에서 흉수의 별호가 만무타배라는 것을 짐작해 냈다.

엽수낭랑은 뜻밖에도 차분했다. 독사를 찾기 위해 부리나케 신형을 움직일 때와는 전혀 달랐다. 어찌 보면 살얼음이 풀풀 피어날 만큼 차가웠다.

'대단한 여자야. 여느 여인네 같으면 우선 시신을 부둥켜안고 통곡부터 터뜨릴 텐데…… 그럴 만한 관계가 아니라면 살았나 죽었나 확인부터 할 텐데.'

엽수낭랑은 옷을 찢고 상처부터 살폈다. 상리(常理)라면 맥부터 짚어보는 것이 당연한데, 그녀는 마치 시신을 점검이라도 하듯 조심스런 손길로 피가 흘러나온 부분부터 살폈다.

그녀의 싸늘함 앞에 신검서생도 섭혼살호도 독사의 몸에 손을 대지 못했다.

"등 뒤에서 검을 맞았어. 쇄골 옆을 뚫어서 심장을 관통시키려고 했네."

누구에게 말한 것이 아닌 혼자만의 중얼거림이다.

"아직 숨이 붙어 있소?"

섭혼살호가 물었다.

엽수낭랑은 대답하지 않았다. 그녀의 온 신경은 독사에게 집중되어 주변에 사람이 있다는 사실조차 망각한 듯했다.

그녀는 손가락으로 피를 찍어 맛을 보았다.

"고혈단(枯血丹)? 고혈단은 복용해야 효력을 발휘하는 단약(丹藥)이니, 아는 사람에게 당했네. 배신…… 불쌍한 사람."

"아!"

진취가 부지불식간 탄성을 토해냈다.

천하의 모든 냄새를 맡아보았다는 그였지만 고혈단의 냄새는 맡아볼 길이 없었고, 맡아볼 생각도 없었다.

동진(東晉)의 갈홍(葛洪)은 포박자(抱朴子)라는 책을 저술했다.

현행 전해지는 것은 내편(內篇) 이십 편, 외편(外篇) 오십 편이지만, 그가 따로 저술한 것으로 상편(上篇) 삼 편이 있다.

들리는 말로는 상편 삼 편에는 보편적인 상식으로는 받아들일 수 없는 기괴한 상약(上藥:목숨을 보존하기 위한 약)이 기재되어 있다고 한다.

만약 상편 내용이 포박자 속에 포함되었다면 포박자라는 책은 마서(魔書)로 분류되어 벌써 불태워졌을 것이라는 말들이 무성했다.

상편 삼 편에 기재된 단약 중 하나가 고혈단이다.

갈홍은 본래 도(道)란 우주의 본체로 이를 닦으면 장수를 누릴 수 있고, 신선이 되기 위해서는 선(善)을 쌓고 행실을 바르게 가지라는 말을 설파한 인물이니 단약에 '고혈단' 같은 삭막한 이름을 붙였을 리 없다.

상편 삼 편에 기재된 정확한 명칭이 무엇인지는 아무도 모른다. 하지만 무림인들에게 고혈단이라는 말은 그리 낯설지 않다.

—내공증가속성류단약(內功增加屬性類丹藥) 성공률증가백분지삼(成功率增加百分之三).

이 글귀 하나만으로도 충분히 매력적이다.

백 분지 삼이 아니라 백 분지 일이라도 내공이 증가할 수 있다면 소똥이라도 먹을 수 있다.

이런 명약에 고혈단이라는 삭막한 이름이 붙여진 것은 뒤이어지는 '인고혈단약독사(因枯血丹藥毒死)' 라는 글귀 때문이다.

피가 말라 단약독사한다.

이번에는 반대다. 백 분지 삼이 아니라 백 분지 십이라도 부작용이

거의 확실한 단약을 복용할 사람은 없다.

갈홍이 무슨 연유로 이런 단약을 세상에 내놓았는지는 포박자 상편을 읽어봐야 알겠지만, 상편 자체가 세상에서 사라져 버린 책이니 알 도리가 없다.

좌우지간 무림인들에게는 고혈단이라는 말이 취중에 우스갯소리로 흘릴 수 있는 말 중의 하나인 것만은 틀림없었다.

그것이 현세에 나타났다.

당문의 엽수낭랑 입에서 흘러나온 소리니 틀림없을 게다.

'이것이 고혈단 냄새……'

곤욕스러움이 일시에 사라졌다. 대신 진취의 콧속에 또 하나의 냄새가 각인되었다.

"빙굴로 옮겨야겠어요."

"소저, 아직 살아 있소?"

신검서생이 미간을 찌푸린 채 물었다.

겉보기에 독사의 모습은 산 자의 모습이 아니었다.

"흔들림없이 움직여야 돼요."

동문서답(東問西答). 그러나 충분한 대답.

나뭇가지를 잘라오고 옷을 벗어 들것을 만드는 데는 촌각이면 충분했다.

얼룩진 핏자국만이 방금 전까지 상처 입은 사람이 누워 있었다고 말해 주는 공지. 꾀죄죄한 몰골의 꼽추노인, 만무타배가 혀를 끌끌 차며 모습을 드러냈다.

"아무리 당가 계집애라도 고혈단은 어떻게 할 수 없지. 심장에 틀어박은 일검도 어쩔 수 없고. 쯧! 뇌천이 한 일인걸……."

만무타배는 연신 고개를 좌우로 흔들었다.

이로써 현문이 멸혼촌에 들여보낸 간세는 모두 정리되었다.

이효기는 필요가 없어져서 죽음으로 치몰았고, 독사는 조금 더 관찰할 필요가 있었으나 현문이 스스로 제거했다.

아쉽지만 어쩔 수 없는 부분이다.

만무타배는 명검 노룡검을 허리에 찼다.

원래는 독사에게 돌려주고자 들고 나온 물건이지만 이제 임자가 사라졌으니 주려야 줄 사람이 없다. 그렇다고 버리기에는 너무나 아까운 병기다. 노룡검은 만무타배같이 병기가 필요없어진 무인조차도 목구멍에서 손이 튀어나올 만큼 탐나는 병기다.

요빙의 전낭은 흩어진 핏자국 위에 던져 놓았다.

독사는 늘 요빙의 목숨이라고 일컬었지만 만무타배에게는 흔하디흔한 전낭일 뿐이다.

"네가 목숨이라고 했으니 죽어서나 가져가거라. 쯧!"

연민도 동정도 치밀지 않았다.

독사는 여느 골인들과는 달랐지만 마단의 목적을 위해서 관찰한 것뿐이지, 그와 어떤 교감이 있었던 것은 아니다. 목숨을 내놓고 사는 무림에서 어느 한순간 죽음을 맞이한다면 그것으로 그와의 모든 인연은 끝난 것이다.

전낭을 독사의 품에 찔러 넣어주지 않고 핏자국 위에 던진 것은 이곳이나 그가 간 빙굴이나 마찬가지라고 생각했기 때문이다.

죽은 자에게는 어느 곳이나 마찬가지다.

빙굴이라고 해서 그의 시신이 온전하리란 보장도 없다.

독사의 시신을 들고 빙굴로 찾아간 엽수낭랑 일행도 한 치 앞을 보지 못하는 인간들의 표본일 뿐이다.

빙굴에는 죽음이 기다리고 있다, 어느 누구도 피할 수 없는 죽음이.

"이제 이곳을 떠날 시간이 다 됐군."

골인들을 더 이상 볼 수 없다는 점은 섭섭하지 않은데, 멸혼촌을 떠난다는 데는 만감이 교차한다.

평생 목숨이 다할 때까지 똑같은 풍경, 똑같은 모습만 보게 되리라 생각했는데.

쉬익!

만무타배가 신형을 띄웠다.

마지막으로 현문에서 끌어들인 군웅들이 골인들을 깨끗하게 정리하는 모습까지 지켜봐야 한다. 그들이 깨끗이 끝내준다면 다행이지만, 만약 만에 하나라도 틈이 생긴다면 자신이 처리해야 한다.

현문에서 그렇듯이 마단에서 하는 일도 틈이 생기는 일이 생겨서는 안 되니까.

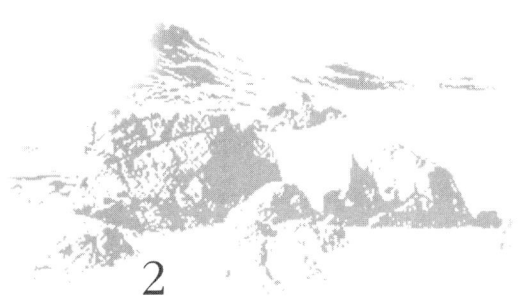

2

혈야(血夜)

구르르! 쿡쿡! 쿠쿡! 구르르……!

새소리와도 비슷하고 들고양이 소리와도 비슷한 소리가 끊임없이
울려 퍼졌다.

산에 불이라도 나서 온갖 동물이 난잡하게 움직이는 듯 동에서도,
서에서도 사방이 온통 이상한 소리로 가득했다.

지천도는 난감했다.

많은 일을 겪어왔지만 멸혼촌에서의 일이라는 것이 중원무림의 일
에 비하면 일 년 치의 일도 안 되는 조잡한 것들뿐이었다.

이번에는 정말 중원무림에서처럼 생명이 걸린 일이 벌어졌다. 그리
고 좀처럼 적합한 답을 찾아내지 못하고 있다.

"제길! 끝장났군."

누군가 중얼거렸다.

방금 전까지만 해도 요란하게 울려 퍼지던 소리들이 뚝 끊겼다. 그것은 목숨을 내걸고 밖으로 나간 골인 다섯 명이 유명을 달리했다는 소리와 동일하다.

신검서생과 섭혼살호가 빠진 골인들의 무리는 종이호랑이나 진배없었다.

골인들 중에는 무공에 일가견이 있다는 자도 있고, 삼류무인으로 전전하다가 요행을 얻고자 백비를 찾은 자도 있지만 지금은 거의 같은 처지였다. 만무타배가 마음만 먹으면 하루아침에 죽일 수 있는 벌레보다 못한 존재라는 점에서.

'대책이 없어. 허허!'

생각해 보면 기가 막혔다. 그래도 사천무림에서는 지천도라 하면 모두가 고개를 끄덕이던 검사였는데, 빙굴에 틀어박혀 적이 찾아올까 전전긍긍하는 처지가 될 줄이야.

그를 비롯한 골인들은 멸혼촌을 급습한 사람들이 누구인지 정확히 알지 못했다. 독사가 멸혼촌을 지키던 다섯 무인을 죽인 관계로 만무타배 일당과 싸움을 벌인 것으로만 추측했다.

그런데 그것이 아니었다.

만무타배 대 독사, 혹은 만무타배 일행 대 독사의 싸움 정도로만 생각했는데, 멸혼촌을 급습한 무인들의 숫자가 예상을 훨씬 넘어선다.

만무타배라면 독사 한 명을 제거하기 위해 이토록 많은 인원을 동원할 리 없다. 독사 한 명이 아니라 멸혼촌 자체를 흔적없이 지워 버린다고 해도 혼자 몸으로 충분하다.

도왕이란 자가 왜 멸혼촌에 들어왔고, 삼비마룡이란 자는 또 왜 들어왔는가.

귀주사괴의 말을 빌리면 현문에서 무려 오십여 명에 이르는 군웅들을 납치하다시피 끌고 왔다는데, 현문이 왜 그런 일을 저질렀는가. 군웅들을 데려왔다면 만무타배를 쳐야지 왜 애꿎은 멸혼촌을 급습하는가.

무엇인가 알지 못하는 일이 벌어지고 있는데, 종잡을 수가 없다.

그 일이 자신들의 목숨을 조여오는데, 반항할 방법이 생각나지 않는다.

골인들이 한 가닥 기대를 가지고 있는 것은 빙굴의 기관 장치다.

빙굴은 아는 사람이 아니면 찾아들 수 없다. 설혹 찾아온다 해도 열 수가 없다. 빙굴의 기관 장치를 누가 만들었는가. 당진도다. 당문의 후기지수였던, 몽환소에 중독되지만 않았어도 당문 문주가 되었을지 모를 당진도가 만들었다.

그것만이 유일한 저항이다.

골인들의 현재 무공으로는 도왕이란 자를 비롯한 군웅들의 상대가 되지 않는다.

지천도는 엽수낭랑 일행을 위해, 좀 더 넓게는 자신들의 안위를 위해 다섯 명의 골인을 희생시켰다.

혹여 엽수낭랑 일행이 무심히 기관 장치를 손댔다가 미지의 인물들이라도 들이닥치면…….

밖에 나가 있는 골인들은 죽음을 면치 못할 터이지만 그들의 시신은 많은 말을 해줄 것이다. 특히 엽수낭랑 일행에게 빙굴로 들어서는 것은 많은 골인들을 위험에 빠뜨리는 행위가 될 것이라는 경고를 토해줄 게다.

'허허! 내 인생이 고작 이 정도인가. 당진도…… 당신이 부럽구려.'

왜일까? 골인들을 위해 스스로 목숨을 던졌다고 해야 옳을 당진도가
부럽게 느껴지는 것은.

"불길해!"
혼잣말이 아닌 경고성의 외침은 즉각 현실로 나타났다.
목이 잘린 골인의 시신.
"지천도가 모진 결심을 했군. 지금 상태로 빙굴에 들어서는 것은 적
을 끌어들이는 거야."
섭혼살호가 죽은 골인을 쳐다보며 말했다.
그의 얼굴에 아픔이 흘렀다. 내색하지는 않았지만 아픔의 기운은 쉽
게 전달되었다.
엽수낭랑은 골인의 시신을 보는 순간 석상처럼 몸이 굳어졌다.
그녀에게 골인의 죽음은 한 인간의 죽음밖에 되지 않았다. 그 이상
도 이하도 아니었다. 하지만 골인의 죽음이 곧 독사의 죽음으로 이어
지리란 사실을 짐작하지 못할 정도로 바보는 아니었다.
엽수낭랑은 밀랍처럼 창백해진 독사의 얼굴을 쓰다듬었다.
"참 억세게도 운이 없네요. 그렇게 도움을 받기가 싫었나요?"
독사는 호흡이 끊어진 듯 숨을 쉬지 않았다. 맥도 뛰지 않았다. 육신
에서는 아무런 기운도 흘러나오지 않았다. 그 누가 봐도 죽은 자가 분
명했다.
이런 경우 대부분의 의원들은 사망 진단을 내린다.
당문은 좀 다른 견해를 가지고 있다.
극히 일부에 해당하지만 죽은 육신에서 진기가 뭉쳐 있는 것을 발견
할 경우, 회생 가능성이 있다고 본다. 어떤 연유에서든 즉사(即死)의 범

주를 벗어났다고 보는 것이다.

독사의 단전에는 진기가 뭉쳐 있다.

다른 사람들은 느꼈는지 모르겠지만, 엽수낭랑은 독사를 보는 순간 즉시 알아챘다. 손을 대볼 필요도 없었다. 빙굴에서 기연을 얻어 급상 승한 내력이 독사의 진기를 감지해 냈다.

그래서 맥을 짚어보지도 않았다. 짚을 필요조차 느끼지 않았다.

죽었으나 진기가 흩어지지 않은 상태.

당문은 이런 경우를 반인반계(半人半界)에 있다고 말한다.

한 시진 안에 손을 쓰면 살 수 있지만, 한 시진을 벗어나면 '사람에 따라 시간의 정도 차이는 있지만' 대라신선이라도 살릴 수 없다는 견 해다.

엽수낭랑은 독사를 반인반계에 있다고 보았다.

불행히도 엽수낭랑에게는 독사를 치료할 만한 방책이 없다.

일상적인 상처라면 몰라도 반인반계에 접어든 사람을 치료할 만한 침술도 지니지 못했고 영약도 없다.

그를 살릴 수 있는 유일한 길은 빙굴로 데려가는 것뿐이다.

그녀가 독사를 빙굴로 데려가려 하는 것은…… 빙굴에는 독사를 치 료해 줄지도 모를 영약이 있기 때문이다.

음경지의.

음경지의가 이미 죽은 것이나 다름없는 독사를 살릴 수 있을지 없을 지는 엽수낭랑도 확신을 갖지 못한다. 하지만 지금 이 시점에서 그녀 가 할 수 있는 최선은 독사를 빙굴로 데려가 음경지의라는 영약을 복 용시키는 방법뿐이었다.

그런데 이제 그마저도 막혔다.

독사를 살리기 위해서는 빙굴에 숨어 있는 골인들의 생명을 저당 잡혀야 한다.

　"이제는 나도 모르겠어요. 당신은 강한 사람이니까…… 혼자 알아서 하겠다는 말인가요? 그럼 알아서 하세요. 다만… 죽지만 말아요. 입버릇처럼 말했죠? 요빙의 장례를 성대하게 치러줘야 한다고. 그러기 전에는 눈을 감을 수 없다고. 눈 감지 마세요. 거짓말쟁이가 되지 않으려면 말예요."

　"휴!"

　신검서생이 나직하게 탄식을 터뜨렸다.

　백비에 올 때만 해도, 독사를 만났을 적에도, 엽수낭랑이 독사를 찾아 나설 때도 자신의 사랑이 끝났다고는 생각하지 않았다. 공평한 기회만 주어진다면 독사에게 기울어진 엽수낭랑의 마음을 되돌릴 자신도 있었다. 하지만 이제 엽수낭랑의 탄식을 들으며 기회가 영원히 사라졌다는 것을 깨달았다.

　엽수낭랑은 돌아오지 않는다.

　독사가 죽으면 엽수낭랑의 마음도 죽는다.

　하긴…… 그런 점은 벌써 간파했어야 한다. 어느 여인이 사내를 좇아 백비까지 따라올 수 있을까.

　역시 사람은 잘 봤다. 엽수낭랑을 처음 본 순간 마음을 열기만 하면 지고지순한 사랑을 받을 수 있겠다는 느낌이 들었는데…… 그런 여인이다, 엽수낭랑은.

　그때 신령이 뜻밖의 말을 했다.

　"들어가는 게 어떻겠습니까?"

　신령의 나이도 적지 않지만 이 자리에는 그보다 훨씬 연배가 높은 섭혼살호가 있다. 신령은 섭혼살호의 의사를 묻고 있는 게다.

섭혼살호가 분노를 띠며 쏘아댔다.

"이걸 보고도 그런 말을 하는 게냐! 네놈 눈에는 목 잘린 이 시신이 보이지 않는단 말이냐!"

다른 때, 다른 상황이었다면 주눅이 들 만한 말이었지만 신령은 태연했다.

"불길함의 끝은 빙굴이죠."

"또 그놈의 불길 타령……."

"진노만 하지 마시고…… 어려울 때일수록 사태를 냉정히 봐야 하지 않겠습니까?"

"네놈 따위가 감히 내게 훈계를 하는……!"

신령이 섭혼살호의 말머리를 잘랐다.

"저흰 이번 일에 우좌를 맡았죠. 일을 행하는 데 불길함이 있는지 없는지, 빠져나가는 자가 있는지 없는지 파악하는 일을 맡았다는 말입니다."

"대단한 일을 맡았군."

섭혼살호의 말투가 많이 부드러워졌다.

사실 진취가 아니었다면 독사를 찾기는 무척 어려웠을 것이다. 냄새만으로 초주검되어 쓰러져 있는 사람을 찾아낸다는 게 보통 능력은 아니다. 신령은 기이한 이들 사괴 중에서도 앞날을 예언하는 점술가의 능력을 지녔다. 그가 불길하다는 말을 하면 실제로 불길한 일이 벌어지곤 했으니 믿지 않을 수도 없고.

"소인이 보기에 도왕 일당 중에는 기관을 알 만한 자가 눈에 띄지 않더군요."

"그래서?"

"기관이 있다는 것을 알면 뭐 합니까? 사용 방법을 모르면 문을 열수 없는 것. 신속함이 문제겠죠, 얼마나 빨리 문을 열고 들어가느냐 하는."

"아뇨."

신령의 말에 반대 의견을 낸 사람은 가장 마음이 급할 엽수낭랑이었다.

"기관이란 모를 때 가치가 있는 거예요. 알면 가치가 떨어지죠. 저같으면 기관을 부숴 버리겠어요. 기관이란 서로 연결되어 움직이는 것. 어느 한쪽을 부숴 버리면 모두 정지되어 버리죠. 남은 것은 인력으로 움직일 수 없는 거대한 바윗덩어리뿐인데…… 사람의 힘이란 약간의 도구만 사용하면 태산도 움직일 수 있죠."

"하하! 소저, 넘침은 모자람보다 못하다고 했소. 소저의 생각은 소저의 지식에서 우러나온 것, 기관을 모르는 사람은 부숴 버린다는 생각조차 못할 것이오. 들어갑시다."

신검서생이 들것 한 귀퉁이를 잡으며 말을 이었다.

"무엇보다 우린 독사를 대형으로 모셨소. 대형이 죽어가는데 가만히 있는다면 동생의 도리가 아니지."

잔심마도가 재빨리 다른 한 귀퉁이를 들었다.

'하루. 하루밖에 버티지 못할 거야. 기관에 대한 지식은 없지만 이도 저도 안 된다면 부수는 걸 가장 먼저 생각하게 되지. 그러기까지 하루. 문을 열기까지는…… 잘하면 하루를 더 버틸 수 있겠군. 그럼 이틀인가? 하하!'

자신있게 말을 하던 때와는 달리 신검서생의 마음은 어둡기만 했다.

엽수낭랑도 같은 생각을 했다.

하루나 이틀이면 도왕 일행은 문을 부수고 골인들을 베고자 달려들 것이다.

일전을 불사할 수는 있다.

골인들의 무공이 빈약하다지만, 그래도 출행을 통해 숱한 격전을 치러봤으니 싸움을 피할 이유가 없다. 신검서생, 섭혼살호, 지천도, 당문삼기…… 싸울 만한 고수들도 있고.

그래도 그건 아니다. 아무리 돌려서 생각해 봐도 도왕 일행을 상대하기에는 역부족이다. 치열한 격전은 선택할 수 있지만 승산을 기대하기는 어렵다.

독사라도 멀쩡하다면…….

기관이 파훼될 것을 예상할 수 있고, 골인들이 위험에 빠질 것을 알면서 빙굴에 들어갈 수는 없다. 독사를 생각한다면 한달음에 달려가고 싶지만, 많은 사람의 목숨이 선택 하나에 좌우된다.

"저……."

엽수낭랑은 말을 하려다 말고 섭혼살호를 돌아보았다. 섭혼살호가 그녀의 옷자락 한 끝을 잡아채고 있었다.

"어차피 빙굴에서 오래 버티지도 못해. 우선 먹을 것이 없고, 생활하기에도 마땅치 않고. 동물처럼 우리에 갇혀 사는 것보다야 죽는 게 낫지. 어차피 언젠간 부딪칠 일이라면 지금 부딪치는 것도 나쁘지는 않을 테고."

섭혼살호의 눈동자가 투지로 이글거렸다.

＊　　　　＊　　　　＊

"흐흐흐! 이런 곳에 숨어 있었군."

도왕 갈운태는 기분이 좋았다.

어쩐지 이곳은 마음에 들지 않았다. 사람이라면 얼마든지 죽여줄 용의가 있지만, 사람 같지 않은 몰골을 한… 꼭 귀신처럼 생긴 작자들을 죽여야 한다는 게 마음에 들지 않았던 참이다.

그런 인간들도 존재한다는 건 처음 알았다.

"병에 걸린 것 같은데?"

"저주받은 인간들 같아."

골인들을 죽인 무인들은 상당히 께름칙한 표정들이었다.

무슨 헛소리인가 싶어 직접 시신을 접해본 도왕은 자신도 모르게 치를 떨었다.

분명히 정상적인 인간들은 아니다. 정상이라면 해골이나 다름없는 모습을 하고 있을 리도 없고, 피부 색도 먹물을 칠해놓은 듯 새까말 리가 없다.

어쩐지 현문이 직접 나서지 않더라니.

주변 풍경도 마음에 들지 않았다.

웬만한 마을이라면 닭이나 돼지 같은 가축들이 있기 마련인데, 이곳은 정말 저주받은 땅인 양 살아 있는 생물이 아무것도 없었다.

군웅들은 식량을 건포(乾脯)로 해결했다.

설사 가축이 우글거린다 해도 잡아먹을 생각은 들지 않았다. 이곳에 있는 그 어떤 것에 손만 대도 저주가 옮겨 붙을 것 같은 께름칙한 기분이 들었다.

이제 끝났다.

거대한 바위 뒤에는 정상적인 인간과 해골 같은 인간들이 뒤섞여 있으리라.

도저히 뒤섞일 수 없는 사람들이 뒤섞여 있다.

그랬다. 그들이 본 사람들은 정상적이었다. 귀주사괴와 잔심마도는 변절한 놈들이니 그렇다 치자. 계집 하나와 사내 한 놈, 그리고 들것에 실려 간 또 다른 사내 한 놈은 분명히 정상적인 인간의 모습이었다. 그러나 시종이라도 된 듯 들것을 호위하던 인간은 차마 인간이라고는 할 수 없는 괴물이었다.

괴물들의 무공이 눈여겨볼 만큼 높지 않다는 것은 천만다행이다.

검을 맞대기조차 싫은 그런 귀신들이 무공마저 높았다면 상대하기가 상당히 곤란했을 게다.

"열어!"

"후후. 벌써 시켰소."

좌좌 일수일살 장위가 대답했다.

기관은 쉽게 열리지 않았다.

괴물이 만지작거렸음 직한 곳을 열심히 두들겨 보고 눌러봐도 커다란 바위는 꼼짝도 하지 않았다.

처음에는 병이라도 옮을까 싶어서 나뭇가지로 눌러댔지만, 나중에는 손바닥으로 누르고 후려쳐도 기관을 작동시키는 열쇠는 모습을 드러내지 않았다.

"기다리는 게 좋겠습니다. 쥐새끼들이 아무리 구멍 속으로 숨어들어도 먹이를 찾으려면 밖으로 나와야 하는 법. 오래 기다리지는 않을 겁니다."

삼비마룡이 의견을 냈다.

"비위도 좋군. 이런 곳에서 먹고 자자는 말인가?"

도왕은 한시라도 빨리 일을 처리하고 이곳을 떠나고 싶었다.

"자칫 기관을 잘못 건드리기라도 하면……."

"때로는 무식한 게 상책일 때도 있는 법이지. 부숴! 그리고 자네는
지렛대를 만들어봐. 저놈을 움직이려면 보통 지렛대로는 안 될 테니까
머리 좀 쓰고. 이럴 줄 알았으면 화약이라도 준비하는 건데."

기관을 부수는 일은 일수일살에게, 지렛대를 만드는 일은 삼비마룡
에게 주어졌다.

이런 일은 망설일 이유가 없다.

강적을 상대하는 일이라면 두 번, 세 번 숙고를 거듭해야 되지만 동
굴 안에 틀어박혀 있는 자들은 손짓 몇 번으로도 나가떨어질 자들이다.

일수일살이 철추를 들고 있는 무인에게 바위를 가리키며 명했다.

"부숴."

의견을 개진했던 삼비마룡도 무인 몇 명을 데리고 큰 바위로 가서
세세히 살펴보기 시작했다.

꽝!

철추가 어른 몸집만한 바위를 부수는 소리가 지축을 흔들었다.

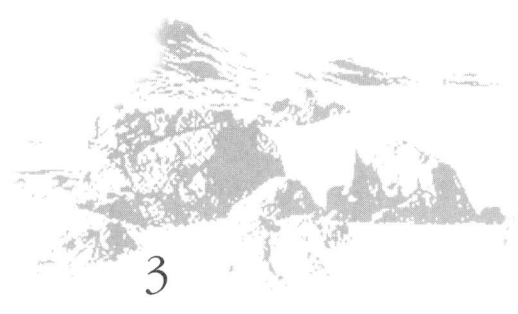

3

혈야(血夜)

타탁! 타탁! 타타탁……!

작은 불꽃이 제 목숨 소진되는 줄 모르고 타 들어갔다. 더불어서 송진에서 우러나는 상큼한 향내가 작은 동굴을 가득 메웠다.

척박한 환경에 처한 사람들에게 소나무는 많은 도움을 주었다.

솔잎, 속껍질, 솔방울, 솔씨, 송진, 솔뿌리…… 심지어 숯까지 어느 것 하나 버릴 것이 없다.

솔잎 차는 중풍을 다스린다. 솔방울 술은 신경통에 효험이 있다. 솔잎에 맺힌 이슬을 장복하면 온갖 잡병을 물리칠 수 있다. 소나무 뿌리에서 채취한 기름은 피를 맑게 하여 혈액 순환과 노화 방지에 좋다.

신농씨(神農氏)가 신농본초경(神農本草經)에서 말했듯, 소나무는 백이십 가지의 상약(上藥) 중에서도 으뜸이다.

약성은 아무래도 상관없다. 이렇게 작은 동굴을 밝혀주고 청아한 향내를 맡을 수 있는 것만으로도 소나무는 큰 도움을 주고 있다.

"삼십 장 안으로 들어섰습니다."

여인의 음성이라고는 생각할 수 없을 만큼 강퍅한 음성이 울렸다. 사내의 목쉰 음성보다도 칼칼하고 뼈마디가 뚝뚝 부러지는 듯 딱딱한 음성이다.

말하지 않아도 안다.

짧게 끊어지는 비명 소리가 급속하게 가까워지고 있다.

상대는 비명조차도 제대로 터뜨리지 못할 만큼 빠른 쾌공을 사용한다. 검으로 베었든 권각으로 쳐냈든 격타하는 순간 혼을 저승으로 떠밀어 버리는 극살(極殺)의 경지를 이룬 자다.

'요지성녀(瑤池聖女)…… 기어이……'

신음처럼 새어나려던 음성을 간신히 억눌렀다.

'세월이 적잖이 흐르는 동안 가만히 있더니 무슨 바람이 불어서……'

산들바람이든 폭풍이든 상관할 것이 못 된다. 분명한 것은 이미 살풍(殺風)이 휘몰아치고 있으며, 유심동 골인들 중 살아남을 사람은 단 한 명도 없다는 것이다.

"풋!"

얕은 웃음이 새어 나왔다.

우습다. 하늘이 무너져도 솟아날 구멍이 있다던데, 겨우 한 명… 요지성녀가 살검을 뽑았다는 사실만으로 절망을 맛봐야 한다. 혹여 살 수 있지 않을까 하는 일말의 희망조차도 기대하지 못한 채.

"컥!"

짧은 단말마가 유난히 크게 들렸다.

재촉을 듣고 잠시 생각을 더듬은 것이 촌각에 불과한데 상대는 벌써 일 장이라는 거리를 좁혔다.

'이런 식이라면……'

정말 시간이 없다. 생각을 정리하기에는 상대가 너무 빨리 다가온다.

"사시, 삼화(三火)를 데리고 떠나라."

유심동주는 최후의 순간이 다가오면 말하리라고 생각해 두었던 말을 꺼냈다.

"저희와 삼… 화입니까?"

강퍅한 음성의 여인이 사뭇 놀란 듯 되물었다.

"그래, 너희 일곱 명이다."

요지성녀의 이목을 돌리기가 쉽지 않았다. 한 달에 한 명도 아니고 일 년에 한 명도 아니고, 수년에 한 명씩, 아주 조심스럽게 산 자를 죽였다.

그렇다. 산 자를 죽였다.

산 자를 죽이기 위해서는 사활근맥단이 필요했다. 요지성녀에게서 건네받지 않고 유심동에서 스스로 만들어낸 사활근맥단이.

유심동주는 열 명분의 사활근맥단을 조금씩 떼어내어 한 명분의 사활근맥단을 만들어냈다. 오랫동안 시행착오를 반복한 끝에.

그렇게 산 자는 죽었다. 골인 열 명이 채워질 때마다 한 명씩 죽었다.

현재 유심동에 거주하는 골인은 일흔여덟 명. 하지만 요지성녀는 일흔한 명으로 알고 있다.

시신을 일흔한 개만 남겨두면 된다.

일곱 명은…… 살아서 도망갈 수 있다. 사활근맥단이 없으면 살아남지 못한다는 것을 알지만 당장은 목숨을 구할 수 있다. 단지 며칠밖에 더 살지 못하는, 아무 의미 없는 도주일지라도.

"큭!"

"커억……!"

비명 소리가 더욱 가까워지고 있다.

요지성녀의 이목을 피해 도주하려면 지금 당장 움직여야 한다. 어쩌면 너무 늦었는지도 모른다.

"늦었다. 가랏! 이곳을 빠져나간다면… 반드시 빠져나가서 백비, 그놈의 백비만이라도 부숴라. 다시는 헛소문에 현혹되어 생지옥에 굴러떨어지는 사람이 생기지 않도록."

말은 그렇게 했지만 마음속에 틀어박힌 회의(懷疑)는 좀처럼 빠져나가지 않았다. 사시는 유심동에서 가장 무공이 강한 여인들이다. 삼화는 출신 배경이 뛰어난 여인들이다. 그녀들이 힘을 합한다면 백비쯤이야 부수지 못할까 싶기도 하지만, 정작 수십 년의 세월 동안 한 명도 탈출하지 못한 절사곡을 어떻게 빠져나간단 말인가. 사활근맥단도 없이.

"동주님!"

"가라, 빨리."

사시는 잠시 머뭇거리는 듯하더니 쾌속하게 몸을 퉁겨 물러났다.

그녀들도 삶의 희망이라고는 조금치도 없는 비감 속에 살아왔다.

여인으로서의 미모는 물론이고 아이를 낳을 수 있는 여인의 기능마저 상실했다. 그런 점은 아무래도 좋다. 귀신 같은 몰골로 무엇 때문에 사는지 의미조차 찾을 수 없는 삶을 견뎌왔다.

오직 하나, 자신들을 이런 구렁텅이로 밀어 넣은 백비를 부수고 싶다는 열망 하나로.

좀 더 욕심을 부린다면 백비를 만든 흉수를 제거하고 싶지만, 그렇게까지는 하지 못할 것 같고…… 하다못해 백비만이라도 부숴 버리면 절절이 맺힌 한을 조금은 풀 수 있을 것 같아서.

휘이잉……!

서늘한 바람이 동혈 안을 맴돌다 사라졌다.

솔향을 그윽하게 풍기는 불꽃이 남은 목숨을 재촉하는 듯 파르르 떨린다.

'사시, 삼화…….'

잠시 그들을 떠올리던 유심동주는 곧 고개를 가로젓곤 그녀가 알고 있는 유일한 사내인 당진도를 떠올렸다.

독사는 자신의 말을 전해주었을까?

당진도는 독사의 말을 듣고 무슨 생각을 했을까.

독사조차도 다녀간 유심동인데, 그는 왜 오지 못하는 것일까. 하기는 다 늙은 마당에 만나서 무엇을 하겠다고. 예전의 모습도 아니고 뼈만 앙상하게 남은 몰골이니 만나도 서로 알아보지 못할지 모르지. 그래도 죽기 전에 한 번쯤은 만날 수 있을 것이라고 생각했는데.

휘익!

다시 바람이 불어왔다. 등 뒤를 촉촉이 적시는 바람은 가늘디가늘어 살갗에 묻어나는 듯하다.

'요지성녀…….'

그러고 보니 어느새 세상은 적막을 되찾았다. 어제처럼, 그제처럼…… 생기를 잃은 유심동이 잠이란 요물에게 점령당한 어느 날처럼 고요함만이 낮게 깔려 있다.

'선향(善香), 추미(鄒美)……'

유심동주는 유심동 골인들의 얼굴을 하나씩 떠올렸다.

세상에 나가면 한결같이 '해골'로 지칭될 몰골들이지만 유심동주는 그녀들을 모두 구분해 낼 수 있다.

그녀의 눈에는 아직도 그녀들이 아름답다.

유심동에 들어올 적의 아리따운 모습부터 사활근맥단에 중독되어 살가죽이 뼈에 달라붙을 때까지의 모든 과정을 모조리 지켜봤다. 그간 의 과정, 그간의 변화야말로 표현할 수 없지만 유심동주는 모두 기억하 고 있다.

"딱 일흔. 네가 마지막 남은 한 명."

골인들과는 전혀 다른, 꽃잎이 바람에 팔랑이는 듯 간드러진 음성이 다.

유심동주는 태연한 기색으로 일어나 요지성녀와 마주 섰다.

"찬이슬 밟고 오는 사람치고 좋은 사람 없다더니만 옛말이 전혀 그 르지는 않는구려."

"호호호! 그런가? 그건 그렇고… 상당히 피곤해 보이네?"

사실 유심동주는 무척 피곤했다.

하루 일과가 고됐다기보다는 동고동락(同苦同樂)을 같이했던 자매, 딸, 손녀들이 무참히 죽어가는데도 손가락 하나 움직이지 못하고 지켜 봐야만 했던 방금 전의 시간들이 그녀를 피곤하게 만들었다.

호기심에, 천하제일의 무공을 얻겠다는 허망한 욕심에, 혹은 자신처 럼 연인을 따라서…… 어떤 이유에서든 유심동에 발을 들여놓은 여인 들은 골인이 되는 비운을 벗어날 수 없고, 유심동주의 가족이 되고 말았다.

그녀들이 죽어갔다.

언젠가 이런 일이 있으리라 생각은 했지만 막상 현실로 다가오니 여간 피곤하지 않다. 처절한 비명 소리가 고막을 찢고 들어와 심장을 조금씩 갉아먹었다.

유심동주는 입가에 옅은 미소를 띠었다.

죽음은 생각하지 않는다. 복수할 수 있다고도 생각하지 않는다. 최선을 다하는 것뿐. 최선이 될지 미련한 몸부림에 지나지 않을지 모르지만.

"세월도 성녀는 비켜가는 모양이구려."

오랜만에 보는 요지성녀는 전혀 변하지 않았다.

마지막으로 그녀를 보았던 오 년 전이나 지금이나 한결같은 모습이다. 주름살 하나 없는 얼굴, 팽팽한 피부, 검은 머리카락…… 사십 대 중년 여인으로 보면 딱 좋은 모습이다.

요지성녀는 옛날에도 이런 모습이었다.

세월이 얼마나 흘렀는지 기억도 가물거리지만, 수십 년은 흘렀을 옛날에도 이렇게 젊은 모습으로 그녀 앞에 나타났다.

아니다. 당시 유심동주는 꿈 많은 소녀였고 요지성녀는 세월의 인고를 얼마쯤은 겪었을 중년 부인의 모습이었다.

일 년, 이 년…… 봄, 여름, 가을, 겨울이 수없이 되풀이되어도 요지성녀의 모습은 변하지 않았다.

이제는 오히려 요지성녀가 훨씬 젊다.

그녀는 노파가 되었는데 요지성녀는 아직도 중년 부인이다.

요지성녀가 살짝 미소를 배어 물었다. 눈가에도 웃음이 묻어났다.

"나이를 먹어가는 사람에게 그 말처럼 달콤한 말도 없는데…… 어쩌지? 나도 이러고 싶지 않은데 말야."

요지성녀는 정말 어쩔 수 없다는 듯 미간을 살짝 찌푸리기까지 했다.

'아름답다…….'

유심동주의 마음속에서 부지불식간 탄성이 새어 나왔다.

간드러진 교성과 눈웃음을 달고 사는 여인은 자칫 천박해 보이기 십상이다. 요지성녀가 그런 여인이다. 무엇이 즐거운지 늘 웃는 얼굴이고 흘리는 말 한마디에도 교태가 듬뿍 배어 있다.

그런데도 천박하다는 느낌은 전혀 들지 않는다. 오히려 요지성녀의 아름다운 미모를 뒷받침해 주는 마력으로 작용한다.

첫눈에 사랑하고 싶은 여인.

그녀의 아름다운 모습과 웃는 얼굴의 내면에 감춰진 살기는 좀처럼 감지하기 힘들다. 지금처럼 검을 들고 면전에 서 있어도.

유심동주의 눈길이 검에 이르자 요지성녀는 왼손을 들어 입가를 가리며 살짝 웃었다.

"아직도 이 검이 생각나?"

"검이 제 주인을 만난 것 같구려. 내 손에 있었으면 피 냄새도 맡지 못했을 텐데."

"그렇지? 잘 쓸게."

요지성녀가 검을 들어 올렸다.

그녀가 들고 있는 검은 칠십여 명의 피를 머금었으면서도 혈흔(血痕) 한 방울 비치지 않는다. 아직도 피가 너무나 그립다는 듯 파란 독기를 일렁이고 있다.

사람을 베어도 피가 묻지 않는다는 명검, 무혈검(無血劍).

당진도가 실종되었다는 말에 엉겁결에 집어 들고 나온 가전지보(家傳之寶)인데 요지성녀의 손에 들려 자신의 목숨을 노리는 요물이 될 줄이야…….

유심동주는 다시 한 번 생각을 정리했다.

'차이가 현격하게 벌어져.'

사활근맥단의 약효를 빌려 부단히 무공을 연마했지만 요지성녀와 겨루기에는 아직도 요원하기만 하다.

'무혈검까지 들고 있으니…….'

병기를 들고 있지 않지만 설혹 들고 있다고 해도 맞받을 수 없다. 금석(金石)을 두부처럼 베어내는 명검 중의 명검이니 공격이 시작되면 피하기에 급급해진다.

'공간도 없고…….'

좁은 동혈은 신법을 펼치는 것조차 허락하지 않는다. 유심동의 동혈들은 사람이 기거하는 곳이지 무공을 수련하는 곳이 아니다.

'이것으로 잘하면 동귀어진(同歸於盡).'

유심동주의 눈빛이 반짝였다.

일흔 명의 골인들처럼 일초지적(一招之敵)도 되지 않는 자신이기에 오히려 요지성녀를 죽일 수 있을지도 모른다. 넓은 평야라면 꿈도 꾸지 못할 희망에 불과하겠지만, 신법을 제한하는 좁은 동혈이니 가능할지도.

"베고 싶지 않은데 자진해 줄 수 없나?"

유심동주는 요지성녀의 말을 귓가로 흘리며 뒤로 움직였다.

한 걸음, 두 걸음…….

"살명(殺命)이 떨어지면 죽음을 확인해야 하지만 네가 자진한다면 확인하지 않을게."

어찌 들으면 거짓 자진을 하라는 유혹처럼 들린다.

그 말을 곧이곧대로 들었다가는 비웃음거리밖에 되지 않는다. 요지성녀는 절대 죽음을 확인하지 않을 여인이 아니다. 이미 죽어버린 일흔 명의 골인들도 심장이 꿰뚫리거나 목이 떨어지는 확실한 죽임을 당했을 게다.

유심동주의 무공을 높이 사서 농간을 부리는 것도 아니다.

요지성녀는 고양이가 쥐를 데리고 놀듯이 죽음 직전의 발악을 즐기고 있는 게다.

유심동주는 더 이상 물러설 수 없는 곳까지 물러섰다.

등 뒤로 전해지는 차디찬 동혈 벽의 감촉이 죽음의 입김처럼 전신을 휘감는다.

요지성녀는 여전히 웃었다.

유심동주의 손이 조그만 돌부리를 잡아가는 순간까지도 웃었다.

투욱! 꾸르릉……!

유심동주의 손이 기어이 돌부리를 밀어 내렸고, 굉음과 함께 푸른빛을 띤 옥 창살이 동혈 입구를 막아버렸다.

요지성녀는 동요하지 않았다. 마치 이런 일이 있을 것이라고 예상했다는 듯 태연했다.

'사시와 삼화는 몸을 빼냈을 것.'

동귀어진이 실패해도 상관없다. 이것은 그녀가 할 수 있는 최선의 저항이니, 할 뿐이다. 사시와 삼화가 백비만 부숴준다면 한이 없겠는데…….

요지성녀가 손을 들어 동혈 한쪽을 가리키며 말했다.

"저것도 마저 눌러야지?"

아득한 절망이 회오리쳤다.

유심동의 이모저모가 요지성녀의 눈길을 벗어나지 못한다는 것쯤은 알고 있지만, 자신의 거처까지 낱낱이 파악하고 있을 줄은…….

'그래도 사시와 삼화가 빠져나간 것은 모를 거야.'

유심동주는 쾌속하게 옆으로 한 걸음 옮겨 자연적으로 형성된 것 같은 돌 틈 사이로 손가락을 집어넣었다. 순간,

쒜에엑!

무혈검이 공기조차 베어내는 빠름으로 다가왔다. 무혈검이 흘려내는 검명(劍鳴)은 등골을 얼릴 만큼 차디찼다.

'걸렸어!'

유심동주는 손가락 끝에 걸린 고리를 힘껏 잡아챘다.

그런데…… 느낌이 이상했다. 고리를 잡아당기는 느낌이 전해져야 하는데 텅 빈 허공을 잡는 느낌이다.

'크윽!'

비명이 느낌 뒤를 바짝 좇았다.

무혈검은 과연 명검이다. 오른손이 팔꿈치 어림에서 싹둑 잘려 나갔는데도 싸한 아픔밖에는 느껴지지 않는다.

구르르릉……!

비가 오려는가? 멀리서 울리는 이 천둥 소리는…….

유심동주의 얼굴에 미소가 배었다. 미소래야 얼굴 근육을 일그러뜨리는 정도에 불과하지만 마음 같아서는 소리 내어 웃고 싶었다.

이 한순간을 위해 지난 이십 년을 투자했다.

요지성녀의 눈을 피하기 위해 갖은 방법을 동원했다. 광산에서 캐낸 옥이 철에 버금갈 만큼 강하다는 것을 알게 된 다음부터. 그때부터 적어도 한 가지 목표는 생긴 셈이었다.

그것은 무의미한 삶에서 대단한 활력소였다.

단지 높은 무공을 원해 백비를 찾았다는 이유만으로 인간으로서의 모습을 완전히 지워 버린 미지의 인물들에 대한 원망. 그리고 복수의 길.

구르르릉……!

천둥 소리는 점차 크게 다가왔다. 소리가 커짐에 따라 동혈도 미미한 흔들림을 보이기 시작했다. 무생물인 동혈에 생명의 입김이 불어넣어진 것처럼 작은 떨림이 시작되었다.

"이제는 갈 때가 되었네. 지난날의 인연(因緣)을 생각해서 그동안 수고했던 걸 보상해 준 거야. 유심동주라면 그만한 대접은 받아야 한다고 생각했거든. 잘 가."

유심동주는 무혈검이 요악한 웃음을 흘리며 심장에 틀어박히는 것을 보았다.

가슴에서 지독한 통증이 울렸다.

살가죽이 뼈에 달라붙어 통증조차 잊어버린 줄 알았더니 그게 아니다. 역시 아프다. 지독하게 아프다. 아무 생각도 들지 않는다, 아프다는 생각밖에는.

그 순간에도 유심동주는 작은 떨림이 큰 떨림으로 변해가는 것을 느꼈다.

동혈은 깊은 잠에서 완전히 깨어났다. 잠든 용이 깨어나듯 서서히 일어나 분노를 터뜨리고 있다.

'너도 곧 내 뒤를 따를 것…… 아!'

그러나 유심동주의 바람은 희망일 뿐이다.

유심동주는 혼미한 의식 속에서 어린아이 다리통만한 옥 창살이 싹둑 잘려지는 광경을 목도했다.

일말의 승산은 옥 창살에 있었다. 무혈검이 옥 창살을 잘라내면 지는 것이요, 잘라내지 못하면 이기는 것이다.

승산은 반반이었다. 청강장검(靑鋼長劍)이라면 절대 자를 수 없는 옥 창살이지만 요지성녀는 명검 중의 명검인 무혈검을 지니고 있으니. 거기에 추측이 불가한 내력이 가미된다면…….

역시 옥 창살로 요지성녀를 붙들어놓는다는 계획은 무모했다.

그것으로 된 것이다. 골인의 처지로서 할 수 있는 일은 모두 했으니 여한이 무에 남을까.

구르르릉……!

요지성녀가 빠져나간 다음에도 동혈은 분노를 멈추지 않았다. 동혈 벽에 미세한 균열이 이는가 싶더니 큼지막한 돌 더미들이 무너져 내리기 시작했다.

유심동주는 눈을 감았다. 내리감는 눈꺼풀을 따라서 그녀의 영혼도 육신을 떠나갔다.

第三十章

변하지 않는 믿음

1

변하지 않는 믿음

내공의 정도를 추측하는 방법으로 각 문파마다 단계를 설정해 놓고 있다. 각 단계마다 운공하는 내공의 종류가 다른 문파도 있고, 같은 내공을 수련하지만 위력의 차이, 깨달음의 차이로 단계를 설정하는 경우도 있다.

전자이거나 후자이거나 내공을 추측한다는 것은 사실 불가능하다.

내공 자체가 눈에 보이지 않으니 같은 문파라 해도 '상당히 강하다' 혹은 '아직 미약하다' 하는 수준으로 말하는 것이 고작이다.

하물며 문파가 다른 사람이 상대의 무공 정도를 추측하기란 하늘의 별을 따오는 것보다 어렵다.

상당히 근접하여 추측하는 방법이 있기는 하다.

직접 비무를 해보거나 논검(論劍)을 통해, 혹은 행동으로 미루어 추측하는 방법이다.

그게 무슨 방법 축에 속하냐고 할지도 모르지만 일정 수준 이상으로 오른 고수의 눈에는 비교적 정확하게 상대의 내공이 보인다.

엽수낭랑은 독사의 내공 정도를 파악하지 못했다.

무공 수련을 한 것이래야 겨우 이 년 남짓.

정상적으로 문파에 입문하여 수련했다면 기본공(基本功)조차 통과하지 못할 기간이다.

그런데 독사는 강했다. 어지간해서는 엄두조차 내지 못하는 실전 비무를 무수히 겪었다. 단순한 호승심, 혹은 무공에 대한 자만심에서 비롯된 행동이라고 치부할 수도 있지만, 그는 싸우는 족족 이겼다.

천재, 수재, 타고난 무골(武骨)이라는 사내들을 많이 보아왔지만 독사처럼 천부적으로 싸움을 타고난 사내는 처음이다.

그렇게밖에 말할 수 없었다.

그런데 빙굴에서 기연을 얻은 후 독사의 내공이 어느 정도 감지되었다.

당문십독에 비견해도 전혀 빠지지 않을 내공이다.

독사의 무공은 기이할 정도로 강한 내공과 천부적인 싸움 감각에서 나온다.

어떻게 그런 일이 가능할 수 있을까.

천부적인 싸움 감각이라면 타고났다고 할 수도 있지만 내공이란 정직하기 이를 데 없어서 수련 기간과 비례하는 것이 상례이지 않은가.

당문십독이라고 하면 불철주야 오십 년 이상을 내공 수련에 정진해 왔다. 그런 분들과 비견할 수 있다니.

알 수가 없다. 터무니없이 강한 내공이 어떻게 형성되었는지 도저히 짐작해 낼 수 없다. 막연하게 추측한다면, 자신에게 전수해 준 암혼사라는 내공과 관계가 있지 않나 싶기도 하다.

암혼사의 혜택은 그녀도 받았다.

당문에서라면 수십 년 후에나 이를 수 있는 경지를 단숨에 뛰어넘었다. 지금 상태라면 일류고수라고 지칭되는 인물들과도 비무를 할 수 있을 것 같다.

엽수낭랑은 독사의 기이한 내공에 일말의 희망을 걸었다.

"고수가 되면 절체절명의 순간 불수의근(不隨意筋)을 움직일 수가 있지. 움직인다고 해봐야 아주 미미한 꿈틀거림에 지나지 않지만 그 정도로도 치명적인 일격은 비껴갈 수가 있어. 간신히 목숨만은 구할 수 있다는 이야기란다."

당문삼기에게는 아버지가 되며, 엽수낭랑에게는 당숙이 되는, 그리고 당문십독 중 일 인인 당악 당숙이 들려준 말이다.

당시에는 웃어넘기고 말았다.

당숙이 고수의 경지를 너무 과장되게 말한다 싶었다.

불수의근을 움직일 정도의 고수를 죽일 수 있는 자라면 그보다 훨씬 높은 경지를 이룬 무인일 텐데 어떻게 손속에 실수를 남긴단 말인가.

또한 불수의근을 움직인다고 해도 고작해야 귀를 움직이는 것 같은, 싸움에는 전혀 도움이 되지 않는 근육을 움직이는 것에 불과할 텐데 목숨을 구할 수 있다니.

웃어넘기고 말았던 말, 그 말에 간절히 희망을 담을 줄은 몰랐다.

검에 찔릴 당시 몸을 살짝만 비틀었으면… 당숙의 말처럼 심장 근육을 아주 살짝만 움직였으면…… 아니, 두 가지 불가능한 일이 동시에 일어나야 목숨을 구할 수 있는데…….

휘이잉……!

만장지저(萬丈地底)에서 거센 한풍이 휘몰아쳤다.

"빙굴에 이런 곳이 있었다니…… 놀랍군."

빙굴을 잘 알고 있다던 섭혼살호조차 만장지저를 보고는 놀란 표정을 감추지 못했다.

"조금 춥죠?"

"허! 조금? 허허! 그래, 조금 춥군."

"정말 괜찮겠어요?"

"우리 걱정은 말고 대형이나 어떻게 살려봐."

"……."

엽수낭랑은 즉답을 회피했다.

걱정 말라고 하면 거짓말이 될 것이고, 자신없다고 하면 실망을 안겨줄 뿐이니.

섭혼살호도 그 점을 익히 알고 있어 말을 돌렸다.

"히유! 오장육부가 얼어붙는 것 같군. 추워서 그렇다는 말은 아니고 나이가 들어서 그렇다는 거지. 내 나이 돼봐, 어제 다르고 오늘 다르지."

"어서 가세요. 한기가 흘러들지 않도록 단단히 봉인하시구요."

"정말 괜찮겠어?"

"걱정 마세요."

"먹을 거라도 좀……."

"오장육부가 얼어붙는다는 말씀도 거짓말이군요? 그럼 내려갔다 올 동안 독사를 지켜주시던가요."

"아아! 여기 뭐 먹을 게 있다고 더 있나. 그 말만은 사양하지. 그런데… 대형을 여기 두면 정말 송장이 되는 것 아냐? 몸 상태도 지독히 나쁜데……."

"전 내려갈게요. 그럼 독사를 부탁해요."

"간다니까! 가!"

섭혼살호가 손을 휘휘 내저었다. 그러나 곧 정색을 하고 다시 말을 이었다.

"혹시…… 대형을 살리지 못할 경우에 말이야… 미련스럽게 오래 머물지 말고 나오도록 해. 그리고 또 혹시인데…… 만약 빙굴에 우리가 없으면 즉시 북쪽으로 와. 여기서 십 리 정도 북쪽으로 가면 조그만 너와집 한 채가 있어. 그 집 지하에 십여 명 정도 머물 공간이 있지. 당문 여식이니 찾는 방법은 말해 주지 않아도 알겠지?"

"알… 았어요."

"그럼 정말 가네. 이구! 추워라."

섭혼살호가 부리나케 나갔다. 그리고 잠시 후 조그맣게 뚫어놓았던 입구가 막혔다.

하나의 굴에 두 공간.

한쪽은 골인들이 생사의 검을 갈고 있으며, 다른 한쪽은 죽음에 직면한 사람이 생사를 다투고 있다.

"우리 또 왔네요. 이곳에서 나갈 적에는 두 번 다시 올 것 같지 않았는데. 잠시만 기다려요. 금방 내려갔다 올게요. 저번처럼 걱정 끼치는 일은 없을 테니 너무 염려 말고요."

엽수낭랑은 의식있는 사람에게 말하듯 다정하게 말했다.

구르릉……!

벽의 일부분이나 다름없던 바위가 움직이기 시작했다.

"시작이군."

지천도가 의미없이 중얼거렸다.

엽수낭랑 일행이 기관을 열고 들어서는 순간부터 예상했던 일이니 놀랄 것은 없다.

"도왕이라는 작자, 무공은 높을지 몰라도 머리는 상당히 아둔한 편이군. 생각보다 이틀이나 더 걸렸어."

섭혼살호가 지천도의 말을 받았다.

맨 처음 빙굴을 발견한 사람은 죽은 당진도였다.

겨우 토끼 정도나 간신히 드나들 수 있는 작은 공간.

당진도보다 앞서서 멸혼촌에 들어왔던 골인들이 무심히 지나쳤던 작은 굴에 지나지 않았지만, 당진도에게는 크나큰 호기심의 대상이었다. 좀 더 정확히 말하자면 작은 굴에서 흘러나오는 범상치 않은 한기가 그의 감각을 일깨웠다.

당진도의 경험에 미루어보면 작은 굴 너머에는 무엇인가 희망이 될 만한 것이 존재했다.

그것은 삶의 낙이라고는 눈곱만큼도 찾을 수 없는 골인들에게도 마찬가지로 희소식이었다. 사활근맥단의 저주에서 풀려날 수도 있다는 말을 듣고 태연할 사람은 아무도 없으리라.

골인들은 즉각 모여들었다.

문제는 한기가 흘러나오는 곳으로 들어가기 위해서는 작은 굴을 넓혀야 한다는 점이다.

　부숴서 넓힐 수도 있다. 태산이나 다름없는 바위를 옮길 수도 있다. 다른 입구를 찾을 수도 있고, 단단한 암석으로 형성된 지반을 뚫어볼 수도 있다.

　당진도는 불가능에 가까운 문제를 간단하게 해결했다.

　골인 일부는 나무 속살을 말려 만들어놓은 밧줄을 가져왔다. 일부는 큰 돌을 깎아 요철(凹凸)을 냈다.

　서른 명 가까운 골인들이 매달려서 골차(滑車:도르래)를 만드는 데 걸린 시간은 고작 하루다.

　어설프기는 하지만 지금까지 멸혼촌에서는 볼 수 없었던 훌륭한 골차가 만들어졌다.

　그랬는데…… 도왕은 당시 골인들보다 체력적인 면도 월등하고 사람 수도 훨씬 많은데 시간은 사흘이나 차이가 난다.

　물론 당진도와 도왕을 비교한다는 자체가 어불성설이지만.

　"물러나 있으시오, 틈이 보이는 즉시 공격을 시작할 테니."

　"허허! 늙었다고 아예 끼워주지도 않을 작정인가?"

　"후후! 보옥은 요긴한 데 써야 제 빛을 발하는 법이오."

　"고맙군, 보옥으로 생각해 주니."

　"고마워할 필요 없소. 도왕은 촌장 몫이니까."

　"그럼 그렇지. 늙은이를 아예 혹사시키려고 작심했구먼."

　"알았으면 촌음을 아껴 운기나 해두시오."

　섭혼살호가 검을 들고 바위 앞에 섰다. 그에 약속이나 한 듯 당문삼기와 신검서생이 다가왔다.

구르릉……!

이리저리 심하게 흔들리던 바위가 커다란 굉음을 토해내며 조금씩 움직였다. 어두컴컴하기만 하던 빙굴에 하얀 빛살이 흘러들기 시작한 것도 그때다.

"죽일 수 있는 데까지."

섭혼살호가 말할 필요도 없었다. 그가 말을 중간쯤 토해냈을 때 신검서생의 검은 이미 빛살 속을 헤집고 들어갔다.

검을 찔러 넣을 곳이래야 겨우 사람 손가락 정도 집어넣을 공간밖에 되지 않는다. 그래도 그 사이를 통해 건너편에 있는 자들의 몸뚱이가 확인되었고, 검을 집어넣을 수 있었다.

정정당당한 승부도 아니고, 오직 삶과 죽음을 선택해야만 하는 싸움에서 바위가 활짝 열릴 때까지 기다릴 바보가 어디 있으랴.

상대는 밝은 곳에 있고 골인은 어두운 곳에 있다. 바위를 움직이려면 골차를 사용한다 해도 한두 명은 바위 곁으로 다가서야 하고, 그들만이라도 손쉽게 죽일 수 있을 때 죽여야 한다.

"크윽!"

바위 건너편에서 짧은 비명이 토해졌다.

잠시 바위가 움직이지 않았다.

뜻밖의 공격에 당황했을 게다. 멀거니 손놓고 죽음만 기다리고 있어야 옳을 벌레들이 꿈틀거리니 화도 났을 게다.

"빨리 움직여!"

생각을 증명이라도 하듯 거센 고함 소리가 뒤를 이었다.

쉬익!

신검서생은 휙! 하고 스쳐 지나가는 하얀 그림자를 보는 즉시 검을 찔러 넣었다.

그러나 이번에는 좀 전처럼 수월하지 않았다.

차앙!

어디선가 검이 불쑥 튀어나와 신검서생의 검을 막아냈다.

검을 통해 흘러들어 온 손아귀를 자르르 울리는 힘.

'고수닷!'

신검서생은 느낌이 이는 순간 검을 잡아 뺐다.

바위틈 사이에 찔러 넣은 검은 약간만 충격을 가해도 부러진다.

저들은 어떤지 몰라도 골인들에게 검은 생명이나 다름없다. 골인들이 출행을 하며, 목숨을 걸고 한 점 두 점 수집한 병기다. 여유분이 있을 리도 없다. 골인들 중에는 막상 싸움이 벌어지려 하는데도 병기조차 없어서 나무를 깎아 만든 곤(棍)을 움켜잡고 있는 자도 있다. 곤술의 대가도 아니면서.

'헛!'

찰나 만에 신검서생의 이마에는 식은땀이 맺혔다.

상대는 신검서생의 생각을 읽기라도 했다는 듯 마주친 검을 살며시 밀어댔다. 바위틈에 끼워진 검을 횡으로 밀쳐 대니 검을 빼기가 쉽지 않다.

그렇다고 순순히 당할 신검서생도 아니다. 손에 힘을 풀어 밀치는 대로 밀리면서 검선(劍先)을 밑으로 뚝 떨궜다. 그리고 다시 한 번 검을 잡아 뺐다.

이번에는 신검서생의 의도대로 검이 빠졌다. 하지만 한 번 경험이 있어서 쉽게 검을 전개해 내지 못했다.

그르릉……! 그릉……!

바위가 토해내는 비명은 점점 커졌다.

하얀 빛살을 받아들이는 공간도 점점 넓어졌다.

'겨우 한 명뿐인가.'

바위가 열리기까지 적어도 다섯 명 정도는 건드릴 수 있으리라 생각했는데, 한 명만 베어냈다.

구멍이 넓어지면서 검을 맞은 자의 모습도 보였다.

그는 아래에서 위로 치켜진 검에 옆구리를 강타당했다. 검이 빠져나온 곳은 반대쪽 겨드랑이 밑. 단 일 검에 정확히 몸을 관통당했으니 삶을 기대하기는 어렵다. 그래도 아직 생명은 끊어지지 않아서 붉은 피를 토해내며 꿈틀거린다.

구멍이 손바닥만하게 넓어지자 재차 검을 날렸다.

이번에는 전처럼 밀쳐 온다 해도 바위 틈바귀에 끼일 염려는 없다. 손바닥만한 공간이면 검의 운신이 자유롭다 못해 훨훨 난다.

차앙!

날카로운 금속성이 등골을 오싹하게 저려왔다.

'굉장한 쾌검이다!'

검이 날아올 공간이 한정되어 있는 것은 사실이다. 그러나 언제 뻗어 나올지 모를 검을 정확하게 막아낸다는 것은 굉장한 쾌검을 지니고 있다고 봐야 한다.

'힘든 싸움이 되겠군.'

신검서생은 검을 정리하고 물러섰다.

그의 모습을 지켜보던 당문삼기와 섭혼살호의 안색이 어두워졌다.

급공(急攻)은 효과를 보지 못했다. 남은 것은 바위가 활짝 열린 후 전개될 치열한 싸움, 그마저도 점점 자신이 없어진다.

"유화신공을 좀 더 일찍 알았더라면……."

섭혼살호가 못내 아쉬운 듯 중얼거렸다.

지천도는 골인들을 두 패로 나눴다.

한쪽은 자신이 맡았고, 다른 한쪽은 마천옥(馬天鈺)에게 맡겼다.

골인들은 뜻밖이라는 표정을 지었다.

"방금 누구라고 하셨습니까? 귀가 잘못됐는지……."

"똑바로 들었네. 마천옥, 자네가 혈수(血首)를 맡아."

지천도의 지명을 받은 마천옥은 어찌 된 일인지 가타부타 말을 하지
않고 웃기만 했다.

다른 골인이 불만을 터뜨렸다.

"왜 하필 마천옥입니까? 다른 혈수들도 많은데. 섭혼살호님이 몸을
뺄 수 없다면……."

"재고해 주십시오. 아무리 촌장님이라도 이런 결정을 내리시는 게
어디 있습니까?"

말을 한 골인들, 말을 하지 않은 골인들 모두들 불만이 역력했다. 단
한 사람, 마천옥만이 싱글싱글 웃고 있을 뿐이다.

"반대하는 이유가 뭔가?"

지천도의 말이 떨어지기 무섭게 반박이 튀어나왔다.

"지금 그걸 말씀이라고 하시는 겁니까? 지금까지 마천옥이 제대로
한 일이 뭐가 있습니까? 정말 피붙이라도 되시는 겁니까? 왜 마천옥만
그렇게 감싸고 도십니까?"

"맞습니다. 이번 결정만은 받아들일 수……."

"내 도를 맞받을 자신이 선 게로군."

지천도의 조용한 말에 중구난방(衆□難防) 떠들어대던 입들이 뚝 다물어졌다. 지천도의 눈가에서 예전에는 결코 볼 수 없었던 살기마저 흘러나오고 있어서 입을 열 분위기가 아니었다.

"조용히 하고 들어. 그래, 맞아. 마천옥은 혈수로서 자격이 없어. 맡은 일을 제대로 한 적이 몇 번 없으니까. 내가 감싸고 돈다는 말이 나올 법하지."

감싸고 도는 정도가 아니다. 마천옥은 번번이 출행에 실패했고, 그가 맡은 일은 늘 다른 조가 나서서 대신 해결해야만 했다.

목숨을 걸고 싸워야 하는 일이 빈번하게 일어나는데 좋아할 사람이 누가 있을까. 그것도 자신의 일이 아닌 다른 조의 일을 대신 떠맡아 처리해야 할 경우에.

이번 일이 있기 전에도 마천옥은 존경받는 혈수가 아니었다.

혈수를 교체해야 한다, 출행에서 다녀오면 마천옥부터 요절내 버리겠다는 말이 심심찮게 터져 나오곤 했었다.

만약 지천도가 꾸준하게 밀어주지 않았다면 지금까지 혈수를 맡고 있지도 못했을 위인이다.

"자네들…… 참 우둔하군."

"……?"

"마천옥에게 이용당하는 줄도 모르고 성질만 내고 있으니 말야."

"촌장님, 지금 그게 무슨 말씀……."

"싸움에서 성질낸다고 이기던가? 살려달라고 애원하면 살려주던가? 싸움에서 필요한 것은 냉정한 현실 파악과 진퇴뿐이야. 상대보다 나으면 나아가는 것이고 모자라면 물러서는 것이지. 마천옥, 저놈은 모험을 한 적이 없어. 구 할 이상 승산이 없으면 아예 싸움조차 하지 않았지. 마천옥, 그게 멸혼촌에서 살아남는 방법인가?"

말머리는 골인들에게 던졌지만 마지막 말은 마천옥에게 향했다.

"미련한 싸움을 피했을 뿐입니다."

마천옥의 말투는 여느 때처럼 조용했다. 너무 조용해서 누가 한 사람이라도 같이 말을 한다면 들리지 않을 성싶었다.

"늘 네게 궁금한 게 있었어. 진퇴양난(進退兩難)이라는 말을 들어보았는가?"

"……."

마천옥은 또 웃었다.

"열 명이 싸움에 나갔네. 자네 아버지, 어머니 부모님 두 분하고 자네, 그리고 동생 일곱 명이라고 해두세. 한 명만 살 수 있다면 누굴 살릴 텐가?"

"……."

마천옥은 웃음을 지우지 않았다. 대답도 하지 않았다.

"방금과 같은 상황에서 자네라면 어떤 행동을 할 텐가?"

"……."

마천옥의 웃기만 하는 행동에는 도무지 믿음이 가지 않았다.

골인들 말처럼 마천옥은 제 한 목숨 살고자 바둥거리는 인간에 불과하다는 말인가.

"마지막으로 하나만 묻세. 멸혼촌의 촌장으로 적합한 인물이 있다면 누구인가?"

"저."

이번에는 대답이 서슴없이 튀어나왔다.

지천도가 부드러운 미소를 흘리며 골인들을 돌아보았다.

"들었나? 마천옥은 나를 능가하는 촌장일세. 나를 따르는 사람은 목숨을 잃을지 몰라도 마천옥을 따르는 사람은 목숨을 잃지 않을 걸세."

"촌장님!"

수긍할 수 없다. 마천옥은 도무지 믿고 목숨을 맡길 수 없는 위인이다.

지천도가 다시 마천옥에게 물었다.

"자네 생각에 여기서 몸을 뺄 수 있는 사람이 몇 명이나 되리라 보는가?"

마천옥은 오른손을 들어 손가락을 활짝 폈다.

"다섯 명뿐인가? 만약 자네가 촌장이라면 몇 명이나 살릴 수 있겠나?"

마천옥은 웃기만 할 뿐 대답을 피했다. 아니다. 지천도의 물음과는 전혀 다른 동문서답(東問西答)을 했다.

"조금 전에 답변드렸는데 그새 잊어버리셨군요. 묻지 않으셨습니까? 멸혼촌 촌장으로 적합한 사람이 누구인지."

"……?"

"저라고 말씀드렸습니다. 그래서 제가 촌장이 되기로 결심했습니다."

"뭐라고 했는가?"

"촌장이 되겠다고 했습니다. 바로 지금, 이 순간."

"허!"

지천도는 어이가 없어 실소를 터뜨렸다.

멸혼촌 촌장이 무슨 큰 명예가 있는 것도 아니고 권력이 생기는 것도 아니다. 하겠다는 사람이 있으면 얼마든지 던져 줄 수 있는 자리다.

그런데… 신중하기로는 단연 중원 제일일 것 같은 마천옥이 하필이면 이런 순간에 왜 이런 말을 한단 말인가.

"자네 말속에 현묘한 뜻이 있는 줄은 알겠네만, 늙어서 그런지 도통 이해가 가지 않는군. 무슨 뜻인가?"

"정말 늙으셨군요. 이제 좀 쉬셔야겠습니다."

마천옥은 여전히 같은 웃음을 띠었다. 심각해 보이지도 않았다.

반면에 지천도의 얼굴은 점점 굳어졌다.

'엇! 이런! 이건 독(毒)……!'

암습(暗襲).

전혀 예기치 못한 상황에서 예기치 못한 암습을 당하고야 말았다. 아마도 지천도 일생에서 두 번째로 당하는 암습일 게다. 백비에서 몽환소에 중독된 이후로는 처음이고.

"왜 그러…… 이런! 어떤 놈……."

섭혼살호가 등 뒤에서 일어나는 심상치 않은 변화에 몸을 돌리려다 풀썩 꼬꾸라졌다. 거의 동시에 지천도도 신형을 뒤로 눕혔다.

"늙으셨으면 쉬셔야지 어딜 어린아이처럼 뛰어다니려고 하십니까. 며칠 푹 쉬세요."

마천옥의 음성이 가물가물하게 들려왔다.

지천도와 섭혼살호의 몸은 골인들에게 들려져 빙굴 한쪽 구석에 세워졌다. 죽은 골인들처럼.

'감각이 살아 있는데 몸을 움직일 수 없다. 체온은 급격하게 떨어지는 것 같고…… 쯧! 당 늙은이의 마신분(痲身粉)이군. 여우 같은 놈, 그동안 사람들을 회유하고 있었어.'

지천도와 섭혼살호를 암습한 골인들은 조금 전과는 달리 일사불란하게 움직였다.

그 중심에는 마천옥이 있었다.

"삼대(三隊)로 나눈다. 일대 혈수는 황영겸(黃永謙)."

"저승에서 만나자고."

황영겸의 말이 떨어지기 무섭게 골인 이십여 명이 그의 뒤를 좇아 바위 앞에 섰다. 누구라고 지목할 필요도 없었다. 사전에 약조가 되어 있었던 것이 틀림없다.

"이대 혈수는 신검서생."

신검서생이 고개를 끄덕였다.

그도 약조가 되어 있었다. 당문삼기가 그의 곁에 섰고, 골인들 중 비교적 무공이 강한 사람들이 이대에 따라붙었다.

나머지 골인들은 마천옥 옆에 섰다.

그들은 골인들 중에서 가장 무공이 빈약한 사람들로 정말 백비에서 기연을 얻고자 찾아온 사람들이다.

지천도와 섭혼살호는 분명하게 짜여진 삼대를 보고 한숨을 내쉬었다. 체온이 식고 의식마저 가물거리고 있지만 마천옥의 뜻을 분명히 알 수 있었다.

제일대는 결사대다. 그들은 삶 대신 죽음을 선택했다. 정상적인 무림인들을 상대로 얼마나 버틸지는 모르지만, 제이대와 제삼대가 빠져나가도록 최대한 시간을 벌어줄 의무가 있다.

제이대와 제삼대는 도주가 목적이다.

군웅들이 어느 쪽에 더 많이 달라붙느냐에 생사가 갈라지리라.

지천도와 섭혼살호는 결사(決死)를 생각했는데 마천옥은 삶을 택했다. 한 명이 될지 두 명이 될지는 모르지만 살 수 있는 사람은 살아야 한다는 것이 마천옥의 생각이다.

그는 늘 삶을 염두에 두고 행동했다.

골인들에게 손가락질을 받는 것도 아랑곳하지 않았고, 비겁하다며 모욕을 주어도 웃기만 했다.

지천도는 그런 점을 높이 사서 그를 혈수에 두었다.

혈수 중 한 명쯤은 살기 위해 발버둥 치는 사람이 있어도 좋지 않은 가.

그의 말대로 그가 촌장이었다면 군웅들에게 둘러싸여 오도 가도 못하는 처지가 되도록 방치하지는 않았을 게다. 그전에 어떤 수를 써서라도 다른 길을 모색했을지도.

'한 명이라도…… 한 명이라도 많이 살아남아라.'

의식을 잃어가는 지천도와 섭혼살호가 골인들에게 해줄 수 있는 말은 그것뿐이었다.

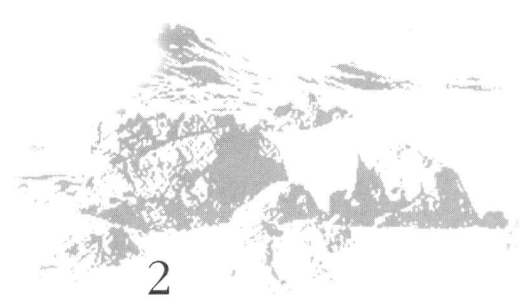

2

변하지 않는 믿음

갈운태는 서둘지 않았다.

열리는 바위 옆에 일수일살과 삼비마룡을 배치하고 느긋하게 바위
가 활짝 열리기를 기다렸다.

피가 튀고 긴장이 흐르는 전장(戰場)은 늘 그를 흥분시켰다.

싸움의 기미를 알아챘는지 손끝이 벌써부터 근질거려 왔다.

싸움이 없었다면 지루한 한세상, 무슨 낙으로 살까.

그는 싸움이 좋아서 무공을 수련했다. 수신(修身)이라든가 협(俠)이
라는 말은 귀에 들어오지 않았다. 검을 든 자, 검에 망한다고 했지만
두렵지 않았다. 아니, 그렇게 되기를 바랐다. 누군가 자신보다 강한 자
가 나타나서 개 패듯이 두들겨 패주는 그 순간, 그 순간만을 고대하며
살았다.

그렇게 되기 전까지는 자신이 패주면 된다.

이번에는 패주게 될까, 두들겨 맞게 될까.

지금까지 싸움에 임하면서 자신이 맞으리란 생각은 한 번도 해본 적이 없다.

그는 늘 상대를 어떻게 패줄까만 생각했다.

'여기까지 와서 맥없이 돌아갈 수는 없고, 검을 좀 쓰는 놈이 있었으면 좋겠는데……'

두 번째로 머리 속을 스쳐 가는 생각은 자신을 너무도 손쉽게 제압해 버린 현문 고수다.

그는 잠을 자는 순간에도, 죽는 날까지도 잊을 수 없다.

'여기서 나가면 다시 한 번 싸워봐야겠어. 아직은 아니지. 도법을 좀 더 수련한 다음에……'

도왕으로 하여금 조금 더 도법을 수련해야 한다고 결심하게 만든 사람.

그가 사천오주도 아니고, 중소문파 중 일 파인 현문의 고수라는 점이 더욱 마음에 걸렸다.

그토록 절세적인 자가 단 한 명이라도 존재하는 문파는 사천오주에 당당히 낄 수 있다. 아니다. 자신이 직접 겪었으니 사천오주라는 말은 잘못되었다. 사천육주가 되어야 한다.

그런데 현문은 사천오주에 끼지 못하고 있다.

청성파는 얼마나 강한 것인가. 아미파는 또 얼마나 강하며, 당문이나 무천문은…… 도림은 또 어떤가. 얼마나 많은 고수들이 득실거리고 있는 것일까.

그런 생각이 치밀 때마다 도왕의 가슴은 답답하기만 했다.

'생각을 말자. 우선 이놈들부터 때려죽이고 다시 무림에 나가는 거

야. 직접 확인해 보면 알겠지.'

도왕은 애써 생각을 떨쳤다.

일수일살과 삼비마룡이 단단히 검을 꼬나 쥐고 있다. 다른 무인들도 즉각 병기를 떨칠 수 있는 만반의 태세가 되어 있다.

"조금만 더 힘을 내! 이제 거의 열렸어!"

바위는 어린아이가 드나들 수 있을 만큼 크게 열렸다. 길어도 반 각만 지나면 어른이 충분히 드나들 수 있을 만큼 넓게 열릴 것이다.

싸움은 그때 시작되리라.

쒜에엑……!

날카로운 검풍이 허공을 갈랐다.

일수가 피어날 때 일생(一生)이 스러진다는 일수일살의 정확한 쾌검이다.

"컥!"

막 열려진 바위 문을 비집고 나오려던 골인의 머리가 반으로 갈라졌다.

"이런!"

일수일살은 검을 전개했고, 한 사람의 생명을 거뒀음에도 뒤로 두 걸음이나 물러서고 말았다.

해골과 다름없는 머리를 가르는 일은 역시 기분이 좋지 않다. 죽어가는 자가, 머리통이 반으로 갈라진 자가 씩 웃는 모습도 역겹기 이를데 없다.

해골이 무덤을 헤집고 튀어나온 형상.

이들을 베는 것은 일도 아니지만 정작 베고 싶은 마음이 들지 않는다는 것이 큰 문제다.

골인들은 일수일살이 물러선 순간을 놓치지 않고 우르르 몰려나왔다.

골인들은 죽은 골인의 시신쯤은 아랑곳하지 않았다. 붉은 피가 암반을 적시고 있지만, 내딛는 발에 질퍽거리며 묻어나지만 실명한 장님처럼 무시하고 지나왔다.

"차앗!"

삼비마룡이 현란한 일수를 전개했다.

검을 든 골인의 팔목을 움켜잡는다 싶은 순간, 다른 한 손이 머리를 잡고 빙글 돌려 버렸다.

우두둑……!

골인의 머리는 힘없이 등 뒤로 돌아갔고, 순식간에 전신 기력이 썰물처럼 빠져나간 골인은 모래성처럼 부스스 무너졌다.

"이건 살인이야."

삼비마룡도 더 이상 살수를 전개하지 못했다.

검을 들었다고 모두 무인이 아니다. 검을 들고 덤빈다고 모두 죽일 수 있는 것은 아니다. 적어도 삼비마룡 같은 고수가 살수를 전개하기 위해서는 그에 버금가는 무공을 소지하고 있어야 한다. 그래야 흔쾌히 죽을 수도, 죽일 수도 있다.

싸움은 사양하지 않지만 살인은 사양한다.

도왕은 일수일살과 삼비마룡이 물러서는데도 싫은 소리 한마디 하지 않았다. 그 역시 그들과 같은 심정이니까.

다행히도 이런 일방적인 도살에 딱 적합한 자가 있다.

홍검쌍살.

도덕이고 명예고 아랑곳하지 않고 무조건 이기는 것에 목적을 둔 파렴치한들.

그들도 써먹을 데가 있으니 다행이라고 해야 할까?

"홍검쌍살!"

도왕이 별호를 부르기 무섭게 홍검쌍살은 홍검을 떨쳐 내며 전장으로 뛰어들었다.

"아악!"

"큭!"

홍검쌍살의 잔인한 독수는 여지없이 골인의 몸뚱이에 작렬했다.

골인들은 나름대로 초식을 펼쳐 냈다. 상당히 정교한 초식을 펼치는 자도 있었다. 그러나 홍검쌍살을 상대하기에는 내력이 너무 부족했다. 내력이 뒷받침되지 않은 검초는 너무 느렸고 변화가 둔했다. 아무리 절묘한 초식이라도 느린 초식을 맞을 사람은 없다.

'희한한 자들이군. 초식은 뛰어난데 내력이 어린아이 수준이야. 어떤 놈이 무공을 저따위로 가르친 거야?'

도왕은 연신 고개를 갸웃거렸다.

골인들이 보여준 무공은 삼류무인조차도 이상하게 생각할 만큼 기본이 닦여져 있지 않았다.

기본은 없는데 뛰어난 초식을 구사한다?

말도 안 되는 현실이 눈앞에 펼쳐지고 있으니 믿지 않을 도리도 없지 않은가.

쒜에엑……!

골인들 중에 제법 날카로운 검이 튀어나와 홍검을 마주쳐 갔다.

"호!"

홍검쌍살 두 명은 감히 그들에게 검을 날린 골인을 좌우에서 합격해 갔다.

한 사람에게도 합격(合擊)을, 수십 명에게도 합격을, 어린아이에게도 합격을.

홍검쌍살이 입버릇처럼 내뱉는 말이지만, 합격에 대한 명분을 찾는 것 이외에 아무것도 아니었다.

창창! 창창창……!

홍검과 청강장검이 불똥을 튀겨냈다.

새로 나타난 자는 홍검쌍살의 검초를 제법 받아냈다. 간간이 틈을 노려 반격하는 놀라움도 보였다.

홍검쌍살의 검초가 변했다.

한 명은 우수검(右手劍)을, 다른 한 명은 좌수검(左手劍)을 취했다. 몸과 몸은 밀착되다시피 바짝 붙었고, 검을 쥐지 않은 손은 등 뒤로 돌려 요대(腰帶)를 잡았다.

'쌍검난비(雙劍亂飛).'

도왕은 홍검쌍살의 모습에서 그들이 성명절기를 펼치려 한다는 것을 직감했다.

쌍검난비라는 초식은 오늘날의 홍검쌍살을 만들어주었다.

홍검쌍살은 조금이라도 강하다 싶으면, 아니, 자신들과 비슷한 경지라 싶어도 쌍검난비를 전개했고 승리를 거머쥐었다.

쉬익!

홍검쌍살의 신형이 허공으로 도약했다.

이신일체(二身一體).

몸뚱이가 두 개만 아니라면 한 사람이 쌍검을 들고 도약한 것으로 착각할 만큼 신법과 행동이 일치했다.

쒜에엑! 쒜엑!

좌우에서 비스듬히 내려쳐지는 검초도 한 사람이 전개한 것처럼 방위와 각도가 똑같았다.

골인은 쌍검을 막지 못하고 뒤로 물러섰다.

홍검쌍살의 검초가 눈에 띄지 않을 만큼 빨라서 쌍검을 동시에 막는다는 것이 어렵다고 판단한 게다.

'좌측이든 우측이든 한쪽 검을 막았어야지. 그리고 가운데로 파고드는 거야. 거리를 뺏으면 쌍검을 전개할 수 없을 테고, 반공(半攻)을 가하면 둘 중에 한 놈은 죽일 수 있지.'

도왕은 즉시 홍검쌍살의 검초를 파해해 냈다.

홍검쌍살은 광풍삼도절 중 이도절까지 갈 필요도 없이 일도절 '뇌(雷)'만으로도 충분히 요리할 수 있다.

수십 개의 화살이 쏘아진 것처럼 숨 돌릴 틈 없이 몰아치는 홍검쌍살의 검초에 골인이 주춤주춤 물러섰다.

두 명이 몸을 바짝 붙이고 검초를 전개하면 조금은 부조화된 부분이 있을 터인데, 홍검쌍살의 검초는 완벽한 조화를 이뤄 조금의 허점도 엿보이지 않았다.

골인은 등이 바위에 맞닿은 다음에야 물러섬을 중지했다.

쒜에엑! 쒜에엑!

홍검쌍살의 쌍검이 마지막 숨을 노리고 날아들었다.

'숨은 끊을 수 있을 때 확실히 끊는다.'

홍검쌍살의 검이 그렇게 말하는 듯했다.

순간, 골인의 눈가에 광기(狂氣)가 어렸다.

좌수검은 아래에서 위로, 우수검은 위에서 아래로 비스듬히 반원을 그리며 날아든다.

골인은 몸뚱이를 가격해 오는 쌍검을 무시하고 두 명의 한가운데로 파고들었다. 동시에 그가 든 검에서 푸른 광채가 너울졌다.

'그래, 그래야지. 한 명은 죽이겠군. 아니지. 그전에 쌍검을 맞을 테니, 기껏해야 상처를 입히는 정도겠군.'

도왕의 입장에서 홍검쌍살의 검초는 부족해 보였다. 하지만 골인의 입장에서는 너무도 흉흉해 보이리라.

칵! 가각!

홍검쌍살의 검초가 골인의 육신을 세 조각으로 나눠 버렸다. 그리고 언제 공격했느냐 싶게 뒤로 물러섰다.

'엇!'

졸린 듯 감고 있던 도왕의 눈이 부릅떠졌다.

그는 보았다. 마지막 순간, 홍검쌍살은 등 뒤로 감췄던 손을 빼냈다. 그리고 그 손에서 푸른 광채가 뻗어 나갔다.

누구도 피할 수 없는 거리에서 전개한 암습이다.

놀라운 점은 그것뿐이 아니다. 암습을 전개한 후 뒤로 물러선 신법은 좌왜(左歪), 우사(右斜), 전부(前俯), 후앙(后仰), 나선(螺旋)에 역점을 둔 칠백무원(七柏武院)의 오합신법(五合身法)이다.

다시 생각해 보니 홍검쌍살의 검초도 범상치 않았다. 이인합격으로 초식을 숨기려 했지만 역시 칠백무원의 무공이 틀림없다.

'그랬나…… 홍검쌍살… 사문이 칠백무원이던가.'

도왕은 홍검쌍살을 다시 봤다. 그들이 칠백무원의 무공을 펼쳤다는 것만으로도 자신과 동등한 반열에 올려놓기에 충분했다.

무림사에는 거의 간여를 하지 않는 청성파에서 도(道)의 정진을 방해하는 마귀를 제거하기 위해 세속에 건립한 무원(武院).

청성파에서는 칠백무원과의 연관성을 부인하고 있고 칠백무원이 무림에 나타난 적도 없어서 깊이 파고들 수도 없지만, 칠백무원이 존재한다는 사실만은 공공연한 비밀이었다.

도왕이 칠백무원을 잘 아는 까닭은 과거에 칠백무원의 무인과 손속을 겨룬 적이 있기 때문이다.

누가 이기고 졌다는 형식적인 승부는 나누지 못했다. 하지만 도왕은 지금도 그때의 일을 생각하면 가슴이 저린다.

'내가 패배했던 싸움이었어.'

당시 칠백무원의 무인은 홍검쌍살이 펼친 오합신법을 펼쳤다.

도왕은 일도절 뇌에 이어 이도절 '전(輾)'까지 순식간에 몰아쳤지만 무인의 옷 끝도 건드리지 못했다. 물론 그때의 화후(火候)는 지금처럼 깊지 못했던 탓도 있지만.

"방금 펼친 신법은…… 솔직히 처음 봤소. 뭐라고 부르는 신법이오?"

"오합신법이라고 부르죠."

"사문을 알려주실 수 있으신지."

"싸움을 그만둔다면 한 자(字)만은 알려줄 수 있소."

승산이 없는 싸움이었다. 삼도절 척(磔)을 전개해도 이길 수 있다는 확신이 들지 않았다. 그렇다고 그만두기에는 너무 상대가 아까웠다. 이런 고수는 정녕 인세에 두 번 다시 만나기 힘들 텐데.

도왕은 물음 대신 도를 들어 올렸다. 그러나 그때는 이미 늦은 후였다.

무인이 신형을 뒤로 빼며 약속대로 한 자를 말했다.

"칠(七)."

그것뿐이다.

도왕은 신법으로 무인을 따라잡지 못했고, 그가 떠나가도록 지켜보는 수밖에 없었다.

그 무인은 두 번 다시 만나지 못했다. 중원을 샅샅이 뒤지며 '칠(七)'을 사용하는 문파가 어디인지 알아봤지만 오직 한 군데, 전설이나 다름없는 칠백무원이 있을 뿐이다.

칠백무원.

도왕의 머리 속에 깊이 잠들어 있던 칠백무원 넉 자를 다시 끄집어내게 만들었다. 홍검쌍살의 무공은.

싸움은 싱겁게 끝나는 듯했다.

바위틈을 비집고 뛰쳐나온 골인 이십여 명은 손짓 한 번 변변히 하지 못하고 죽어갔다.

홍검쌍살의 악귀와 같은 행동에 힘입어 오십여 명에 이르는 무인들이 우르르 달려들어 도륙했으니 그야말로 눈 한 번 감았다 뜨는 동안 끝난 싸움이다.

'끝났군. 이제 남은 놈이 있나 살펴보고…….'

도왕이 미처 생각을 정리하기도 전,

"엇!"

무인들 중 한 명이 경악성을 토해냈다. 아니다. 경악성이 아니라 비명이다. 그는 비명을 지름과 동시에 입으로 피를 뿜어냈고 앞으로 풀썩 꼬꾸라졌다.

"암습이닷!"

누가 호들갑스럽게 고함을 내질렀다.

이럴 때는 고함을 지를 것이 아니라 암습자를 잡아야 하는 것이 순리다. 아직 무림이 어떤 곳인지조차 모르는 풋내기도 있었네.

암습을 가한 자들은 먼저 튀어나온 자들과는 달랐다. 그들은 무인들이 잠시 당황하는 틈을 비집고 쏜살같이 내빼기 시작했다.

"어딜!"

일수일살이 스쳐 지나가는 골인의 몸통에 일검을 격중시켰다.

삼비마룡도 한 명의 다리를 걸어 넘어뜨리고, 허공으로 도약하며 다른 한 명의 얼굴을 무릎으로 가격했다.

정신을 수습한 무인들도 재빨리 곁을 스쳐 지나가는 골인들을 치기 시작했다.

싸움이 아니라 도주요 살겁이다.

"끙! 몇 놈 놓쳤네. 너! 너! 너! 날 따라와!"

일수일살이 성질을 내며 무인 세 명을 지목했다.

기가 막힌 것은 도주한 자들 중에는 골인들과는 전혀 다른 정상적인 모습의 인간들이 섞여 있었고, 그들은 무공도 범상치 않아서 무인들이 뻗어내는 공격을 가볍게 제쳤다는 것이다.

'쓸 만한 놈이…… 있었군.'

도왕은 몸을 일으켰다.

남은 정리는 삼비마룡이 해도 충분하다. 자신은…… 도주한 자들 중에 신법이 날렵한 자가 있었다. 정상적인 인간이며, 도주하는 와중에 무인 두 명을 베어내기도 했다.

광풍삼도절을 시전해도 좋을 자다.

"삼비마룡! 정리해!"

명을 내리기 무섭게 도왕의 시선은 멀리 사라져 가는 인형들의 뒤를 쫓았다.

"뭐야, 이건?"

삼비마룡은 한기가 풀풀 날리는 동굴 벽에 찰싹 달라붙어 있는 골인들을 보고 미간을 찡그렸다.

"이, 이놈들…… 무덤인가 보네요."

그의 곁에서 횃불을 들고 있던 무인이 사방을 둘러보며 대답했다.

골인들은 그들이 베어낸 골인들과 다를 바 없었으나 생기가 새어 나오지 않는다는 점이 달랐다.

그런데 삼비마룡의 눈길이 골인 한 명의 몸에 달라붙어 떨어지지 않았다.

"베어내!"

"네?"

"살아 있는 놈들이다. 모두 베어내!"

삼비마룡의 명령은 무인들뿐만 아니라 골인들도 들었다. 하지만 행동은 정반대였다. 무인들은 재빨리 병기를 부여잡고 골인들을 쳐갔지만 골인들은 시신 흉내를 거두지 않았다.

푹!

비명도 들리지 않았다. 움직임도 없었다. 하다못해 꿈틀거림이라도 있어야 당연한데 그것마저 없었다.

삼비마룡의 말이 틀린 것은 아니다. 골인들의 몸에서 흘러나오는 붉은 피가 살아 있는 사람들이라고 말해 준다.

푹! 빠악!

무인들은 한 명, 한 명 골인들을 죽여갔다.

"이놈들, 아무래도 이상한데요? 살아 있는 놈들이라면 이렇게 얌전히 당할 리가 없을 텐데."

그 점은 삼비마룡도 이상했다. 살아 있는 것은 분명한데, 비명도 없고 움직임도 없다면…… 마혈(痲穴)이라도 제압당한 것일까?

무인들이 빙굴에 서 있는 골인들을 완벽하게 죽이는 데는 채 일 다경(一茶頃)이 걸리지 않았다.

삼비마룡은 천천히 다시 한 번 골인들의 죽음을 확인했다.

'이제야 정말 끝났군. 두 번 다시 하고 싶지 않은 싸움이었어.'

이들을 왜 죽여야 하는지… 인적이 끊긴 곳에서 사람답지 않게 살았을 사람들인데.

'용서하지 않겠어. 언젠가는 내 손에…….'

삼비마룡은 암암리에 이를 갈았다.

어느 날 갑자기 나타나 천수팔장을 간단히 파훼한 노인.

현문 고수라고 했던가?

현문은 정종문파(正宗門派)라지만 인정할 수가 없다. 정종문파의 무인이라면 상대를 죽일 수는 있어도 모욕해서는 안 된다는 점을 알고 있어야 한다.

그자는 같은 무인으로 대접해 주지 않았다. 무인을 무력으로 핍박하다니. 그것도 모자라서 유일한 혈육(血肉)을 볼모로 잡는 파렴치한 짓을 저지르다니.

이곳에서 이들을 죽이는 것으로 피붙이를 살릴 수 있다.

한 명을 죽이고 만 명을 살려야 하는 것이 불가(佛家)의 가르침이지만, 불행히도 삼비마룡은 만 명을 죽이는 한이 있더라도 혈육이 죽는 모습을 보지 못한다.

삼비마룡은 등을 돌렸다.

"가자."

"이곳은……."

"놔둬, 주검을 확인하고 싶은 자가 있을지도 모르니."

무인들은 한결같이 한 사람을 떠올렸다. 자신들을 이곳으로 오게 한 사람.

삼비마룡은 빙굴을 떠나기 전 다시 한 번 빙굴 곳곳을 휘둘러 보았다. 찰나에 불과하지만, 그의 의미심장한 시선이 한곳에 틀어박혔다가 거둬졌다는 느낌은 착각일까?

삼비마룡이 혈겁을 일으키고 지나간 자리, 뒤늦게 한 사람이 빙굴에 들어섰다.

키가 작은 꼽추 만무타배다.

만무타배는 죽은 골인들의 수를 일일이 헤아렸다.

이윽고 그의 입에서 한마디가 새어 나왔다.

"휴우! 거의 끝나가는군."

만무타배조차 떠나가고 피 비린내만 물씬 풍기던 빙굴에 작은 움직임이 생긴 것은 거의 반나절이 지난 후였다.

피로 범벅된 골인의 시신이 풀썩 쓰러졌다. 그리고 그 뒤에서 한 사람이 깊은 숨을 토해냈다.

곧 이어 다른 곳에서도 움직임이 일었다.

하나, 둘, 셋…… 움직임은 무려 여덟 번에 걸쳐 이어졌다.

"끝! 비참하군, 비참해."

탄식을 토해낸 사람은 지천도였다.

마신분의 약효에서 풀려나 자유를 얻은 것이다.

"살려준 겁니다. 삼비마룡이 살려주지 않았다면 그 누구도 살아날 수 없었습니다."

"삼…… 비마룡이 우릴 살려줬단 말인가?"

"네. 그렇습니다. 삼비마룡은 우릴 발견했습니다. 그래도 살려준 것이죠. 겉으로 드러난 골인들은 눈이 많아 어쩔 수 없이 죽였지만…… 숨어있는 우리는 죽이지 않았습니다."

마천옥이 여전히 조용한 음성으로 대답했다.

제이대는 정석적으로 도주를 시도했지만 제삼대는 도박을 선택했다. 빙굴에 숨는다는 계획은 제이대가 도주를 해줬기에 가능한 도박이었고, 신령이 한 사람을 점지해 주었기에 가능했다.

제삼대가 무인들의 포위망을 뚫고 도주한다는 것은 기적에 가까운 일이다.

골인들 중에 무공이 가장 변변치 못한 사람들.

그들은 제삼대로 분류되는 순간부터 제일대처럼 목숨을 던지기로 작심했다.

지천도와 섭혼살호를 살리기 위해서는 그 방법밖에 없었다.

지천도가 생각했듯 두 조로 나뉘어 각기 다른 방향으로 도주하려던 게 아니다.

마천옥은 신령에게서 무림인의 성격을 세세하게 들었다.

"신검서생, 일수일살을 자극하며 도주해 줄 수 있소?"

"가능하지."

"그래 주시오. 또 하나, 도주하면서 한 사람을 죽여줬으면 좋겠소."

"누구를……?"

"아무나. 아무나 죽여도 좋지만 반드시 절공(絕功)을 펼쳐 죽여주시오. 많이 죽일 필요는 없소. 무인들을 죽이는 것이 목적이 아니라 도왕에게 그대의 무공을 보여주는 것이 목적이오."

"무슨 소린지 알겠어. 그러지."

"그럼 이제 남은 것은 삼비마룡. 그에게 선택할 기회를 줘야겠지. 신령 말씀대로라면 자진해서 검을 든 사람은 아무도 없으니…… 잘하면 기회가 생길지도 모르겠군."

"십중십(十中十)의 가능성이 있을 때만 움직이는 사람이라고 들었는데 그것도 아닌 모양이군."

"지금은 비상 시기요. 이런 마당에서는 십중삼(十中三)만 기대해도 하늘이 도운 거지."

남은 문제는 목숨을 내놓을 사람들이었다.

마천옥은 한 가지 제안을 했다.

"인연(因緣), 혈연(血緣), 지연(地緣), 학연(學緣)…… 아무거라도 좋소. 무림에 나가 이곳에서의 참상을 전할 수 있는 사람은 나서시오. 그 사람들만 살립시다."

그래서 결정된 사람이 섭혼살호와 지천도였다.

귀주사괴와 잔심마도는 멸혼촌과 상관없는 외인이나 마찬가지이니 강요할 수 없다. 마천옥은 섭혼살호와 지천도에게 힘을 줄 수 있는 사람이라고 판단되어 남겨졌다.

그렇게 모두 스스로 목숨을 내놓았다.

제삼대는 신비감을 조성하기 위해, 또 죽음의 공포를 잊기 위해 마신분을 복용했다. 제이대가 움직이기 직전에. 만무타배의 예리한 눈길에서 벗어날 수 있는 유일한 방도였기도 했지만 말이다.

　지천도는 상세한 이야기를 듣고 난 후, 불현듯 치미는 의문을 어쩌지 못했다.

　마천옥의 계획은 그가 삼비마룡이란 사람을 속속들이 분석했기에 가능했다.

　거기까지는 의문이 없다. 한 가지…… 마음을 께름칙하게 만드는 것은…… 그가 어떻게 마신분을 복용하여 숨소리까지 죽이고 숨어 있는 골인들을 발견했냐는 것이다. 만무타배조차도 발견하지 못했는데…… 그렇다면 삼비마룡이 만무타배보다 더욱 강한 고수라도 된단 말인가.

　그때 신령이 감탄스런 눈길로 마천옥을 보며 하는 말이 들렸다.

　"자네는…… 뛰어난 사람이군."

　그렇다. 신령이 감탄한 것처럼 지금까지 벌어진 일을 보면 마천옥의 예상에서 한 치도 벗어나지 않았다. 골인의 형상을 하고 있어서 본모습을 확인할 길은 없지만, 분명히 뛰어난 무가의 기재(奇才)였을 게다.

　지천도는 상념을 접었다. 어쨌든 도주에 성공했고, 삼비마룡을 만날 일도 없을 테니까. 또한 도주에 성공했다는 안도감도 조그만 의문을 덮어버리는 역할을 했고.

　"뛰어나죠. 저보다 뛰어난 사람들이 많아서 탈이지만."

　마천옥이 조용히 대답했다.

3

변하지 않는 믿음

엽수낭랑은 멍하니 앉아 시체처럼 누워 있는 독사를 지켜보았다.

음경지의도 복용시키고 추궁과혈(推宮過穴)도 시전해 보았지만 독사는 비웃기라도 하듯 아무런 동요를 보이지 않았다.

그녀가 할 수 있는 일은 아무것도 없었다.

독사가 그랬듯이 진기를 주입해 보려고도 했지만 딱딱하게 굳어버린 혈도는 그녀의 진기를 반탄시켰다. 딱딱한 나뭇조각에 진기를 불어넣는 기분이었다.

'왜 그래요? 도움받기 싫으면 스스로 일어서야죠. 이렇게 누워만 있으면 어떻게 해요?

하루가 지났다.

'이러다가는 정말 죽어요. 밖으로 나갈래요? 여기보다는 덜 추울 거예요. 편안하게 가고 싶은 거예요?

실망하기는 일렀다. 육신을 만져 보면 목석처럼 딱딱하지만 진기가 뭉쳐 있다는 것만은 확실했다.

죽은 자에게서는 진기를 찾아볼 수 없다. 빈손으로 왔다가 빈손으로 간다는 말처럼 아무것도 남기지 않는다.

뭉쳐져 있기는 하지만 진기가 있다는 것.

독사는 살아 있다. 그런데 왜 일어나지 못하는 것일까?

의독술에 해박한 엽수낭랑이지만 독사의 상태는 짐작조차 하지 못했다.

누구에게 당했는지는 모르지만 독사를 무너뜨린 것은 등 쪽으로 파고들어 심장을 노린 일검이 아니다.

고혈단.

고혈단이 독사의 내부에서 어떤 작용을 하고 있는 것만은 틀림없다. 하지만 고혈단에 대한 지식이 전무한 엽수낭랑은 고혈단이 어떤 약초로 만들어졌고, 어떤 성분을 지니고 있는지, 어떤 작용을 하는지 알 수 있는 방도가 없었다.

과다 복용시키면 위험한 줄 알면서도 음경지의를 복용시켰다.

음경지의를 자신의 입속에 넣어 녹인 다음 독사의 입에 넣어주었다. 물처럼 녹아버린 음경지의지만 식도를 타고 넘어가도록 살그머니 목젖을 눌러주었다.

추궁과혈도 다시 한 번 했다.

간밤을 꼬박 세우고, 만장지저를 두 번이나 내려갔다 올라왔지만 피곤함을 느끼지 못했다.

독사가 기척이라도 흘리면 좋을 텐데.

하루가 또 흘렀다.

이틀 밤을 꼬박 밝힌 엽수낭랑은 자신의 몸조차 돌볼 기력이 없었다. 잠을 자지 못해서가 아니라 심력(心力)을 너무 무리하게 소모한 탓이다.

만장지저에서 불어오는 한풍이 살을 에웠지만 막힌 벽을 뚫고 나갈 생각은 없었다.

'여긴 골인들의 무덤이죠. 당신도 골인인가요? 멸혼촌에 와서 많이 살았으니 골인이란 말인가요? 여기서 나가기 싫어요? 그래요. 여기 있어요. 당신이 있고 싶은 곳에 있어요.'

어두운 공간에 독사와 단둘이 앉았다.

독사는 아무 말도 하지 않지만 그녀는 많은 말을 들었다. 대화산 무생곡에서 독사를 처음 만났을 때부터, 유일하게 즐거웠던 미등까지의 여정이 생생하게 되살아났다.

얼굴이 붉어지는 말도 주고받았다.

처녀지신(處女之身)을 보여주었던 일, 그의 등에 업혔던 일…….

독사와 지난 일을 주고받으며 하루를 보냈다.

구르르룽……!

우렁찬 굉음 소리에 깜짝 놀라 깨어났다.

잠든 기억이 없는데 깜빡 잠이 들었던 것 같다.

'이게 무슨 소리……?

우르룽……! 구르르룽……!

엽수낭랑은 소리의 정체를 금방 알아차렸다.

'기관이 열리고 있어, 억지로!'

현문 고수들이 동원했다는 무인들의 공격은 골인들 대부분을 죽음으로 치몰아갈 것이다.

몸을 일으키려다 다시 주저앉았다.

벽을 허물고 밖으로 나간다면 약간의 도움은 줄 수 있다. 예전 무공이라면 무슨 도움이 될까 싶지만, 지금의 무공은 상당한 도움이 될 수 있다.

그러면 독사는…… 만약 밖에 나가 혈전을 벌이는 동안 움직임이라도 보인다면…….

엽수낭랑은 독사의 얼굴을 쓰다듬었다.

까칠했다. 수염이 길게 자라 가시처럼 찔러왔다.

'훗! 그렇죠. 이게 당신 모습이에요. 당신을 처음 봤을 때 어떤 생각이 든 줄 아세요? 잡초예요, 잡초. 밟아도 밟아도 죽지 않고 자라는 잡초. 당신에게 맞는 풀을 찾으라면 잡초가 딱 알맞을 거예요.'

독사는 언제나 허름한 옷만 입었다. 머리도 대충 묶었다. 영웅건(英雄巾)이라든가 요대 같은 것은 그에게 어울리지 않는 물건처럼 여겨질 정도로 치장을 하지 않았다.

겉모습만 그런 것이 아니다. 그의 성격 자체가 잡초처럼 끈질기고 텁텁하다.

그런가 하면 잡초와는 전혀 다른 면모를 보여주기도 했다.

세심한 구석, 다정다감한 모습.

죽은 요빙을 잊지 않고 있다는 사실만으로도 그가 정에 넘치는 사내임을 말해 준다.

그는 어떻게 자랐을까?

파락호였다는데, 어떤 싸움을 했을까? 파락호는 노름에도 손을 대고, 여인들과도 난잡하다는데…… 그랬을까?

독사와 파락호는 어울리지 않는다.

엽수낭랑은 독사를 가슴속에 심는 순간 그의 모든 것을 끌어안았다. 현재는 물론 미래, 그리고 이미 지나 버린 과거까지도 모두 끌어안았다.

요빙과의 사랑은 독사와 요빙과의 사랑만이 아니다. 어느 틈엔가 그 두 사람 사이에 자신 역시 끼어들었다.

독사가 술주정뱅이였다면 술을 사다 줄 것이다. 기녀 없이는 하룻밤도 자지 못하는 난봉쟁이라면 밤을 꼬박 밝히며 기다려 줄 것이다. 노름판에서 밤을 밝히며 붉어진 눈으로 들어선다면 따뜻한 해장국을 끓여주리라.

독사가 자신을 받아주기만 한다면.

'그렇군요. 지금 요빙 언니를 만나고 있죠? 그래서 다시 돌아오고 싶지 않은 거죠? 돌아올 수 있는데 돌아오지 않는 거죠? 좋아요. 이해해 드릴게요. 조금만 더 만나고 오세요. 하나 저도 있잖아요. 제 생각도 해주세요.'

의술에 대해서는 어느 정도 자부심을 가졌는데 깊은 회의를 느끼기는 처음이다.

엽수낭랑은 문득 생각난 듯 자신이 목에 걸고 있던 요빙의 뼈 목걸이를 풀어 독사의 목에 걸어주었다. 그런 후 독사의 가슴에 얼굴을 묻었다.

엽수낭랑의 생각처럼 독사는 요빙을 만나는 중이었다.

요빙은 여전히 아름다웠다. 불에 타서 죽었는데, 완전히 타서 한 줌 재로 남은 것도 아니고, 반만 타서 이승도 저승도 가지 못하는 처지가 되었는데, 그래도 여전히 아름다웠다.

"미안해."

"왜?"

"아직 약속을 못 지켰어."

"지켜줄 거잖아."

"그래."

"그럼 됐어. 미안해하지 않아도 돼."

요빙은 언제나 그렇듯 대차게 말했다.

사소한 일에는 신경도 쓰지 않았다. 나이도 얼마 되지 않았으면서 세상을 달관한 듯한 태도를 보이기도 했다. 그러다가도 꽃 한 송이 같은 미약한 선물에 활짝 웃곤 했다.

요빙과 많은 말을 주고받았다.

대화산에서 무공을 익힌 일이며, 귀궁에 입문한 일…… 엽수낭랑을 만난 것도 숨기지 않고 이야기했다.

"예뻐?"

"봤잖아."

"내가 언제."

"넌 모든 걸 다 보고 있잖아."

"예쁘더라."

"그래."

"흔들리지?"

"아니."

"정말? 호호호! 네 거짓말은 언제나 서툴러."

요빙은 활짝 웃었다. 질투라던가 시기가 섞이지 않은 그야말로 맑은 웃음이었다.

이번에는 화제를 돌려 다른 이야기를 했다.

불곰이 실종된 일이며, 무석 스님의 죽음, 설향의 죽음도 말했다.

요빙은 모든 것을 알고 있을 테지만 그래도 이야기했다. 이야기하면서 답답했던 가슴을 풀었다.

"서둘지 마. 천천히 한 걸음씩 나아가. 그럼 잘 풀릴 거야."

백비와 멸혼촌 이야기를 할 때는 짜증이 났다. 요빙에게 돌아가기도 바쁜 판에 엉뚱한 곳에서 허송세월하는 것이 싫었다.

"그래도 무공은 높아졌잖아?"

"그래."

"세상일이란 게 그런 거야. 하나를 얻으면 하나를 놓을 줄도 알아야 하는 거야. 어떻게 모든 걸 다 가지려고 해? 몰랐는데 상당히 욕심쟁이네?"

"무림이란 곳이 싫어."

"왜?"

"하루라도 빨리 무림을 떠나서 네 곁으로 가고 싶어."

"왜 그러냐니까?"

유일하게 요빙에게 말을 하지 못했다.

사부에게 암산당하고, 사형에게 일검을 맞은 일은 아직도 이해할 수가 없다. 무공을 전수해 줄 때 만난 것이 마지막이다. 그리고는 느닷없이 나타나 살수를 전개했다.

이걸 어떻게 해석해야 옳단 말인가.

음모(陰謀), 간계(奸計)가 난무한다는 소리는 들었지만, 정말 무림이란 곳이 그런 곳이라면 파락호들의 세상보다도 못한 곳이다. 못하다 못해 역겹기까지 하다. 다른 사람이라면 몰라도 사부님과 사형이 어떻게 그런 짓을 할 수 있단 말인가.

"그냥…… 무림이 싫어."

"난 잘 모르지만, 술자리에서 이런 말을 주워들은 적이 있어. 무림에 이름이 올려지면 영원히 지울 수 없다고. 은거(隱居)고 죽음이고 다 필요없대. 죽어서도 사람들 입에 오르내리는 게 무림인이라는 거야."

"나와는 상관없어."

"상관있어."

"……."

"아직 모르고 있구나. 넌 무림인이야. 대화산에서 네게 죽은 사람들은 모두 널 무림인으로 알고 있어. 귀궁에 입문하는 순간 무림인이 된 것이고. 독사, 넌 무림인이야."

"아냐. 난 무인들이 날 건드리지 못하게끔 무공을 수련한 것뿐이야. 무림인이 될 생각은 추호도 없어."

"호호호! 네가 부인하든 부인하지 않든 무림인이라는 사실만은 변함없어. 널 귀찮게 하는 모든 일은 네가 무림인이 된 대가야."

"요빙, 왜 그런 말을……."

"화금이를 좋은 사람에게 맡겨줘. 넌 영원히 피바람 속에서 벗어나지 못할 테니까."

처음으로 요빙이 무섭다고 느껴졌다. 요빙은 너무 냉정했다. 너무 차가웠다.

"좁지? 좁아서 그런 거지?"

"무슨 말이야?"

"항아리 속에 있으려니 답답해서 화난 거지?"

"호호호! 내가 뭐 그런 거에 신경 썼나? 내 걱정할 처지가 아니잖아.

네 걱정이나 해. 다른 사람의 걱정을 해주려면 자신이 안정되어 있어야 하는 거야. 둘 가진 사람이 하나 가진 사람을 도와주는 거지, 하나 가진 사람이 둘 가진 사람을 도와주는 법은 없어."

요빙은 차디차게 얼어붙은 얼굴로 멀어져 갔다.

"요빙! 가지 마! 요빙, 가더라도 조금만 더 있다가……."

고혈단의 약효는 놀라웠다.

복용하자마자 청량한 기운이 전신을 휘감는다 싶었다. 그러다 곧바로 고통이 뒤따랐다.

처음 나타난 증상은 손발이 마비된다는 것이다.

일시적인 증상이다. 고혈단의 약성이 세맥(細脈)을 자극하며 찰나간 진기의 흐름을 방해하는 현상으로 이어진 것뿐이다.

심장이 마비되는 느낌도 같은 선상에서 이해가 가능하다.

암혼사를 이성 경지까지 끌어올리지 못했다면 이해하지 못했겠지만. 독약을 복용한 것으로 생각했겠지만 정상 꼭대기에 서보니 수풀 하나하나의 움직임은 그리 중요하지 않았다.

나뭇가지는 흔들리고 있지만 산에 널리 퍼져 있는 수목의 울창함은 여전했다.

고혈단이 진기를 강압적으로 억누르려 하지만 조만간 같은 성질로 흡수되어 진기를 더욱 강하게 만들어주리라.

그때 뜻밖의 암습이 이어졌다.

사형의 일검은 정녕 뜻밖이었고, 너무 충격적이었다.

몸을 내줬다.

등 뒤로 뚫고 들어온 검이 심장을 찌르도록 내버려 두었다. 아주 잠간에 불과하지만 가족이라고 생각했던 인간에게 배신당한 아픔은 검에 찔린 것보다 훨씬 아팠다.

심장이 움직인 것은 뜻밖이다.

내관(內觀)이 눈으로 본 것보다 정확한데, 심장의 움직임을 감지하지 못한다면 말이 되지 않는다. 그건 정녕 자신의 뜻이 아니다. 몸이 위험을 깨닫고 스스로 반응한 것이다.

"안됐군요."

"동정이냐?"

"그래도 사제가 아니었습니까?"

"정녕 사제로 생각했느냐?"

"……."

"사제라는 생각은 눈곱만큼도 없었지. 독사는 청광검일 뿐이었어. 한 가지 알려주랴?"

"경청하겠습니다."

"마음을 숨기는 첫 번째 원칙은 상대가 알고 있는 사실은 시인하는 게야. 모르는 부분을 숨겨야지 알고 있는 부분은 숨기면 안 돼. 그랬다가는 모르는 부분까지 파헤쳐지지."

"명심하겠습니다."

"가자."

"묻어주기라도 해야 하지 않겠습니까?"

"땅속이나 땅 위나 한 줌 부토(腐土)로 돌아가는 것은 매일반인데 무엇 하러."

거기까지 듣고 의식을 잃었다.

멀어져 가는 발걸음 소리도 들을 수 없었다. 칠흑 같은 어둠이 몰려온다 싶더니…… 아무것도 없었다.

   고혈단과 음경지의는 각기 다른 성질을 지녔다.

   고혈단은 세맥에 깃들어 진기가 끊임없이 흐르도록 채찍질을 한다. 몸 안에 있는 진기라면 단 한 올이라도 쉬는 것을 용납하지 않는다.

   영약 중의 영약이다.

   무인이 고혈단을 복용하면 단숨에 진기를 삼 할은 높일 수 있다. 진기가 운공하지 않아도 쉼없이 흘러간다는 자체만으로도 그만한 성과는 거둘 수 있다.

   음경지의는 극음의 성질을 지녔다.

   몸 안에 깃든 음의 성질을 돋워주는 보음(補陰) 정도가 아니라 진기 자체를 음의 성질로 바꿔 버린다.

   한마디로 음경지의는 제련하여 복용할 영약이지 생으로 복용해서는 안 된다.

   독사는 고혈단과 음경지의, 그리고 본래의 진기가 충돌하는 중심에서 움직임을 잊었다.

   그가 의식을 되찾았을 때는 극강의 세 진기가 한 치의 양보도 없이 팽팽하게 겨누고 있는 상태였다.

   '위험해! 진기가 굳어지고 있어.'

   진기가 세력권을 형성한 채 굳어진다면 영원히 벗어날 수 없다. 의식은 살아 있지만 몸을 움직이지 못하고, 듣지도, 말하지도, 먹지도 못하는 폐인이 되고 만다.

   무의식 중에 와공(臥功)을 펼쳤다.

   암혼사와 유화신공이 합쳐져 드넓게 뚫어놓은 공동 속으로 고혈단과 음경지의의 성질을 밀어 넣었다.

사람의 몸은 넣어도 넣어도 만족하지 않는 커다란 전낭이다.

천지간에 가득 찬 진기를 모두 끌어 모아 집어넣어도 꽉 채워질지 의문이다.

진기를 물질로 생각한다면 영원히 풀리지 않는 숙제다.

진기는 물질을 벗어난 초자연적인 힘이다.

운공을 시작한 지 세 시진을 훌쩍 넘겨서야 간신히 목적한 바를 이뤘다.

고혈단은 정상적으로 세맥에 자리를 잡아 진기의 흐름을 재촉했다.

암혼사와 유화신공이 섞였을 때와 같은 현상이다.

엄밀히 말하면 이성에 이른 암혼사의 경지에서는 고혈단을 복용할 필요가 없었다. 암혼사의 진기 자체가 고혈단과 같은 현상을 반복하고 있으니까.

운공을 하지 않아도 끊임없이 진기가 흐르는 경지.

그러나 고혈단이 도움이 된 것만은 확실하다.

'진기가 더 강해진 것 같아.'

음경지의도 상당한 도움을 주었다.

암혼사를 이성까지 수련하지 못했다면 음경지의는 독약으로 변해 장기(臟器)를 얼려 버렸을 게다.

운공을 하지 않아도 탁기(濁氣)는 뱉어내고 정기(正氣)는 받아들이는 암혼사의 진기가 음경지의의 성질을 변화시켰다.

음기를 돋워주는 부분은 받아들이고 장기를 음화(陰化)시키는 부분은 뱉어냈다.

독사의 몸 자체가 하나의 커다란 제련기(製鍊器)였다.

"휴우!"

깊은 숨을 토해내며 운공을 끝냈다.

몸을 일으키지는 않았다. 정신이 들자 사부님과 사형의 행동에 생각이 돌아갔다.

커다란 배신감도 소록소록 스며들었다.

사부님과 사형이 그럴진대 누굴 믿어야 한단 말인가. 무림이란 세상이 정녕 이토록 혼탁하단 말인가.

'무림을 떠나고 싶다……'

요빙을 만나서 나눴던 말이 실제가 되어 그의 머리 속을 휘저었다.

'요빙은 떠날 수 없다고 했어. 무림인이라면서……. 후후! 천만에! 떠나려고 마음만 먹으면 언제든지 떠날 수 있어.'

무엇 때문에 무공을 수련하고 있으며, 무엇 때문에 사람을 죽이고 있는가.

'요빙을 만나봐야겠어. 이곳을 나가는 즉시 요빙부터…….'

생각이 끊겼다.

가슴 부근에 누군가 엎드려 있다는 것을 그제야 의식했다.

휘이이잉……!

공동을 울리는 바람 소리, 그리고 살을 에이는 바람.

'이곳이 어디? 누구?'

가슴에 엎드려 있던 사람은 가늘게 어깨를 들먹거렸다.

"당… 소저?"

머릿결에서 흘러나온 냄새만으로도 엎드려 있는 사람이 당안령이라는 걸 알 수 있다.

"깨어… 나셨군요."

"……."

"그럴 줄 알았어요. 깨어날 줄 알았어요."

독사는 모든 상황을 단번에 읽어냈다.

자신이 누워 있는 곳은 빙굴에 있는 만장지저. 까닭없이 몸속에 스며 있던 한기는 음경지의. 그리고 자신을 이곳까지 데려온 사람은 바로 엽수낭랑 당안령.

"소저."

"훗! 요빙 언니는 만나고 오셨어요?"

"……!"

깜짝 놀랐다. 요빙을 만나고 온 것조차 알고 있는가. 여인이란 이런 것인가.

"잘 돌아왔어요. 잘… 돌아왔어요."

엽수낭랑은 가슴에 엎드려 일어날 생각을 하지 않았다. 아니, 점점 안으로 파고들었다. 그녀의 어깨는 점점 파고를 높여갔고, 종내에는 작은 흐느낌까지 토해냈다.

"잘…… 흑흑! 오셨어요. 잘……."

엽수낭랑은 울고 있었다.

第三十一章

뒤바뀐 살검(殺劍)

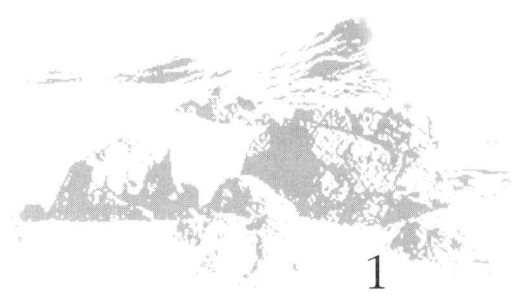

1

뒤바뀐 살검(殺劍)

"컥!"

짧막한 비명이 뒤통수를 간질였다.

무인들에 비해 골인들은 신법에서도 뒤졌다. 마치 어린아이와 어른의 추격전처럼 골인들이 두세 걸음 내디딘 것을 무인들은 한 걸음에 따라붙는 듯했다.

한 명, 두 명…… 뒷덜미를 낚아채인 골인들은 짧은 비명을 내지르며 죽어갔다.

제이대에서 유일하게 무인들과 겨룰 수 있는 신검서생과 당문삼기도 죽어가는 골인들을 구할 방도가 없었다.

가장 사정이 나은 쪽은 신검서생이다.

신검서생은 운 좋게도 멸혼촌에 들어온 즉시 유화신공을 접할 수 있어서 몽환소와 사활근맥단의 영향을 가장 적게 받았다.

당문삼기도 예전이라면 신검서생에게 필적할 고수였다. 하지만 지금은 사정이 나빴다. 골수까지 파고든 사활근맥단의 부작용은 벌써 살가죽을 말려 버리고 있었다. 그나마 완전히 말라 버리기 전에 유화신공을 접할 수 있어서 천만다행이라고 해야 할까? 인간의 모습을 지닐 수 있으니 다행이라면 다행이다.

그들 외에 다른 골인들은 오히려 사활근맥단의 영향을 가장 많이 받은 쪽이 무공 또한 강했다.

골인들은 멸혼촌에 들어선 순간을 기점으로 새롭게 출발했다. 그동안 지닌 진기를 모두 버리고 새 진기를 받아들여야만 했다. 약성을 빌린 진기…… 그것이 잘못된 진기라 해도 오래 쌓은 쪽이 내력 또한 강해진 것이다.

신검서생과 당문삼기 곁에는 골인 두 명만이 따랐다.

그들의 신법은 당문삼기에 못지않아서 멸혼촌에 들어온 지 오래됐음을 미루어 짐작할 수 있게 해준다.

마천옥은 오래전에 멸혼촌에 들어와 혈수까지 했으니 이들의 무공을 잘 알고 있었으리라.

"왕가달(王家達), 선착장까지는 네가 길 안내를 해야 될 거야. 뒤도 돌아보지 말고 달려."

당시에는 마천옥의 이런 말을 이해할 수 없었는데, 이제는 이해할 수 있다.

"왼쪽으로!"

왕가달이 고함을 내지르면 먼저 신형을 돌렸다.

신검서생과 당문삼기, 그리고 또 한 명의 골인도 거의 동시에 왼쪽으로 방향을 틀었다.

그 순간이다. 왼쪽으로 방향을 틀어 큰 바위 곁을 스칠 때, 지금까지 잘 따라오던 골인이 걸음을 멈춰 세웠다.

　그가 왜 멈췄는지는 모른다. 진기가 급작스럽게 소멸되었을 수도 있고 무작정 도주하는 것에 회의가 치밀었을지도.

　왕가달은 그가 멈추든 멈추지 않든 앞만 보고 달렸고, 신검서생과 당문삼기도 바로 뒤를 좇았다. 걸음을 멈추고 단 한 마디도 나눌 여유가 없었다.

　'신검서생, 신검서생…… 신검서생아! 장차 무림에 돌아가면 오늘 일을 어떻게 말할 텐가! 한 손이 열 손을 막아내지 못한다지만 죽기를 각오하고 싸워봐야 옳지 않은가.'

　신검서생은 지금이라도 신법을 멈추고 뒤쫓는 무인들과 일전을 겨루고픈 충동에 사로잡혔다.

　"우리라고 바보는 아니야. 몇십 년간 목숨을 부지시켜 놨다고 해서 안심하고 있으면 바보지. 만약 몰살이라는 혈겁(血劫)이 벌어지는 날이 온다면…… 우린 그때를 대비해 준비해 놓은 게 있어. 지금까지는 사활근맥단의 저주를 벗어나지 못해서 움직이지 못했지만, 지금은 유화신공이 있으니 움직여 볼 만하지. 반드시…… 한 명이라도 살아남아서 백비의 음모를 알려야 돼. 반드시! 그래서 우리 같은 골인들이 두 번 다시 생기지 않도록 만들어야 돼."

　지금 이런 충동이 일어날 것을 대비해서 해준 말인가?

　신검서생의 뇌리에 마천옥의 말이 떠올랐고, 진기를 더욱 끌어올려 박차를 가하는 계기가 되었다.

파악! 앗! 으윽! 아아악!

뒤에서 처참한 비명이 울렸다. 골인이 검에 맞았으면 한마디로 끝나야 옳은데, 비명 소리는 못 잡아도 서너 마디는 되었다. 그전에 섬뜩한 바람 소리도 들렸다. 무엇인가가 허공을 뚫고 나갔다.

'노방(路傍)……? 그랬어. 이 길은 도주로야. 만일을 위해 준비해 두었던 도주로. 이 사람들은 철저하게 역할 분담을 해놨어. 죽을 사람, 살 사람…… 이미 구분되어져 있었어!'

골인이 목숨을 던지며 일으킨 바람 소리는 뒤쫓는 무인들의 발걸음을 잠시나마 지체시켰다.

지체라고 해봐야 숨 한 번 크게 들이쉴 정도에 지나지 않지만, 그 정도면 삼사 장 정도의 간격을 벌리기에는 충분했다.

"건너뛰고!"

휘이익!

왕가달의 신형이 날개 달린 새처럼 훨훨 날았다.

"……?"

이해할 수 없는 행동이다. 앞에는 싯누런 황토와 조약돌뿐인데.

휘익! 휘이익……!

신검서생과 당문삼기는 생각할 틈도 없이 신형을 띄웠다.

왕가달이 아무 장애도 없는 반듯한 길에서 도약을 하라고 한 이유는 금방 알게 되었다.

"헉!"

"함정이닷! 조심…… 컥!"

자세히 관찰했으면 무엇인가 발견했을지도 모를 함정이지만 쫓고 쫓기는 급박한 사람들에게는 오로지 앞 사람밖에 보이지 않았다.

도망자는 앞만 보고 뛰게 되고, 추격자는 도망자의 모습만 지켜보게 된다.

이번 함정도 무인들의 발걸음을 지체시키는 효과를 불러왔다.

'불가능했는데…… 도주할 수 없었는데…… 어쩌면 성공할지도.'

도주에 성공할지도 모른다는 생각이 처음으로 들었다. 이렇게 요소요소에 함정이 매설되어 있다면 성공 가능성이 농후하다.

"이제 이십 장!"

만무타배와 다섯 무인들이 지키던 곳을 지나쳤다.

만무타배의 급습을 우려했지만 공격은 없었다. 한시도 자리를 비우지 않던 다섯 무인도 모습을 드러내지 않았다. 아마도 독사에게 당한 후 아직 보충되지 않은 듯하다.

넓은 공지를 지나고 수림 속으로 파고들자 비릿한 물 냄새가 풍겨왔다.

'거의 다 왔어. 조금만 더 가면…….'

여기서부터는 신검서생도 길을 안다. 멸혼촌과의 인연이 이곳에서부터 시작되었다. 배를 타고 하얀 분칠을 한 여인에게 이끌려 온 곳이 이곳이지 않은가.

뼈밖에 남지 않은 골인들을 보고 얼마나 놀랐던지.

드디어 수림을 벗어나자 넓디넓은 강이 나타났다.

골인들은 이곳을 선착장이라고 부른다. 몽환소에 중독된 사람들이 배를 타고 들어오는 곳이기 때문에.

"오른쪽!"

왕가달이 고함을 내질렀다.

왕가달이 말한 오른쪽에는 길이 없다. 자갈과 수령이 오래된 고목만

무성한 곳이다.

생각은 필요치 않다. 왕가달이 한 말은 법이나 다름없다.

신검서생과 당문삼기가 오른쪽으로 방향을 틀었을 때, 그들은 왕가달이 무엇인가를 집어 드는 걸 보았다.

문짝처럼 생긴 널빤지다. 널빤지라고 할 수도 없다. 커다란 고목을 허리춤에서 잘라 얇게 덧이은 것이다.

휘익! 휘익……!

왕가달은 같은 모양의 널빤지를 강으로 냅다 집어 던졌다.

한 개, 두 개, 세 개…….

"어엇!"

왕가달의 뜻은 명확했다.

신검서생과 당문삼기는 남은 널빤지를 하나씩 움켜잡고 강물 속으로 뛰어들었다.

"……."

도왕 갈운태는 아무 소리도 하지 않고 강물에 몸을 맡긴 다섯 명을 지켜보았다.

닭 쫓던 개 신세가 이런가?

지독한 놈들이다. 한 명이라도 도주시키기 위해서 스스로 목숨을 내던지는 독한 놈들이다.

상황이 바뀌어 무인들이 쫓기는 입장이었으면 강으로 뛰어들기 전에 모두 죽었다.

무인들 중에는 다른 사람을 위해 스스로 목숨을 던질 위인이 없다. 아니다. 찾으면 있기야 하겠지만, 목숨까지 던질 만한 의리나 인간관계가 없다.

타의(他意)로 급조된 집단이니 자신들의 목숨 외에는 안중에도 없는 게 당연하다.

그러면 죽는다. 저들처럼 한 명씩 한 명씩 길을 막으며 찰나의 시간이라도 더 벌어줘야 산다.

"쫓는다면 잡을 수 있을 것 같기도 한데……."

일수일살이 둥둥 떠가는 사람들을 쳐다보며 말했다.

"……."

도왕은 대꾸하지 않았다.

'졌어. 저놈들은 도주했어. 철저하게 계산된 도주야. 강변을 따라간다 해도 저놈들을 잡을 순 없을 거야. 분명히 다른 안배가 있겠지.'

맡은 일은 끝났다.

비록 다섯 명을 놓쳤지만, 숱한 사람들의 피가 땅을 적신 만큼 할 도리는 다 했다.

"도왕, 쫓아가면 잡을 수 있을 것 같다고 말했……."

"잡고 싶으면 가서 잡아."

"……?"

"난 이것으로 손 뗀다. 이제 대좌도 뭣도 아냐. 난 도왕으로 돌아간 거야. 약속한 대로 일을 해줬으니 양심에 거리낄 게 없어."

"……."

그 말에는 일수일살도 대꾸하지 못했다.

"대좌도 뭣도 아니다. 그럼 존대할 필요도 없게 되었군. 잘됐어. 너도 일수일살로 돌아가지. 당신들도 제 갈 길로 가고. 각자 찢어지면 되는 건가?"

대좌, 좌좌, 우좌 할 적에는 상당히 긴장했는데, 무인들이 오십여 명이나 모였을 적에는 무엇인가 큰 싸움이 있을 것이라고 생각했는데 고작 한다는 것이 사람 같지 않은 귀신을 죽이는 일이었다.

현문은 겨우 이런 일을 시키려고 고수 몇 명이면 족할 일에 이 많은 사람들을 끌어들였단 말인가.

무인들은 현문이 마단까지 염두에 두었다는 사실을 까마득히 몰랐다. 알 도리가 없었다.

'성공했어! 도주에 성공했어!'

신검서생은 강변에 서 있는 무인들을 쳐다보며 이상한 기분이 들었다. 어쩌면 백비를 찾지 않았다면 자신도 저들과 같이 있지 않았을까 하는 이상한 기분.

"혈수, 내가 맡은 일은 여기까지요. 이제부터는 혈수가 알아서 해야 하오."

왕가달의 말에 신검서생은 고개를 끄덕였다.

마천옥은 경고했다. 무인들 손을 벗어난 것으로 끝났다고 생각하면 오산이라고. 분명히 제이, 제삼의 살수가 기다리고 있을 거라고. 무인들은 현문에서 파견한 사람들, 그렇다면 만무타배도 무엇인가 행동을 할 것이라고.

제이대에서 가장 무공이 강한 신검서생을 혈수로 지목한 것은 이런 속사정이 있기 때문이었다.

이제부터는 신검서생이 앞장서서 길을 뚫어야 한다.

절대고수가 나타나면 당문삼기와 왕가달을 도주시키고 자신이 남아서 뒤를 막아야 한다. 만무타배를 이길 수 있으면 다행이지만 마천옥도 골인들도 그 점은 믿지 않았다.

"북쪽으로 가려면 우선 다시 땅을 밟아야겠지. 좀 더 흘러간 다음에 강변으로 가지."

신검서생은 널빤지를 꼭 움켜잡았다.

도왕 일행은 흩어지지 못했다.

우선은 길을 모른다. 납치되다시피 온 터라 자신들이 어디에 와 있는지도 모르니 돌아갈 길을 모르는 것은 당연했다.

막연하게 일이 끝나면 현문 고수가 나타나서 길을 안내해 줄 것이라고 짐작만 할 뿐.

나타나지 않아도 상관없다.

이리 가도 저리 가도 길은 나오기 마련이다. 설마 중원천지에서 길이야 잃겠나.

그러나 지금은 그런 점도 머리 속에서 지워지고 없었다.

돌아가는 것도 살아남아야 돌아간다. 당장은 살아남는 것이 중요하다. 귀신처럼 나타나 한 명, 혹은 두 명의 목숨만 취하고는 감쪽같이 사라지는 살수의 손에서.

그렇다. 골인들의 반격이 시작되었다.

일수일살은 움막촌에서 사라져 버린 괴인을 떠올렸다.

그 사람밖에 생각할 수 없을 정도로 암습을 하는 위인은 신출귀몰했다.

"뭐야, 이거! 다 끝났다 싶었는데, 아직 남은 거야? 어쩐지 너무 싱겁다 했지."

일수일살이 사방을 주시하며 말했다.

도왕은 암습을 받아 즉사한 자의 상처를 살폈다.

"굉장한 지공(指功)이군. 상처에 멍 자국도 남지 않았어. 부드럽게 눌렀는데 즉사한 거야."

소도를 꺼내 죽은 자의 머리를 반으로 잘랐다.

죽은 자를 또 한 번 죽이는 일이지만 상대의 무공을 정확하게 파악하려면 사인(死因)을 분명히 알아야 한다.

그래도 머리 부근을 가격당해 죽었으니 망정이지, 몸을 격타당했다면 전신을 해부해야 했으리라.

"뒷머리 뼈가 함몰되었는데…… 부위가 넓지 않아. 손가락으로 찌른 정도."

도왕을 따라 골인들을 쫓았던 무인들이 모여들었다.

빙굴에서 몸을 날린 사람이 서른 명 가까이 되었는데, 도중에 여섯 명이 함정에 당하고 스물대여섯 명만 남았다.

그들은 긴장했다.

그들도 무인들이니 도왕이 하는 말이 무엇을 의미하는지 명확하게 알아들었다.

암습자는 빠르고 정확하며 내력이 깊다.

단순히 그 정도로는 설명이 되지 않는다. 죽은 자의 상처를 직접 보고 본인 스스로 상대의 무공을 짐작해 내야 한다.

도왕이 재빠른 손놀림으로 머리뼈를 잘라냈다.

죽은 자의 뇌는 지극히 정상이었다.

"숨골을 찔렀군. 딱 죽을 만큼만."

죽은 자는 비명도 지르지 못하고 풀썩 쓰러졌다. 햇볕을 너무 쪼여 현기증이 치민 사람처럼 스르르 무너졌다.

아무 고통도 느끼지 못하고 순식간에 죽었다.

'굉장한 고수야!'

무인들은 바짝 긴장했다. 이 정도 무공이라면 마음만 먹으면 뇌 속에 손가락을 찔러 넣을 수도 있다. 질기기 이를 데 없는 소가죽도 뚫을 수 있는 지력(指力)이다.

스르릉……!

도왕이 대도를 뽑아 손에 쥐었다.

싸움이 벌어지기 전에 대도를 뽑는 사람이 결코 아닌데, 대도를 뽑았다.

도왕도 긴장한 게다.

"뭉치면 살고 흩어지면 죽는다. 모두 등을 맞대고 사방을 경계해."

도왕이 말할 필요도 없었다. 무인들은 서로 등을 맞댄 채 눈을 부릅떴다.

"삼비마룡과 합류한다. 서둘지 말고 천천히 걸어."

휘익! 파앗!

"엇! 암습이닷!"

암습을 깨닫고 경고를 토해냈을 때는 상황이 끝난 후였다.

제일 왼쪽에서 걸어가던 무인의 신형이 허공으로 뽑혀져 올라가 대롱대롱 매달렸다.

"꼽…… 추?"

도왕은 자신이 잘못 봤나 싶어 눈을 끔뻑거렸다.

나무 위에서 올가미를 던져 한 명의 목뼈를 부러뜨리고, 나무 위로 끌어 올린 자는 뜻밖에도 꼽추였다.

도왕이 지나치면서 눈으로 훑었던 자리, 그의 눈길이 지나간 다음에도 수십 개의 눈동자가 훑어보았을 자리.

기가 막히게도 꼽추는 수십 개의 눈동자가 훑고 지나간 다음에 그 자리에 올라섰고, 올가미를 던졌다.

경고를 듣고 다시 눈길을 던졌을 때는 올가미 한쪽 끝을 나무에 묶어놓고 사라져 버린 후였다.

귀신에 홀린 듯했다.

너무 빠른 암습이었고, 손놀림이었으며, 빠름이란 무엇인가를 보여주는 신법이었다.

'저자는 나를 능가한다. 난 저렇게 할 수 없어.'

가슴이 납덩이를 달아놓은 듯 묵직하고 답답했다.

입장이 완전히 뒤바뀌었다. 자신들이 사냥을 시작했으나, 이제는 사냥을 당하는 입장이다.

'제길! 그 늙은이들…… 이런 고수가 있으면 있다고 말이나 해줄 것이지. 하다못해 어떤 무공을 익혔는지만 알아도 한결 수월할 텐데.'

도왕은 내심을 숨기려는 듯 고함을 내질렀다.

"정신 똑바로 차려! 저 꼴이 되고 싶지 않으면!"

교수형을 당해 죽은 무인은 살펴볼 필요도 없다.

꼽추의 살수는 독랄하기 짝이 없어서 손을 써볼 틈도 주지 않는다.

갈 때는 일 다경(一茶頃)도 걸리지 않은 것 같은데, 돌아올 때는 한 시진을 훌쩍 넘겼다.

소득없이 함정에 걸려 죽은 무인이 여섯 명, 속수무책으로 픽픽 쓰러져 간 무인이 일곱 명.

갈 때 인원의 절반 정도만 챙겨 돌아온 도왕은 비참한 심정이 되었다.

왔다 갔다 하는 동안 그들이 한 게 무엇인가. 우르르 몰려갔다 몰려왔고, 죽음의 마수에 고스란히 노출된 것 외에 무엇을 했는가.

'이래서 좌좌가 필요했던 거군.'

떠난 사람을 아쉬워한 적은 없지만 이번만은 절실히 아쉬웠다.

무공이 형편없어서 전혀 아쉬울 것이 없었던 귀주사괴.

그들만 옆에 있었으면 이토록 처참하게 당하지는 않았을 거라는 생각이 들었다.

남아서 골인들을 정리했던 삼비마룡도 난감하기는 마찬가지였다.

"네 명이 죽었습니다."

"봤나?"

"네. 누구에게 무공이 뒤진다고 자인하기는 싫지만 흉수에게 걸린다면 나 역시 장담하지 못할 것 같습니다."

단단히 질린 것 같다.

"몇 명이던가?"

"한 명. 꼽추노인이었습니다."

"빌어먹을!"

도왕은 발을 쾅 구르며 고함을 내질렀다.

꼽추노인. 그는 그 짧은 순간에 이곳저곳을 왔다 갔다 하며 무려 십여 명이나 목숨을 끊어놓았다.

개구리가 된 심정이다. 독사와 마주쳐서 움쩍 못하고 빨리 먹어주기만 기다리는.

"이쪽 골인들은?"

"모두 정리했다 싶었는데……."

삼비마룡은 말끝을 흐렸다.

찔리는 구석이 없는 것은 아니다. 빙굴에 숨어 있던 몇 사람을 놓아주었으니. 하지만 그 사람들을 죽였어도 이런 일이 벌어졌을 거라는 건 확신한다. 그들 중에 꼽추노인이 섞여 있었다면 삼비마룡을 비롯한 무인들은 검을 뽑아보지도 못하고 빙굴에서 목숨을 잃었을 가능성이 높다.

"일단 넓은 곳으로 가자."

도왕은 압습을 방지하기에 용이한 공지로 갔다.

주변 나무들을 모두 잘라 버렸고, 꼽추노인이 몸을 숨길 수 있을 만한 바위도 모두 치웠다.

화살과 같은 병기를 사용한다면 몰라도 육장으로 압습하기에는 곤란하다 싶을 만큼 넓은 거리를 만들었다. 하다못해 죽을 때 죽더라도 병기나 부딪쳐 보아야 하지 않는가.

다행히도 무인들이 모든 준비를 마칠 때까지 암습은 없었다.

경계의 눈길이 늦춰지고 손발이 적을 향하고 있지 않을 때 암습을 받았다면 두세 명은 목숨을 잃었을 텐데.

"오늘은 여기서 쉰…… 어?"

도왕은 명을 내리다 말고 검은 연기가 한없이 솟구치는 곳을 바라봤다.

"저긴 그 움막촌 있는 곳 맞지?"

"누군가 움막에 불을 놓았군요."

"도, 도왕! 저기도!"

불길은 네 군데서 일어났다.

움막촌이 있던 곳에서 가장 짙은 연기가 피어났고, 빙굴이 있던 곳에서 두 번째로 짙은 연기가 솟구쳤다. 다른 두 곳에서 솟구친 연기는 그리 심하지 않았다.

"흔적을 말끔히 지우고 있어. 마을은 물론 골인들의 시신까지도 불태우고 있어."

궁금하기는 했지만 누구 한 사람 나서서 보고 오겠다는 사람이 없었다. 일행과 떨어지면 바로 사냥을 당하는 불쌍한 처지가 되어버리는 것이다.

도왕이 가슴에서부터 저며내는 듯 묵직한 음성으로 말했다.

"열 명씩 삼 개 조로 나눠서 경계를 선다. 한 시진씩 교대하도록 해. 경계를 서는 사람은 정신 똑바로 차리고, 나머지는 만일을 대비해서 푹 쉬도록 해. 그리고 일수일살, 삼비마룡은 나와 이야기 좀 하고… 홍검쌍살! 너희도 와!"

일수일살과 삼비마룡의 얼굴에 의아함이 떠올랐다.

홍검쌍살은 자신들과 마주 앉아 이야기하기에는 역겨운 자들이 아닌가.

공지 한가운데 모여 앉은 다섯 명은 죽은 자들에 대해서 이야기했다.

제일 먼저 도왕이 자신의 의견을 말했다.

"첫 번째는 지법인데…… 타격점이 무척 좁았어. 정교한 지법이지. 지법으로 죽였으나 침으로 찔러 죽인 것과 마찬가지야. 깊이는 숨골에 충격을 가할 만큼. 자, 자기가 알고 있는 지법들을 이야기해 봐."

즉사를 시킨다는 것은 살인의 미학(美學)이다.

죽이는 방법에는 수만 가지가 있지만 죽는 줄도 모르게 죽이는 것은 도가(道家)나 불가(佛家)처럼 생명의 존엄성을 생각하는 문파에서 주로 사용한다.

깊은 침묵이 이어졌다.

말은 하지 않지만 그들 머리 속은 어느 때보다도 분주했다. 자신들이 보고 들은 지공 외에도 세상에 산재하는 모든 지공들이 떠올랐다 사라졌다.

도왕이 묻는 것은 첫 번째 무인을 죽인 지공이 무엇이냐 하는 것이다. 그것은 흉수가 어느 문파 사람인지를 추론해 내는 것과도 같았다.

한참 만에야 삼비마룡이 무겁게 입을 열었다.

"아무리 생각해도 일지선(一指禪)밖에 생각나지 않는데."

반대하는 의견이 없었다. 지공의 종류는 백 가지도 넘지만 첫 번째 무인의 경우는 일지선이 딱 적합하다.

소림의 절학인 일지선.

흉수는 소림에서 왔는가.

"그럼 두 번째로 넘어가지."

꼽추노인에게 죽은 한 명 한 명의 사인과 그에 적합한 무공들이 거론되었다.

한 시진이라는 시간이 흐른 후 다섯 명은 기가 막혀 할 말을 잊고 말았다.

십인십색(十人十色)이다. 꼽추노인은 열한 명을 죽였는데, 그들을 죽인 수법이 각기 다르다. 천하에 산재한 모든 무공을 익히고 있다면 몰라도 이토록 다양한 수법을 구사할 수는 없다.

"분명히 꼽추노인이었지?"

도왕 자신이 직접 목격했으니 의심할 여지도 없지만 그래도 혹시나 하는 심정에서 다시 물어보았다.

삼비마룡이 고개를 끄덕였다. 일수일살도, 홍검쌍살도…….

"제길! 우린 인간을 상대하고 있는 게 아니군. 괴물을 상대하고 있는 거야."

"일단은 이 자리를 벗어나는 게 급선무 같은데……."

일수일살이 조심스럽게 말했다. 자칫하면 비겁하게 들릴 수도 있는 말이기 때문에.

도왕은 서슴없이 대답했다.

"날이 밝는 대로 여길 뜨자. 여기가 어딘지는 몰라도 가다 보면 길이 나오겠지."

그러나 그 말이 얼마나 허황된 말이었는지는 도왕 자신도 알지 못했다.

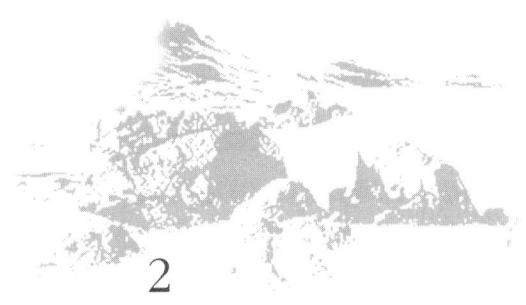

2

두 번째 살검(殺劍)

무인들은 지난밤을 눈 한 번 붙이지 못하고 꼬박 밝혔다.

삼 개 조로 나눠서 경계를 선다는 자체가 욕심이었다.

잠든 듯 꼼짝하지 않는 무인을 흔들어보면 허수아비처럼 맥없이 나뒹굴었다.

결국 삼 인이 일 개 조로, 밤새도록 서로의 안위를 확인해야만 했다.

"괜찮아?"

"괜찮아. 그쪽은?"

"나도 괜찮아."

세상이 적막에 휘감길 만하면 낮은 중얼거림들이 새어 나왔다.

그래도 살겁은 피할 수 없어서 한 명, 두 명…… 대답하지 못하는 사람들이 나타났다.

'종적을 잡을 수 없어. 세상에 이토록 빠른 신법이 존재했다니!'

유령이나 다름없는 꼽추노인은 밤사이에 모든 걸 정리하겠다는 듯 부지런히 무인들 사이를 누볐다.

화톳불을 커다랗게 살려놓고, 무인들 개개인이 횃불마저 들었지만 '표적이 여기 있소' 하고 알려주는 꼴밖에 되지 않았다.

"나왓! 나오란 말얏! 쥐새끼처럼 숨어 있지 말고 나와서 정정당당하게 겨뤄보잔 말얏!"

도왕이 아무도 없는 빈 허공에 고함을 질렀다.

시간이 흘러 삼경(三更)이 지나고 사경(四更)으로 접어들자 서로의 안위를 묻는 소리가 현저하게 줄어들었다.

무인들은 화톳불로 모여들었다.

밤이 오기 전에는 서른 명이 넘었는데, 겨우 십여 명만이 모여들 수 있었다.

병기나 휘둘러보고 죽었으면 여한이라도 없을 텐데, 깜빡 잠이 든 것처럼 조용하게들 죽었다.

역시 귀주사괴가 필요했다.

세상에는 무공으로 해결할 수 없는 일이 있고, 지금이 꼭 그때다.

그들의 기이한 능력을 믿는 것은 아니지만 그들이 있었다면 적어도 한마디쯤은 해줬을 것 같았다.

"움직이기는 틀린 것 같은데."

일수일살이 모닥불을 노려보며 말했다.

"오겠지. 올 거야. 죽이려면 와야 되니까."

삼비마룡이 말을 받았다.

도왕은 말없이 모닥불에 대도를 비춰가며 날을 살폈다.

지금의 상황에서는 할 말이 없다. 방책도 없다. 언제가 될지 모르지만 죽음의 마수가 닥쳐오면 최대한 저항해 보는 것뿐.

그렇게 긴 밤이 지나가고 날이 밝았다.

목불인견(目不忍見)이란 이럴 때 하는 말이다.

아직 잠에서 깨어나지 않은 듯 여기저기 널브러져 있는 무인들.

그들을 깨울 필요는 없다. 계속 깊은 잠을 자도록 내버려 두는 것으로 족하다.

"가자."

"어디로?"

"골인들이 강으로 갔어. 강을 건너면 어딘가 나오겠지."

남은 무인들이 주섬주섬 일어섰다.

공포가 지나치면 감각이 마비되는 법이다.

이제는 암습도 두렵지 않았다. 죽음이 남의 일처럼 여겨졌다. 원래 죽음이란 요물을 믿고 사는 무인들인만큼 죽음을 받아들이는 속도가 훨씬 빨랐다.

널브러져 있는 자들 중에 정말 잠이 든 자도 있을까?

알아서 하겠지. 잠에서 깨어나면 제 갈 길을 알아서 가겠지.

도왕 일행은 강으로 가지 못했다. 대신 병기를 단단히 부여잡고 눈가에 독기를 심었다.

"에구! 허리야. 체력이 예전만 못해서…… 이제는 밤도 새지 못한다니까."

언제 나타났는지 십여 장 떨어진 고목 아래 주저앉아 신발을 털고 있는 꼽추노인. 그는 태연하기만 했다. 아무런 일도 없었던 것처럼.

도왕은 성큼성큼 걸어가 일 장 거리를 두고 마주 섰다.

"당신인가!"

물을 필요도 없었다. 다람쥐처럼 날렵하게 나타났다 사라진 자가 분명하다.

"건방진 놈. 늙은이에게 다짜고짜 하대가 뭐야? 넌 아비 어미도 없냐?"

쒜에엑……!

다짜고짜 던진 것은 말뿐이 아니다. 웬만한 사람은 듣지도 못할 대도 역시 다짜고짜 터져 나갔다.

"광풍삼도절이군. 도왕이란 애송이인가?"

꼽추노인은 느글느글 웃으며 뒤로 물러섰다. 보법으로 피한 것이 아니라 상반신의 굴신(屈身)만으로 섬전을 능가하는 대도의 공세를 피해냈다.

'십팔연타! 전(輾)!'

쒜엑! 쒜에엑……!

그물막처럼 사위를 촘촘히 에워싼 도기(刀氣). 열여덟 가지의 초식이 각기 일로(一路)를 쓸어버리는 도광(刀光).

"아이고! 이놈이 늙은이를 잡네. 이놈아! 여기가 도살장이냐! 어디서 돼지 잡는 칼을 휘두르고 난리야! 아이고! 무서워라."

쒜에엑!

대도가 일로를 훑고 지나가니 커다란 고목이 싹둑 잘려 나갔다.

까앙!

대도가 바위를 내려치니 파란 불똥이 일어나며 바위 한 귀퉁이가 깨져 나갔다.

광풍이 장내를 휩쓸었다.

폭풍이 산천초목을 뿌리째 뽑아놓는 듯했다.

스치기만 해도 뼈마디가 무사하지 못할 무시무시한 괴력이다. 그것이 속도마저 섬전을 능가하니 도왕이라는 별호가 무색하지 않다.

'전이 안 되면 척(斥)!'

도왕의 신형이 빙그르르 돌았다. 대도는 횡으로 그어져 얼핏 보면 횡소천군(橫掃千軍)을 전개하는 듯싶었다. 그러나 대도의 끝이 꼽추노인의 신형과 일직선이 되었을 때, 묵직한 대도가 화살처럼 쏘아져 나갔다.

"엇!"

꼽추노인이 경악성을 내질렀다. 반응은 신속했다. 두 다리를 좌우로 쫙 벌리고 풀썩 주저앉았다.

쒜에엥……!

대도가 그의 머리끝을 아슬아슬하게 스쳐 지나갔다. 대도의 도기에 베인 하얀 머리카락이 나풀나풀 나부꼈다.

도왕의 공격은 끝난 것이 아니다. 그는 대도를 집어던짐과 동시에 육신 또한 내던졌다.

꽈앙!

보기만 해도 질리는 거대한 육신과 꼽추노인의 작은 육신이 정면으로 부딪쳤다.

도왕이 생각하기에는 자신의 무릎에 꼽추노인의 얼굴이 걸린 듯싶었다. 그러나 아니다. 꼽추노인의 얼굴 대신 노인의 깡마른 육장(肉掌)과 부딪쳤다.

'응? 크으윽!'

도왕은 뼛골을 저려 울리는 통증에 제대로 서지도 못하고 비틀비틀 물러섰다.

육장과 무릎이 정면으로 부딪쳤는데 손해를 본 것은 무릎이다.

꼽추노인의 깡마른 육장은 철벽처럼 단단해서 보검으로 베어도 잘라지지 않을 것 같다.

놀란 것은 그것뿐이 아니다.

"이, 이건! 이건 묵천신공!"

"무, 묵천신공!"

"현문의 무공!"

여기저기서 놀란 탄성이 한꺼번에 터졌다.

지금은 정상으로 돌아왔지만, 도왕과 부딪치는 순간 꼽추노인의 전신은 먹물을 뿌려놓은 듯 새까맸었다. 진기를 집중시킬 때, 혈맥이 최대한으로 팽창하며 나타나는 현상이다. 보통 사람은 얼굴이 붉게 변하는 정도지만 묵천신공을 수련하면 붉음을 지나쳐 새까맣게 보인다.

"흐흐흐! 꼴에 눈깔들은 있어가지고. 묵천신공을 알아봤으니 한 놈도 살려둘 수 없게 되었구먼. 모두 죽어줘야겠어. 에구! 뼈마디를 또 놀려야 되나? 어이! 그냥 칼 거꾸로 깨물고 팍 엎어지는 게 어때?"

일수일살이 검을 뽑아 들었다. 홍검쌍살도 홍검을 뽑아 들고 이체일신이 되었다. 삼비마룡도 어지간해서는 드러내지 않는 병기, 소소자(小掃子:쌍절곤)를 꺼내 들었다.

긴긴밤을 무사히 넘긴 무인들은 모두 병기를 잡았다.

도왕과 꼽추노인의 일전은 남은 무인들에게 합공 이외에는 길이 없다고 알려주었다.

"호오! 소위 정파라는 놈들이 합공을 하겠다고? 그렇지, 그래야지. 목숨이 왔다 갔다 하는 판에 무슨 놈의 체면이고 협의야. 그렇지?"

파파팟! 쒜엑!

제일 선공은 일수일살이 맡았다. 그는 삼 장 거리를 단숨에 좁힌 후 그의 유일한 무공인 일검화(一劍花)를 펼쳤다.

그에게는 초식이란 개념이 없었다. 가장 빨리 검을 뽑고, 검을 든 자세에서 가장 가까운 거리로 베어가는 수련만 해왔다.

그것만 해도 아직 완성하지 못했다.

어떠한 자세에서도 중심을 고정시킬 수 있어야 한다. 수십 가지에 이르는, 검을 뻗어낼 수 있는 모든 각도를 섭렵해야 한다. 일직선으로 베어가는 검초인만큼 상대가 막을 수 있어서는 안 된다. 막지 못하게끔 하려면 어떻게 해야 하는가? 빨라야 한다. 절대쾌검만이 절대혈화(絕對血花)를 일으킨다.

타앙!

일수일살의 살검이 불똥을 일으켰다.

'아!'

탄식이 절로 튀어나올 뻔했다.

절대쾌검이 가로막혔다는 것은 검초가 읽혔다는 것을 의미한다. 상대의 손속이 자신보다 빠르다는 것을 말해 준다.

훌쩍 뒤로 신형을 물린 일수일살은 경악에 물든 눈으로 장검을 쳐다봤다.

장검이 반이나 잘려 있다.

"노룡검……!"

도왕이 신음을 토해냈다.

꼽추노인은 무공이 강한 데다 보검까지 들고 있다.

상황은 점점 어려워지고 있다.

휘익! 쉬이익!

두 번째 공격은 삼비마룡과 홍검쌍살이 동시에 전개했다.

홍검쌍살의 좌검, 우검이 노인의 상반신을 젖혀갔고, 삼비마룡의 소소자가 하반신을 쓸어갔다.

홍검쌍살과 삼비마룡이 합격을 펼친 것은 이번이 처음이지만 예전부터 손발을 맞춰온 것처럼 일사불란했다.

일수일살도 곧 정신을 수습하고 공격에 합류했다.

"이놈들이 정말 떼거지로 몰려드네."

꼽추노인은 유령 같은 신법으로 피해냈다. 네 명의 일류고수들이 그의 옷자락조차 건드리지 못했다. 공격은 쉴 새 없이 퍼붓고 있지만 모두 공허한 헛손질에 불과했다.

'터무니없이 강하다!'

꼽추노인이 살심을 품는 순간, 네 고수가 추풍낙엽(秋風落葉)처럼 나뒹굴 것이라는 건 불을 보듯 뻔했다.

도왕이 땅에 떨어진 대도를 움켜잡고 싸움에 합류했다.

뒤에서 사태가 돌아가는 것을 지켜보던 무인들도 꼽추노인을 에워싸고 병기를 뻗어냈다.

검, 창, 철추……

온갖 병기가 난무했다.

노인이 신법을 마음대로 펼치게 해서는 안 된다. 하다못해 육신으로라도 노인의 발을 옭아매야 다른 사람에게 기회가 주어진다.

한 사람이 죽으면 열 사람이 살 수 있고, 모두가 살려고 하면 모두 죽는다. 혹시 사는 사람 중에 자신이 섞여 있을지 누가 알겠는가.

쒜에에엑!

마침내 노룡검이 분노의 울음을 토해내기 시작했다.

전신이 새까맣게 물든 꼽추노인이 날이 시퍼런 보검을 휘둘러 대는 모습은 천강역사(天罡力士)를 방불케 했다.

까앙!

창대가 싹둑 잘려 나갔다. 창대를 잘라낸 노룡검은 내처 짓쳐들어가 무인의 얼굴을 잘 익은 꽈리처럼 터뜨려 버렸다.

철컹!

철추가 노룡검을 휘어 감았다. 그러나 그뿐, 노룡검은 철추의 고리를 자르고 튀어나와 무인의 목을 가르며 지나갔다.

까앙! 까앙!

일수일살의 검이 기어이 두 동강으로 잘려 나갔다. 도왕의 대도 역시 반이나 베어졌다.

대도와 장검이 서로 부딪쳤을 때, 일반적인 상식으로는 대도가 훨씬 유리하다. 그럴 경우 부러지는 것은 대부분 장검이다.

꼽추노인에게는 상식이 통용되지 않는다.

노인이 들고 있는 노룡검은 모든 상식을 뒤집어 버린다.

쉬리링……!

삼비마룡의 소소자가 기이한 변화를 보였다.

봉과 봉을 연결시켜 놓은 철 고리가 쭉 빠지며 봉 하나가 노인의 면상을 향해 날아갔다. 고리가 빠진 다른 봉에서는 강침이 튀어나왔다.

천수여래에서 영감을 받아 창안한 천수팔장이 천수팔봉으로 바뀌어 전개된 것은 두말할 필요도 없다.

파라라락……!

세상이 온통 강침 그늘 아래 놓여졌다. 강침이 꼽추노인의 전신을 난자하는 것은 시간문제처럼 보였다.

시간문제…… 그것이 문제다.

노인은 찰나의 시간도 제 것으로 만들어 버렸다.

까앙! 파아앗!

일검으로 철 고리가 달린 단봉을 날려 버리고, 재차 전개한 일검으로 천수팔봉을 모두 봉쇄했다. 그리고 다시 전개한 일검으로는 뒤에서 덮쳐드는 무인의 손목을 잘라 버렸다. 손목을 잘랐다 싶은 순간, 노룡검은 허리까지 깊숙이 파고들었다.

"아아!"

홍검쌍살이 탄식을 토해내며 뒤로 물러섰다.

무엇으로 만들었는지 붉은색을 토해내는 홍검도 이제는 더 이상 붉은 빛을 뿌려내지 못했다.

처참한 패배다.

도왕은 가슴을 길게 베였고, 일수일살은 머리에서 피를 흘리고 있다. 삼비마룡은 손아귀가 찢어졌고, 다른 무인들은 두 발로 땅을 딛고 서 있지 못했다.

그제야 꼽추노인은 묵천신공을 풀었다.

뭐라고 할까? 검은 악귀의 모습에서 인간의 살빛으로 돌아왔다고 해야 할까?

"왜? 더 하기 싫어? 아예 끝장내는 것도 좋지 않아? 그게 좋을 텐데. 조금이라도 더 살면 뭐 하나? 히히!"

오십여 명의 무인들을 눈썹 하나 까딱하지 않고 도륙한 사람치고는 천진난만한 표정이었다.

모두들 할 말을 잃었다. 꼽추노인이 놀려대고 있지만 대꾸할 기력도 없었다. 자신들의 무공이 너무도 형편없었다는 자괴감은 삶의 의욕마저도 모두 앗아가 버렸다.

"네놈들은 약속을 어겼어. 무슨 말인지 알지?"

"……."

"빠져나간 놈들이 있는데 뭐가 어쩌고 어째? 할 도리는 다 했다고? 이런 빙충맞은 놈들. 살려줄 테니 가서 모두 죽여. 빠져나간 다섯 놈. 그놈들을 모두 죽이지 못하는 한 이곳에서 한 걸음도 벗어나지 못한다는 점을 명심해."

이것인가? 이것 때문에 살수를 펼치지 않고 살려주었나?

꼽추노인은 언제 살검을 펼쳤나 싶게 유유자적한 모습으로 사라져 갔다. 노인이 완전히 사라질 때까지 모두들 꿀 먹은 벙어리처럼 서 있기만 했다.

이해할 수 없는 점이 한두 가지가 아니다.

도주한 다섯 명쯤은 꼽추노인이 마음만 먹으면 죽일 수 있는데 무엇 때문에 차도살인(借刀殺人)을 한단 말인가.

"무림으로 돌아가면…… 현문을 가만두지 않겠어. 내 목숨이 끊어지는 순간까지…… 앞으로 현문은 내 적이야!"

도왕 갈운태가 이를 부드득 갈았다.

일수일살은 말을 하지 않았다. 그러나 그의 눈빛도 도왕처럼 광기로 번들거리고 있었다.

홍검쌍살은 그들답지 않게 깊은 생각에 몰두했고, 삼비마룡은 반으로 잘려 나간 강침을 쳐다보며 부들부들 떨었다.

우물 안 개구리. 지금까지 그들은 우물 안 개구리였다. 기인이사(奇人異士)가 하늘의 별처럼 널려 있다는 무림이지만 이토록 강한 고수가 존재했다니.

다섯 무인은 누가 먼저라고 할 것도 없이 걸음을 떼어놓았다. 뚜렷한 목적지도 없이.

도왕 일행이 사라진 자리에 십여 명의 인형들이 나타났다.

지천도와 섭혼살호, 마천옥, 그리고 귀주사괴와 잔심마도다.

그들은 격전이 끝난 후에도 반나절 동안이나 숨은 곳에서 나오지 않았다.

만무타배가 안겨준 공포는 놀랍다 못해 질릴 정도였다.

"음……! 우린 만무타배를 너무나 모르고 있었어."

죽은 무인들을 보는 순간 격전의 현장이 생생하게 되살아나 부르르 치가 떨렸다.

지금까지 골인들은 만무타배를 잘못 보았다.

어느 정도 무공을 되찾으면 상대할 수 있으리라 생각했는데, 이제 보니 자신들과는 차원이 다른 초절정고수였다.

그런 사람이 멸혼촌 같은 하찮은 곳이나 지키고 있었다니.

"한 가지는 확실히 확인됐습니다."

"……"

중인들은 마천옥의 말에 귀를 기울였다.

십여 년 동안 멸혼촌에서 멸시를 받으며 웅크리고 있던 잠룡(潛龍)이 기지개를 켜는 듯, 어제의 마천옥과 오늘의 마천옥은 전혀 달랐다. 지금에 와서는 아무도 마천옥의 말에 이의를 달지 않았다.

모든 일이 그가 예상한 대로 벌어지고 있다.

만무타배가 싸움에 끼어들 것이라고 했는데 정말 끼어들었다. 죽이기로 작심했으면 본신무공을 고스란히 드러낼 것이라고 했는데, 그것도 맞았다.

문득 마천옥의 출신이 어떻게 되는지 궁금해졌지만, 본인이 입을 열지 않는 이상 알아낼 방법이 없다.

"세상에서 완전히 격리된 멸혼촌에 두 집단이 나타났습니다. 그들은 적 아니면 아군이겠죠. 이제 확실해졌습니다. 만무타배가 있는 쪽이 청(靑)이라면 현문은 홍(紅)."

"그렇군."

"현문과 만무타배가 앙숙인 것은 확실하고, 우리는 그 사이에 낀 새우에 불과하죠. 고래 싸움에 새우 등 터진다고 그들 싸움에 우리가 죽은 겁니다."

"그거고 뭐고 간에 난 백비부터 무너뜨려야 직성이 풀리겠어."

지천도와 마천옥의 대화 중에 섭혼살호가 끼어들었다.

마천옥이 즉시 말했다.

"그건 중요하지 않습니다. 멸혼촌이 이렇게 쑥대밭이 되었으니······ 만무타배에게도 우리가 더 이상 필요하지 않은 겁니다. 골인이 필요하지 않다면 백비도 필요하지 않을 것이고. 아마도 만무타배가 우리보다 먼저 부수는 일이 벌어질지도 모르겠군요."

마천옥이 하는 말은 모두가 알 수 있는 사실이다. 그러나 말을 해주지 않으면 오리무중(五里霧中)에 빠진 것처럼 모호하기만 하다. 상황을 정확히 보고 정리하는 능력이 뛰어나다. 그가 비겁자라는 소리를 들으면서도 싸움을 피한 까닭은······ 아마도 승산이 없다고 생각했던 탓이 아닐까.

"만무타배는 몇 명을 살려줬습니다. 이유는 도망간 사람들을 추적해서 살해하라는 것이지만, 도왕이 그럴 수 있다고는 생각하지 않을 겁니다. 이곳 지형은 험난하기 이를 데 없어서 숨기로 작정하면 만무타배조차도 쉽게 찾을 수 없죠. 하물며 지형을 전혀 모르는 도왕이야 말해 뭐 하겠습니까?"

"그렇지. 잡을 수 없지. 흐흐!"

"그런 점을 잘 알면서도 목숨을 살려주며 일을 시킨 것은……."

"시킨 것은?"

"무림으로 돌아가라는 소립니다. 무림에 나가서 현문의 잔혹함을 알리라는 뜻이겠죠. 만무타배가 일부러 묵천신공을 끌어올려 살행을 한 것으로 보아 틀림없을 겁니다. 민심이 현문에서 떠나면 좋고, 실패해도 아쉬울 게 없고."

"자네는…… 자네가 진작 촌장을 했어야 했군 그래."

마천옥은 엉뚱한 소리를 했다.

"우리도 무림으로 돌아갈 수 있습니다."

"뭐?"

"도왕 일행이 빠져나간다면 우리도 빠져나갈 수 있다는 이야기죠. 이곳 어딘가에 틀림없이 출구가 있습니다."

"그렇군."

중인들은 '그렇군.', '그런가?' 하는 동의 또는 물음 외에는 할 말이 없었다.

"지금까지 우릴 살려둔 이유가 무엇인지는 모르지만 분명한 것은 우린 버림받았다는 겁니다. 만무타배와 현문, 양쪽에서 죽이려고 합니다. 눈에 띄기만 하면 수단 방법을 가리지 않고 죽일 겁니다. 아닐 수도 있겠죠. 우리가 죽든 살든 관심이 없을 수도……."

"휴우! 그렇겠지. 그래, 그럼 앞으로 어떻게 했으면 좋겠나?"

마천옥은 고개를 휘휘 저었다.

"그건 나중 문제겠죠. 지금은 신검서생 일행이 무사히 몸을 뺄 수 있도록 도와야 합니다. 만무타배의 눈에 띄지 않게 숨어서. 눈에 띄게 되면 우리도 죽습니다."

"응? 방금 자네가 자네 입으로 말하지 않았나? 이곳은 일단 도주만 하면 누구도 찾을 수 없는 지형이라고. 도왕 같은 놈들이 백날을 뒤져도 그들을 찾을⋯⋯."

"도왕이 아닙니다. 만무타배가 직접 처리하겠죠. 만무타배는 이곳 지형을 잘 압니다. 강으로 뛰어든 사람들이 어디로 나올지 예상하고 있겠죠. 하루 정도의 여유는 있다고 생각해서 도왕 일당을 먼저 친 겁니다. 아니라면 신검서생이 먼저 당했겠죠. 만무타배는 이곳에 있는 사람들 모두를 씨까지 말려 버리고 있어요."

"음⋯⋯!"

"부지런히 서둘러야 합니다. 자칫하면 신검서생, 당문삼기, 왕가달⋯⋯ 모두 당합니다."

"우리가 간다고⋯⋯."

만무타배는 생각만 해도 끔찍하다.

중원에 산재한 모든 무공을 알고 있는 사람. 수박 겉 핥기로 아는 것이 아니라 정심하게 수련까지 한 사람.

사람이 아니라 괴물이다.

하지만 생각만 하고 있을 시간이 없었다. 그들이 오래 머물면 머물수록 신검서생 일행의 생존율은 희박해진다. 어차피 목숨에 미련도 없는 것.

"가세!"

섭혼살호가 호기롭게 말하며 먼저 신형을 띄웠다.

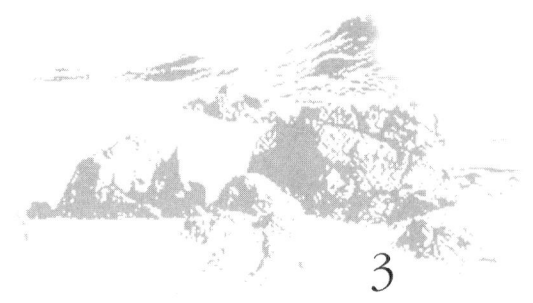

3
뒤바뀐 살검(殺劍)

독사는 만장지저 절벽가에 앉아 시커먼 동공을 뚫어지게 응시했다.

절벽 아래서 휘몰아치는 한풍이 옷자락을 펄럭인다. 살갗이 얼어 파르스름하게 변색된 듯하다.

개의치 않았다.

한풍이 아니라 살기가 휘몰아친다 해도 일어설 기분이 아니었다.

마음속에서 일어난 번뇌, 번민은 독사를 깊은 침묵 속에서 헤어나지 못하게 만들었다.

"너는 무림인이야. 무림에서 영원히 벗어날 수 없어. 벗어나고 싶어도 무인들이 벗어나게 내버려 두지 않을걸? 은거를 하면 뭐 해? 쫓아와서 검을 들이대면 싸워야 하는걸. 그게 무인의 숙명이야. 넌 영원히 싸우면서 살아야 돼."

요빙의 음성이 귓전을 쟁쟁하게 울렸다.

꿈을 꾸었다. 요빙과의 만남은 연기처럼 스러지는 꿈이다. 하지만 독사에게는 현실처럼 생생했다.

'무인…… 무인으로 살아야 한다. 지저분한…… 사내답지 못한 놈들과 어울리면서 살아야 한다. 암계, 암투…… 진흙탕에 몸을 담그고 살아야 한다.'

파락호들의 세계도 지저분했다.

간에 붙었다 쓸개에 붙었다 하는 놈도 있었고, 주먹으로 안 되니 돈을 주고 무인을 사는 놈도 있었다. 술에 취하지 않으면 파락호가 아니다. 노름에 빠지지 않으면 재미없는 놈이 된다. 돈이 필요하면 아무나 붙잡아 뜯어 쓰면 그만이다.

그래도 그놈들은 재미있었다.

죽이지 못해 안달을 내다가도 주먹으로 판가름하여 승패가 나면 깨끗이 승복하는 멋도 있었다.

놀고, 취하고, 즐기고…… 부랑아 짓을 하는 것도 한때다. 조금 세상을 아는 나이가 되면 파락호 중 거의 절반은 기반을 잡고 건전하게 살아간다.

파락호의 세계에서는 대형이 어떤 생각을 가지고 있느냐에 따라 파락호들의 일생이 좌우되는 경우가 많다.

무림은 그렇지 못한 것 같다.

무공을 수련하여 승패를 판가름하는 것이 아니라 목적을 이루기 위해서는 수단 방법을 가리지 않는 더러운 곳이다. 사람을 잡아놓는 것도 모자라서 골인으로 만들어놓는 곳이 무림이다.

사부가 제자를 죽이려 하고, 사형이 사제에게 검을 찌르고…… 자신 외에는 그 누구도 믿어서는 안 되는 곳이다.

그런 세상에서 살아야 한다.

무천문…… 무천문만 아니었다면 무림에 발을 딛지도 않았을 것을.

사부님과 사형이 왜 죽이려 했는지 알고 싶지도 않았다.

현재 독사의 최대 번민은 구더기가 득실거리는 것 같은 무림에서 살아가야 하느냐 하는 것과 살아가야 한다면 어떻게 사느냐 하는 것이었다.

죽은 듯이 앉아 있는 독사와 달리 엽수낭랑은 할 일이 많았다. 그녀의 표정은 봄날처럼 훈훈해서 딱딱하게 굳어버린 독사의 표정과는 정반대였다.

독사가 죽지 않고 살았다는 것만으로도 희망이 샘솟는 듯했다. 미래를 전혀 알 수 없는, 오히려 암담하기만 한 현실이지만 활짝 웃을 수 있었다.

독사가 살았다.

마음 같아서는 마주 앉아 밤새도록 이야기하고 싶다. 먹지 않아도, 입지 않아도 독사와 함께 있으면 행복했다. 그것도 욕심이다. 그가 그냥 옆에 있는 것만으로도 날아갈 것 같았다.

그렇다고 독사의 침묵을 깨뜨릴 생각은 없다.

스스로 침묵을 깨고 나올 때까지 기다려 주는 것이 현명한 내자(內子)의 도리다.

멍청하게 앉아만 있지도 않았다. 독사가 침묵에 함몰되어 있는 시간 동안 그녀도 할 일을 했다.

음경지의의 제련은 당문 사람이라면 누구나 손대고 싶어하는 천고의 기회다.

잘하면 영약을 만들어낼 수 있다.

소림사의 대환단(大還丹)에야 미치지 못하겠지만…… 아니다. 대환단을 능가하는 영약을 만들 수 있을지도 모른다.

만장지저에서 음경지의를 캐내 분석했다.

불행히도 빙굴에는 음경지의를 제련할 도구가 없었다. 천고의 영물이라도 영약으로 탈바꿈하기 위해서는 약성을 증가시켜 줄 보조 약초가 필요하다. 그것도 없었다.

제련은 나중에 해야 한다. 급하게 서둘 것도 없다. 대환단에 버금가는 영약을 만들기 위해서는 수천 수만 번의 시행착오를 반복해야 한다.

어쩌면 평생이 걸릴 일일지도.

그렇게까지는 바라지 않지만 아쉬운 대로 내력을 증진시켜 주는 효과는 나오게 할 생각이다.

골인들은 사활근맥단을 버리고 유화신공을 익히기 시작했다.

처음부터 다시 시작하는 게다. 사람에 따라서 예전 내력을 빨리 회복하는 사람도 있을 게고 수년에 걸쳐 회복하는 사람도 있으리라.

음경지의는 그러한 세월을 단축시켜 줄 수 있다.

'독기만 빼내면 돼. 아! 독기가 아니라 한기지. 습관이 돼서 독, 독하네.'

물에 넣고 끓이면 어떻게 될까? 기름에 볶으면? 짓이겨서 햇볕에 말리면 한기가 사라지지 않을까?

엽수낭랑의 머리 속에서 약초를 제련하는 수천 가지의 방법이 스쳐지나갔다.

그중에는 당장 시도해 볼 만한 방도도 있고, 제련 도구가 완벽하게 구비되어 있는 당문에나 가야 손댈 수 있는 것도 있다.

우선 할 수 있는 것부터 해보기로 했다.

막아놓았던 벽을 허물고 빙굴로 들어섰다.

순간 코를 찌르는 악취에 엽수낭랑은 아미를 찡그렸다.

악취는 빙굴 밖으로 빠져나가지 못하고 안에 배어 있었다. 또 차디찬 한기가 맴돌던 빙굴은 화마가 휩쓸고 지나간 듯 검게 그슬린 자국으로 가득했다.

'이 냄새는…… 화장(火葬)! 시신을 태웠어!'

엽수낭랑은 화장하는 광경을 많이 보았다.

당문은 무림에선 독과 암기로 유명하지만 세간에서는 의술의 명가(名家)로 더욱 많이 알려져 있다.

그런 곳에서 자란 만큼 각종 질병과 많이 접하게 되었고 전염병에 걸린 사람도 많이 다루게 된다. 그들이 죽을 경우, 화장을 해서 질병의 번짐을 막곤 했다.

'골인들은 화장을 하지 않는데…… 역시 당했나? 모두 무사할 수는 없겠지.'

아비규환(阿鼻叫喚) 속에서 살고자 몸부림치는 골인들의 모습이 생생하게 그려졌다.

엽수낭랑은 마음을 가다듬었다.

그들이 어떻게 되었는지 궁금하기도 하고 필요할 때 도움을 주지 못했다는 죄책감도 들지만 지금 당장 할 일은 음경지의를 단약으로 제조하는 일이다. 그것만이 골인들을 조금이라도 도와줄 수 있다.

악취가 가득한 빙굴을 지나 밖으로 나왔다.

햇볕은 따사로웠고 상큼한 바람도 불어왔다.

썩 좋은 날씨다.

가지고 나온 음경지의를 조금 떼어 바위 위에 올려놓았다. 다행히 날씨가 좋아 금방 마를 게다.

천천히…… 서둘지 않고 음경지의와의 씨름을 시작했다.

하루, 이틀, 사흘…….

독사의 침묵은 지독하게 오래 끌었다.

내력이 강한 사람이니 며칠 굶는다고 어찌 되는 건 아니지만 걱정되는 것은 사실이다.

슬그머니 건포를 옆에 갖다 놓았지만 독사는 손도 대지 않았다.

침묵을 깨지 않기 위해 검에 찔린 상처도 어루만져 주지 못했다. 상당히 심한 부상인데. 곪지나 않을까 싶어 등 쪽의 냄새를 맡아보는 것이 고작이지만, 다행히도 곪지는 않았다. 빙굴의 차디찬 한기가 상처를 오히려 아물게 해주는 듯싶다.

독사의 정신 상태에 대해서는 크게 염려하지 않았다.

독사는 매미처럼 두텁고 깊은 껍질을 친 고치가 되었다. 매미가 껍질을 벗고 나오듯, 독사가 일어설 때는 완전히 환골탈태(換骨脫胎)하여 새로운 모습을 드러낼 게다.

지금의 침묵은 독사에게 성장의 요소가 되었으면 되었지 저해의 요소가 되지는 않는다.

그래도 너무 오랫동안 침묵 속에서 나오지 않고 있으니 걱정되기는 하는데.

엽수낭랑은 무엇인가 말을 할까 망설이다가 그냥 발걸음을 돌리고 말았다.

오늘은 말린 음경지의를 빻아서 환단으로 만들어볼까 한다.

독사는 아무 생각도 하지 않았다. 머리 속을 흘러 다니는 생각도 없었다. 아무것도 보지 않았다. 캄캄한 만장지저의 모습이 눈 가득히 들어왔지만 감각을 상실해 버렸다. 보고 있으나 보이지 않았다. 차디찬 한기도 느끼지 못했다. 살갗의 감각을 느끼기에는 너무 멀리 나와 버렸다.

무념(無念), 무아(無我), 무상(無想)…….

참선이나 운공으로 도달한 절대지경이면 좋을 텐데, 독사는 현실로부터 도피한 끝에 의식과 감각을 잃어버린 상태에 도달했다.

전자가 하늘로 올라간 것이라면, 지금 독사의 상태는 땅속 깊이 파고든 상태라고 해야 할까?

극도로 피곤해진 심신(心身)이 마비 쪽을 택한 것이다.

텅 비었던 머리 속에 문득 정신을 차리듯 잡념이 새어들었다.

'난 무엇 때문에 무공을 익혔나.'

혼란스러웠다.

싸울 힘이 없기에 자신의 죽음으로, 목숨으로 살리고자 했던 요빙. 그녀의 영혼 앞에 당당하게 싸울 수 있다는 모습을 보여주기 위해 시작한 무공 수련.

똑같은 상황이 다시 한 번 벌어진다면 이제는 죽음을 택하지 않아도 된다고 말해 주고 싶은 마음.

그렇다. 그런 마음에서 무공을 배우려고 현문까지 찾아갔었다.

그런데 그게 아닌 것 같다. 혼란스럽다.

요빙의 장례는 왜 뒤로 미뤘는가.

당당한 무인으로 성장한 후에 장사를 치르겠다는 생각은 왜 했는가. 자신이 당당해지면 요빙도 당당해지리라 믿었는데…… 그것도 아닌 것 같다. 죽은 사람은 영원히 당당해질 수 없다. 죽는 순간 모든 기회를 박탈당했다.

'아아!'

머리 속이 터지는 것 같았다.

차라리 아무 생각도 하지 않고 멍하니 앉아 있는 쪽이 편했다.

잡념은 오랫동안 지속되다 슬그머니 꼬리를 감췄다. 아무 결론도 내지 못한 채 감쪽같이 사라졌다. 대신 다른 잡념이 새롭게 나타났다.

'심정체안(心靜体安), 체정심안(体靜心安). 신정심안(神靜心安), 심안응신(心安凝神). 신취기혈동(神聚氣血動), 기혈동이체온승(氣血動而溫升). 전위고(電位高), 생화축보분해합성(生化逐步分解合成), 부단제고인체공능(不斷提高人体功能).'

몸이 편안하게 마음을 가라앉히고, 마음이 편안하게 몸을 고요하게 한다. 신이 편안하게 마음을 가라앉히고, 마음이 편안하게 정신을 집중한다. 신이 기혈의 움직임을 취하게 하면, 기혈이 움직여 체온을 상승시킨다. 기혈의 움직임은 번개 같으며, 몸은 합성과 분해를 통해 끊임없이 인체 기능을 향상시킨다.

암혼사의 연공오근(煉功五勤)이다.

암혼사를 연공함에 있어 다섯 가지를 부지런히 해야 한다.

안근(眼勤), 뇌근(腦勤), 취근(嘴勤), 수근(手勤), 연근(煉勤).

눈은 항상 옳은 것을 보도록, 뇌는 부지런하게, 말은 가려서 하도록 주의하며, 손은 쉴 틈을 주지 말고 매일매일 연공을…….

갑자기 생각하고 싶지도 않은 암혼사의 구결이 떠오른 것은 왜일까.

그것도 중요한 구절도 아니고 약간의 주의나 다름없는 글귀가 떠오른 것은.

독사는 암혼사의 구결을 지우려고 했다.

그것이 실수였다. 생각이란 요물은 떨치려고 하면 더욱 악착같이 달라붙는 속성을 지니고 있다.

'심정체안. 체정심안……'

독사는 진기가 스스로 움직여 전신 경락을 휘도는 것조차 의식하지 못했다.

그는 잊고 있었다, 진기가 끊임없이 움직이고 있다는 사실을.

그가 의식하든 의식하지 않든 진기는 살아서 움직이고 있으며, 몸의 변화를 감지해 낸다. 나쁜 요소가 있으면 제거하고 좋은 요소가 들어오면 받아들인다.

진기가 육신의 상태를 점검하고 조율해 주는 탓에 독사의 육체는 궁극의 정점에 올라서서 내려가지 않는다.

독사가 원했던 일은 아니나 마음이 차분하게 가라앉았다. 몸의 상태도 따라서 편안해졌고 기혈의 움직임은 한결 원활해졌다.

생각도 일목요연(一目瞭然)하게 정리되었다.

무공을 수련한 것은 몸과 마음을 항상 이런 상태로 유지하기 위해서다.

싸우기 위해서도 아니고, 누구에게 과시하기 위해서도 아니다.

육신이 지닌 능력을 항상 최고조로 유지하며 사는 것. 항상 밝고 즐거운 것만 보는 것. 그러므로 자신의 삶을 향상시키는 결과를 가져온다.

넓은 의미에서는 활인(活人)이 있다.

약한 사람을 도우면 기쁘지 아니한가. 곤란한 사람을 도와주면 기쁘지 아니한가.

무공은 모든 사람이 수련해야 한다. 어린아이, 노인, 사내, 여자 할 것 없이 누구나 배워야 한다.

그럼 왜 갈등이 일어나는가.

칼은 양면이다. 좋은 쪽으로 사용할 수도 있고 나쁜 쪽으로 사용하는 흉기가 되기도 한다.

무공이라는 칼자루를 움켜쥐고 있는 무인이 어떤 행동을 하느냐에 따라서 좋은 무공이 되기도 하고 혐오스러운 무공이 되기도 한다.

사람은 항시 좋은 사람만 있는 게 아니다. 도둑질을 하는 사람도 있고, 사기를 업으로 해서 호구지책(糊口之策)을 연명하는 사람도 있다. 파락호들처럼 타인에게 피해를 주며 사는 사람도 있는 것이고.

그러나 착하다는 것이 좋은 사람이라는 개념과 동일하다면, 세상은 좋은 사람이 훨씬 많다.

무림이 유독 지저분해 보이는 것은 강한 사람이 모여 있기 때문이리라. 무공을 정도로 활용하지 못하는 사람들이 모여 있기 때문에. 어쩌면…… 자신이 그런 사람들만 만난 건지도.

독사는 심호흡을 크게 한 후 자리를 털고 일어섰다.

무인으로 사는 것도 나쁘지는 않을 것 같다. 하지만 무인으로 살더라도 다른 사람에게 끌려 다니지는 않을 것이다. 내 식대로 살아갈 것이다.

뒷짐을 지고 산책이라도 하듯 여유롭게 걸어나오는 독사, 엽수낭랑은 방금 전에 보았던 사람처럼 담담하게 맞이했다.

"배고프지 않아요?"

"그 말을 들으니 갑자기 출출해지는데 먹을 게 있으면 주시오."

묻는 사람이나 대답하는 사람이나 언제 무슨 일이 있었냐는 투였다.

"조금만 기다리세요."

엽수낭랑은 끓고 있는 물에 건포를 집어넣었다.

맛이 있을 리 없다. 말린 고기를 넣어서 끓인 국물은 밋밋하기만 하다.

독사는 맛있게 한 그릇을 다 비우고 옷소매로 입가를 쓱 닦았다.

"사람들은?"

"거의 죽었을 거예요."

독사는 별로 놀라지 않았다.

"섭혼살호께서 살게 되면 북쪽 너와집으로 가라고 하시더군요."

"그랬소? 그럼 갑시다."

독사가 싱긋 웃으며 말했다.

웃음이 싱그러웠다. 봄날 아지랑이처럼 마음을 훈훈하게 해주는 웃음이었다.

그러나 맑은 웃음을 대한 엽수낭랑의 마음은 오히려 어두워졌다.

지금의 독사는 그녀가 알고 있는 독사의 모습이 아니다. 처절함이나 강인함이 사라지고 넉넉함이 배어 나온다. 분명히 한 단계 성숙한 인간의 모습이다.

그런데 왜 불안할까.

엽수낭랑은 해답을 쉽게 찾았다.

자신을 대하는 태도가 달라졌다. 전에는 의식적으로 피했는데 지금은 얼굴을 마주하며 여유롭게 말하고 있다.

이런 경우는 둘 중 하나다. 자신을 받아들이기로 작심했거나 완전히 정리했거나.

불안했다.

"갈 땐 가더라도 좀 씻어야 하지 않겠어요?"

"그렇군. 몸에서 냄새가 나는 것 같아. 오랜만에 목욕이나 즐겨볼까. 몇 년 만에 하는 목욕인지 모르겠네."

더욱 불안했다.

강을 찾은 독사는 태연히 옷을 벗고 강물에 몸을 담갔다.

엽수낭랑은 한쪽에서 더러워진 옷을 빨아 널었다.

독사의 옷에서는 땟물이 자르르 흘렀다. 빨아도 빨아도 때가 빠지지 않았다. 피로 범벅이 되었고 검에 뚫린 곳도 너덜너덜했다.

"금창약(金瘡藥) 있소?"

"네."

"상처가 아직 덜 아문 것 같은데, 발라주겠소?"

엽수낭랑은 독사의 행동을 어떤 식으로 받아들여야 할지 몰랐다.

여인 앞에서 태연히 알몸을 보이는 사내.

자신을 받아들이기로 작심한 건가?

엽수낭랑은 금창약을 꺼내 발라주었다.

단단한 상체다. 군살 하나 없는 근육으로 이루어진 몸이다.

여기저기 병기에 찔리고 베인 흉터도 강인함의 표상인 것 같아 보기 좋았다.

'아름다워……'

그녀는 사내의 몸이 아름답다는 사실을 처음 알았다. 삭막하기만 한 멸혼촌도 아름다운 사내의 몸이 있으니 광채를 발하는 듯했다.

"흠! 시원하네."

"음경지의로 만든 약이에요."

"그새 약을 만들었소?"

"저도 당문 여식이잖아요. 잊었어요?"

"하하! 소저를 알고 있으면 평생 약 걱정은 하지 않아도 되겠군."

"호호! 그럼 많은 여자를 알고 있어야 되겠네요?"

"무슨 소리요?"

"주점 주인 딸도 알고 있으면 평생 술 걱정은 안 해도 되잖아요. 옷도 입어야 되니 옷 가게에도 아는 여자가 있어야 되겠고…… 한 백 명쯤 사귀어두면 먹고사는 것은 걱정하지 않아도 되겠네요."

"호오! 그런 방법이 있었네."

"바람둥이예요?"

"몰랐소?"

"고마워요."

"그건 또 무슨 말이오?"

"당신하고 같이 있으면 어부지리(漁父之利)로 저도 공짜로 먹고살 것 아녜요."

"하하하!"

독사는 맑고 낭랑한 웃음을 터뜨렸다. 내심을 숨기지 않은 정말 밝은 웃음이다.

엽수낭랑은 눈물이 왈칵 쏟아지려는 것을 억지로 참았다.

전에는 늘 일정한 거리를 유지하고 있었는데, 그런 거리가 없어졌다. 지금의 독사라면 어떠한 농도 마음대로 주고받을 수 있다. 둘 사이의 거리가 없어졌으니 얼마나 기쁘고 좋은가.

하지만 전혀 기쁘지 않았다.

'이 사람…… 다시 숨었어.'

그녀는 깨달았다, 독사가 요빙의 품속으로 빨려 들어가 버렸다는 것을. 너무도 단단한 사랑에 얽어져 자신을 대하면서도 태연할 수 있는 것이리라.

전에는 흔들림이라도 있었다. 하지만 지금은 그것조차도 없다.

자신을 받아들인 것이라면 동물적인 육감이 새어 나와야 하는데 독사의 몸은 잔잔하기만 하다. 비록 등이지만 여인의 손이 닿았는데 담담하기 이를 데 없다.

욕념(欲念)이 없다는 것은…… 사내가 여인을 여인으로 보고 있지 않다는 말이 된다.

엽수낭랑은 자신의 느낌을 확인해 보고 싶었다. 시간을 오래 끈다고 돌아올 것도 아닌 바에야 확실히 알고 싶었다.

"우리…… 벗인가요?"

"……."

"연인(戀人)은 될 수 없는 건가요?"

"소저는 좋은 여인이오."

"슬픈 말이군요."

"내겐 형제가 없는데……."

정말 웃기는 남자다. 연인이 되고자 하는 여인에게 형제 운운하다니. 그것이 냉정한 거절보다 더 큰 거절이라는 것을 모른단 말인가.

"여동생이 되어달란 말인가요?"

"……."

"좋은 오라버니는 될 자신이 있어요?"

"하하! 설마 동생 하나 챙기지 못할까?"

"그래요, 그럼. 동생이 되어드릴게요."

엽수낭랑은 순순히 응했다.

거절할 수가 없다. 거절하면 독사는 더욱 먼 곳으로 떠나가 버린다. 그의 곁에 머물면서 한빙(寒氷)보다 더욱 차갑게 굳어진 그의 마음을 천천히 녹여야 한다.

'착각하지 말아요. 전 당신의 동생이 아니라 아내가 될 테니까요.'

"소저, 고맙소."

"말투가 그게 뭐예요?"

"……?"

"동생이라면서요? 동생이면 편하게 말해요. 동생에게 이랬소 저랬소 하는 오라버니 봤어요?"

"하하! 그러지."

독사는 정말 기분 좋은 표정으로 하늘에 떠가는 구름을 올려다봤다.

'풋! 단순한 사람. 당신…… 정말 여자를 모르는군요.'

엽수낭랑도 우울한 마음을 떨쳐 버렸다.

긴 침묵 속에서 독사가 무슨 생각을 했는지 모르지만 한 가지만은 크게 잘못 생각했다.

자신을 옆에 있게 한 것.

몸이 멀어지면 마음도 멀어지는 법이다.

죽어서 만날 수 없는 여인과 매일 만나는 여인. 누구에게 정이 갈 것인가.

'난 자신있어.'

엽수낭랑의 얼굴도 밝게 펴졌다.

第三十二章

혈겁(血劫)을 피한 여인

1

혈겁(血劫)을 피한 여인

산이 높아 봉우리를 볼 수 없고, 계곡이 깊어 끝을 알 수 없다. 수림은 울창해서 시작과 끝을 알 수 없으며, 바위는 크고 날카로워서 백만 대군을 막을 수 있다.

멸혼촌 주변 지형을 단적으로 말하면 그렇다는 말이다.

길 안내를 받지 않으면 한 걸음도 쉽게 떼어놓을 수 없는 곳. 하지만 이곳에서 수십 년을 살아온 골인들에게는 앞마당이나 다름없었다.

왕가달은 능숙하게 길을 뚫어 나갔다.

"왜 이렇게 기분이 가라앉지? 되게 안 좋네."

신검서생이 얼굴에 달라붙은 거미줄을 떼어내며 말했다.

쫓아오는 사람이 없는 것은 확인했다. 설혹 있다 해도 넓고 깊은 산중에서 다섯 명을 찾아내기란 하늘의 별 따기다. 강에서 나와 나흘이란 날짜가 흐르는 동안 위협적인 요소가 나타난 적은 한 번도 없었다.

징후조차 보이지 않았다.

그런데도 가슴이 납덩이를 달아놓은 듯 무거웠다.

"한심하기는……. 여자 때문에 사서 고생하는 놈들 많이 봤지만 똑똑하다던 신검서생마저 그럴 줄은 몰랐는걸."

당한이 타박조로 말했다.

분위기를 돌려보려는 의도였다.

새소리 한마디 들리지 않는 산속을 걸어간다는 것은 당문삼기도 마음에 들지 않았다.

꼭 죽음의 적막 속을 파고드는 느낌이지 않은가.

"저야 목적이 있었으니 그렇지만 형님은 왜 사서 고생이십니까?"

"영아 고집을 몰라서 그런 말을 하는 겐가? 쯧! 독사란 놈이 문제야, 문제."

"하하! 면전에서는 대형이고 뒤돌아서면 '놈' 입니까?"

"뒷전에서는 임금님 욕도 하는 법이지."

신검서생과 당문삼기는 멸혼촌에서 만나기 전부터 친분이 있는 사이였다. 엽수낭랑 당안령에게 청혼하고자 당문을 찾아온 뛰어난 젊은이들치고 당문삼기와 교분을 쌓지 않은 사람은 없었다.

신검서생은 그중에서도 특히 교분이 두터웠다.

서글서글한 성품에 무공도 뛰어나고 학문도 깊어서 당안령의 짝으로 조금도 손색이 없는 몇몇 젊은이들 중 한 명이니 관심을 많이 둘 수밖에 없었다.

"그러나저러나 독사는 살기나 했는지 모르겠습니다."

"살 거야. 독사 곁에 영아가 있잖아. 여자로 태어나서 그렇지 사내로 태어났으면 당문십독이 되고도 남았을 아이잖아."

당한의 음성 속에는 당안령에 대한 사랑이 은은하게 담겨 나왔다.

그 말을 듣자 신검서생의 마음은 더욱 아렸다.

아름답다, 현숙하다, 똑똑하다……. 장점을 헤아리자면 열 손가락도 모자랄 여인이다. 그러나 그런 점 때문에 당안령을 사랑했던 것은 아니다. 왜 사랑하느냐고 물으면 한 가지도 대답할 수 없는…… 그녀가 있기에 사랑한다고 말할 수밖에 없다.

지금도 당안령의 머리털 한 올까지 사랑한다.

그러나 다가설 수 없다. 그녀의 마음속에 깃든 영상을 밀어낼 자신이 없다. 약간이라도 틈이 보인다면 밀치고 들어서련만, 당안령은 너무도 굳건하게 자물쇠를 채우고 있다.

자물쇠 안에 있는 사람은 오직 한 사람, 독사뿐인 것을.

"그렇죠. 그런데 말만 무성하게 들었지 실제로는 본 것이 없어서…… 정말 그렇게 의술이 뛰어납니까?"

"당문이 생긴 이래 딱 다섯 사람만 꼽으라면 그중에 끼일 아이지. 태어나면서부터 의원이지. 세상에 의원이 없다면 아마 태어나지 않았을걸?"

"그 정도입니까?"

"아직은 아니지. 한참 커가는 중이니까. 하지만 지금도 당문십독과 버금가는 의술을 지녔다고 봐야겠지."

'엽수낭랑…….'

신검서생의 머리 속에 엽수낭랑의 방긋 웃는 모습이 그려졌다.

그녀와 독사…… 정말 어울리지 않는다. 곱디곱게 자란 화초가 들에서 비바람을 맞으며 자란 잡초와 어울려 있는 격이다. 겉모습만 보면 분명히 그렇다.

"앞으로 형님은 어떻게 하실 겁니까?"

"뭘?"

"여기서 나가게 되면 당문으로 돌아가야 되는데……."

신검서생은 뒷말을 잇지 못했다.

당문삼기는 사활근맥단의 영향을 받아 옛 모습을 상실했다. 비록 골인들처럼 뼈마디만 남은 것은 아니지만 평범한 모습은 아니었다.

솔직히 말하면 좀 혐오스럽다.

당문으로 돌아가도 예전처럼 살아가지는 못할 것 같다.

신검서생은 말을 해놓고도 미안했다. 말할 때는 무심히 말했는데, 생각해 보니 가장 아픈 곳을 건드렸다.

그러나 당한은 의외로 담담하게 대답했다.

"그건 나중에 생각할 문제야. 일전에 종조부님께 들은 적이 있지. 이곳을 탈출하려고 몇 날 며칠을 어떻게 헤맸는지. 멸혼촌을 벗어났다고 다 끝났다 생각하면 오산이야. 우리는 출행을 다닌 길만 알지 다른 곳은 모르잖아? 종조부님 말씀을 빌리자면 출로가 없어. 안다면 골인들이 지금까지 멸혼촌에 머물러 있지 않았겠지."

신검서생은 다르게 생각했다.

들어온 길이 있으면 나가는 길도 있다. 단지 찾지 못하고 있을 뿐이지.

그가 막 입을 열어 말하려고 할 때, 앞서서 길을 뚫던 왕가달이 경고성을 토해냈다.

"조용!"

차앙!

왕가달의 경고가 터짐과 동시에 신검서생의 장검이 뽑혔다.

무척 기민한 반응이다. 당한과 허물없는 말을 주고받으면서도 경계를 늦추지 않았기 때문에 가능한 행동이다.

일차로 주위를 살폈다. 누군가 주위에 있다면 즉시 쳐 나가야 한다. 많은 골인들이 자신들을 살리기 위해 목숨을 내놓았듯, 왕가달과 당문삼기를 살리기 위해 자신이 목숨을 내놓아야 한다.

주위는 조용하기만 했다.

바람 소리조차 들리지 않는 죽음의 고요만 이어졌다.

신검서생이 고개를 돌려 왕가달을 쳐다봤다.

왕가달의 볼 근육이 미미하게 꿈틀거렸다. 건너편 산 중턱에서 피어나는 연기는 위협이 아니라 절망이었다.

신검서생도 연기를 봤다. 당문삼기도 봤다.

"기어이 만무타배가……."

당문삼기의 둘째인 당옥이 쥐어짜는 음성으로 말했다.

"이제부터는 정말 당신이 혈수요. 북으로 가야 한다는 것만 잊지 마시오."

왕가달이 뒤로 물러섰다.

"그럼…… 음! 저쪽으로 갑시다."

신검서생이 앞으로 나서며 좌측에 있는 오동나무 숲을 가리켰다.

마천옥은 말했다.

"만무타배가 움직이면 죽었다고 봐야 해. 아무도 만무타배의 상대가 되지 않으니까. 검을 맞대는 일은 절대적으로 피해야 하고, 어쩔 수 없이 맞댈 경우에는 한 사람만 싸우고 나머지는 피해. 어쩔 수 없지. 하지만 희망은 있어. 만무타배도 사람이란 거지. 찾지 못하면 죽이지 못하는 거야. 연기가 오르면 신검서생이 길을 인도해야 해. 우리들이 다녔던 길은 절대 피해야 돼. 한 번이라도 다녔던 길은 피해. 없는 길을 만들어서 가야 되고, 그러자면 이제 막 멸혼촌에 온 신검서생이 제일 적격이야. 출행로(出行路)를 모르니까."

'좋아, 만무타배. 누가 이기나 해보자고.'
신검서생의 두 눈에 투지가 타올랐다.

"흐흐! 약은 놈들이군."
만무타배는 재만 남은 모닥불을 쳐다보며 혀를 끌끌 찼다.
그는 한 가지 큰 실수를 했다.
골인들을 깨끗이 마무리 짓지 않고 도왕 일행을 친 것이 결정적인 패착이었다.
잠시 머리가 어떻게 되었는지 방심을 했다. 설마 군웅 오십여 명이 독 안에 든 쥐처럼 빙굴에 갇혀 버린 골인들을 놓칠 리가 있겠냐는. 그것도 좋다. 한 번 실수는 두 번으로 이어졌다. 빙굴을 빠져나간 골인은 몇 명 되지 않는다. 도왕과 일수일살이 추격에 나섰고, 잡지 못할 리 있겠냐는 방심을 또 했다.
그리고 세 번째 방심으로 무인들을 피해 강으로 뛰어들었으니 쉽게 나오지 못할 것이라는 것과 강에서 나온 놈들이 갈 곳이란 뻔하다는 자만심을 가졌다.
그것이 도왕 일행을 먼저 치게 만들었다.
물론 그런 결정을 하게 만든 것은 도왕이란 놈이 강가에서 '이제 끝났으니 흩어지자' 는 말을 했던 것이 계기가 되었지만.
놈이 그런 말만 하지 않아도 골인들을 먼저 마무리 지었을 게다.

아는 길을 더듬어가는 놈들은 찾기가 쉽다. 오히려 길을 모르는 도왕 같은 놈들이 여기저기로 흩어진다면 더 찾기 힘들다.

오십여 명을 죽이는 데 얼마나 걸릴까? 못 잡아도 오, 육 일은 생각해야 한다.

그 시간을 아끼고자 도왕부터 쳤는데, 결국 날짜는 날짜대로 잡아먹고 골인들은 잡지도 못하는 우(愚)를 저지르고 말았다.

놓친 자는 정확히 열네 명.

삼비마룡이 아홉 명을, 도왕이 다섯 명을 놓쳤다.

삼비마룡, 그 멍청한 놈은 퇴로가 없는 빙굴에서 아홉 명이나 놓쳤다. 아니다. 멍청한 것은 자신이다. 자신이 빙굴을 뒤지며 골인들의 숫자를 헤아렸는데, 골인 아홉 명이 숨어 있다는 사실을 감지해 내지 못했다.

분명히 아무도 없었는데.

있었다면 인체의 기능을 완전히 상실시키는 비정상적인 방법으로 숨어 있었을 것이 분명하다.

여기에는 한 가지 추측이 가능하다.

이미 죽은 당진도…… 그 늙은이가 항상 꼼지락거리더니 무엇인가를 만들어냈다는 것.

모닥불 주변에 나타난 흔적은 십여 개다.

빙굴에서 도주한 자들이다.

"흘흘! 잘됐어. 살귀들이 있는 것을 알면서도 모닥불을 피운 것은 합류하자는 뜻이겠지. 모두 한군데로 모이는군. 흘흘흘! 이놈들만 쫓아가면 강에서 나온 놈들도 만날 것이고."

만무타배는 서둘지 않았다.

골인들은 결국 잡히게 되어 있다. 놈들은 뛰어봤자 부처님 손바닥 안에 있는 오공이다.

그보다 그를 께름칙하게 만드는 일이 있다.

빙굴에서 독사의 시신을 발견하지 못했다는 것.

그가 되살아났다고는 생각지 않는다. 뇌천검객은 흐물흐물한 인간이 아니다. 바늘로 찔러도 피 한 방울 나오지 않을 냉혈한(冷血漢)에 치밀한 성격을 지녔다.

독사는 죽었다. 그러면 시신이 있어야 할 것 아닌가.

시신이 없다.

독사란 놈은 살아서도 그랬지만 죽어서도 여러모로 신경 쓰이는 놈이다.

만무타배는 조금 더 주변을 살펴보다가 날렵하게 신형을 띄웠다.

만무타배는 또 하나의 실수를 했다.

"이쪽으로."

광안이 느긋하게 말하며 일행을 이끌었다.

만무타배는 이런 상황을 예측하지 못했다. 귀주사괴가 골인들에게 합류했을 때 예측했어야 옳았는데.

귀주사괴는 추적 하나로 무림을 횡행한 사람들이다.

무림에는 추적의 달인이라는 사람들이 많다. 잔심마도도 그중에 한 명이다.

그러나 귀주사괴는 다른 사람들과 좀 달리 분류해야 된다. 추적의 달인이라는 대부분의 사람들이 추격하는 사람의 친인척 등 연고를 근거로 해서 추적하는 반면, 귀주사괴는 그들만의 타고난 능력으로 추적해 왔다.

추적은 곧 도주와도 상통한다.

추적하는 사람이 가장 곤란을 느낄 때가 추적하는 사람이 추적의 달인일 경우다.

그들은 추적의 실마리를 철저하게 단절시킨다. 추적을 해봤던 만큼 방법에 대해서는 달통하고 있다.

"신검서생에게서 만무타배의 이목을 차단하는 방법 중 가장 좋은 상책(上策)은 모닥불을 피우는 거지요. 연기만큼 이목을 끌어당기는 것도 없으니까요. 그러나 우리가 집중적으로 추적당한다는 단점이 있습니다. 두 번째로 좋은 중책(中策)은……."

"모닥불을 피우는 것이 가장 좋다면서 중책은 거론해서 뭐 하오."

마천옥의 말머리를 자른 사람은 이방인처럼 겉으로 맴돌던 귀주사괴, 그중에서 광안이었다.

마천옥이 그를 지그시 쳐다보며 말했다.

"방금 말했잖소, 우리가 집중적으로 추적당한다고. 광안께서 고견(高見)이 있으신 듯한데."

"고견이랄 것은 없고…… 추적당하지 않으면 그만 아니오."

"해주시겠습니까?"

마천옥은 서슴없이 부탁했다. 처음부터 귀주사괴를 의식해서 상책을 말했다는 것은 누구도 짐작할 수 있었다.

"내 목숨도 달린 일인데, 까짓것 해봅시다."

이렇게 광안이 지천도 일행을 인도하게 되었다.

모두들 간단한 회합을 끝내고 일어섰을 때 지천도가 마천옥의 옷자락을 잡아채며 말했다.

"모닥불을 피워 만무타배의 이목을 끌어당겼다 치세. 우리가 숨으면 만무타배는 신검서생에게 돌아갈 텐데…… 이게 무슨 큰 효과가 있겠나?"

마천옥은 옅은 미소를 배어 물며 대답했다.

"걱정 마시지요. 왕가달은 연기를 보는 즉시 만무타배가 나섰다는 걸 알게 될 겁니다."

"사전에 약조를 해놨군."

"왕가달 대신 신검서생이 길을 뚫게 되어 있죠. 신검서생이 앞에 나서면 광안이 길을 뚫어주는 것과 같은 효과를 보게 될 겁니다."

"자네는 무림에서 흔히 하는 말로 아주 가까이 두지 않으면 죽여야 할 자였군. 나도 자네를 잘못 보고 있었네. 자네는 큰 인물이었어."

"과찬이십니다."

"이제야 물어보네만… 사문이 어찌 되는가? 말하기 곤란하면 하지 않아도 되네."

"말씀 못 드릴 이유도 없습니다. 시오설(視吾舌)이라고 말씀드리면 되겠습니까?"

"시오설? 시오설이라… 시오설……."

"하하! 어서 가시지요. 사람들이 기다리고 있습니다."

마천옥이 먼저 몸을 돌려 광안을 뒤좇아 갔다.

지천도도 곧바로 뒤를 좇았다. 하지만 마천옥이 마지막으로 한 말, 시오설이라는 말이 좀처럼 뇌리를 떠나지 않았다.

시오설이란 말뜻은 웬만큼 글을 읽은 사람이라면 누구나 아는 고사성어(古事成語)다.

직역(直譯)하면 '내 혀를 보아라' 라는 뜻이고, 의역(意譯)하면 혀만 있으면 천하도 움직일 수 있다는 뜻이다.

시오설은 전국 시대(戰國時代), 위(魏)나라에 장의(張儀)라는 사람이 한 말이다.

어느 날, 초(楚)나라 재상 소양(昭陽)은 초왕(楚王)이 하사한 '화씨지벽(和氏之璧)' 이라는 보물을 피로(披露)하는 잔치를 베풀었다. 그런데 연석에서 구슬이 감쪽같이 없어지는 사단이 벌어지고 말았다.

모두가 장의를 범인으로 지목했다.

"가난뱅이 장의가 훔친 게 틀림없어."

그래서 매질을 가했으나 장의는 끝내 부인했다. 마침내 초주검이 되어 집에 돌아오자 아내는 눈물을 흘리며 말했다.

"당신이 무슨 죄가 있다고 이런 변을 당했어요?"

장의는 느닷없이 혀를 쑥 내밀며 물었다.

"내 혀를 봐요[視吾舌].아직 있소, 없소?"

아내는 어이없다는 듯 웃으며 대답했다.

"혀야 있지요."

"그럼 됐소."

절름발이가 되더라도 상관없으나 혀는 상(傷)해선 안 된다. 혀가 건재해야 살아갈 수 있고 천하도 움직일 수 있다.

이것이 사기(史記) 장의열전(張儀列傳)에 나와 있는 이야기의 전부다.

마천옥이 왜 이런 이야기를 끄집어냈을까?

'시오설… 장의……'

연횡책(連衡策)을 설파한 장의는 귀곡자(鬼谷子)의 제자로 그보다 먼저 합종책(合從策)을 성공시킨 소진(蘇秦)과는 동문이다.

'아! 비시문(非時門)!'

지천도는 앉아 있었다면 무릎이라도 칠 뻔했다.

망각된 기억 저편에서 존재하지도 않는 문파 이름이 생각났다.

'때가 아니다'라는 이상한 이름을 가진 문파가 있다. 비시문이다.

오랜 세월이 지나도록 비시문이라는 이름이 완전히 지워지지 않고 기억되는 것은 문파의 특이한 습성 때문이다.

비시문에서는 무공이 주(主)가 아니다. 무공은 삼(三)에 불과하고 지략이 칠(七)을 차지한다. 들리는 말로는 장의 일맥이 세웠다는 말도 있고.

그럼 마천옥이 비시문 출신이란 말인가.

'대단한 사람을 얻었군.'

골인들의 앞날에 서광이 비치는 듯했다.

비시문이 어떤 문파인지는 모르지만, 소문이 맞아 장의 일맥이 세운 문파이고 마천옥이 뛰어난 지략을 물려받았다고 믿고 싶었다.

귀주사괴를 얻은 것도 큰 행운이다.

광안은 수십 년 동안 골인들이 찾지 못했던 길을 찾아 나갔다.

"이쪽으로 가면 절벽인데……."

"그래요? 절벽가에서 자라는 나무들은 바람을 맞는 탓에 한쪽으로 휘게 되어 있는데 이 나무들은 곧게 자라잖습니까. 아! 저쪽에 휘어진 게 있네요. 흠! 바람이 이쪽으로 분다…… 저쪽이 절벽이군요. 이쪽 나무는 휘지 않았으니 이쪽으로 가면 되겠네요."

마천옥이 복잡한 일을 간단하게 설명하듯, 광안은 난해한 길을 간단히 찾아냈다.

지천도는 다시 한 번 마천옥을 쳐다봤다.

길을 찾는 것은 광안이지만 이들의 능력을 간파한 사람은 마천옥이다. 만난 지 몇 시진밖에 안 되는 짧은 순간에.

무림에서 손가락질을 받는 미천한 자들에게 목숨을 맡길 생각을 하는 것 자체가 범상한 게 아니지만.

'만무타배…… 골치깨나 썩이겠군.'

피식! 웃음이 새어 나왔다.

만무타배는 골짜기를 두 번이나 건넜다.

모닥불에서 이어지는 흔적을 찾아갔다가 실패하고, 골짜기를 건너와 신검서생 일행을 기다렸다.

놈들이 북쪽으로 향하고 있는 이상 행로를 잡아내는 것은 간단했다. 동물이든 인간이든 아는 길을 더듬어가게 되어 있다. 쫓기는 마당에 알고 있는 길을 버리고 새로운 길을 개척해 나간다는 것은 생각할 수 없다.

그러나 신검서생 일행은 나타나지 않았다.

비로소 만무타배는 당황했다.

'이놈들이 다른 길로 갔군!'

신검서생이 갔음 직한 곳을 더듬어봤지만 험난하기 이를 데 없는 곳에서 사람 몇 명이 지나간 흔적을 찾아내는 것은 모래사장에 떨어진 바늘을 찾는 것과 같았다.

결국 그는 또 생각했다.

'북쪽으로 간다……. 북쪽… 북쪽에 뭐가 있더라?'

아무리 머리를 굴려봐도 생각나는 것이 없다.

사람이 거주할 만한 곳은 있다. 허름한 초옥으로 폐가나 다름없다.

골인들이 그곳으로 갈 리는 없다. 그곳은 예전에 골인들이 죽였던 무인들, 현문에서 밀어 넣은 고수들이 일차로 머물던 곳이다.

골인들은 현문 고수들이 어디로 들어왔으며, 어디에 머무는지 모른다. 골인들은 자신이 '어디에서 누구를' 이라는 명령을 내려야만 움직였다. 그때서야 사람이 발붙이고 살 수 없는 험산(險山)에 누군가 들어왔다는 것을 알게 되고.

골인들이 그곳을 알 리가 없다. 설혹 안다고 해도 골인들이 그곳으로 간다는 것은 자살 행위나 진배없다. 골인들을 죽이려는 무인들이 아직도 득실거리고, 그곳에도 몇 명쯤 있을 것이라는 짐작은 쉽게 할 수 있을 테니까.

'헐! 이놈들이 정말 늙은이를 고생시키네.'

만무타배는 반나절 동안 나아갔을 거리를 추정한 다음, 다음 길목을 지키기 위해 몸을 날렸다.

그로부터 사흘이 지나고, 다섯 군데의 길목에 개미 그림자 하나 비치지 않았을 때, 만무타배는 처음으로 주공의 명령을 이행하지 못했다는 사실을 자각했다.

'도망갔군. 헐헐! 많이 놓쳤어, 많이. 허허! 무슨 낯으로 주공을 뵌단 말인가.'

골인들이 지닌 의미는 크다.

사람들은 해골이나 다름없는 비정상적인 몸을 보게 될 것이고 원인을 찾으리라.

몽환소, 사활근맥단이 드러나는 것은 시간문제.

자칫하면 마단이 드러날 수도 있다.

이런 일에는 많은 사람이 끼어드는 것은 바람직하지 않다.

또 골인이 빠져나간다면 무인 몇 놈을 살려둔 의미가 없어진다.

그놈들은 중원으로 돌아가 현문이 자행한 비행을 토설해야 한다. 자신을 현문 고수로 알고 있으니 현문이 얼마나 많은 무인을 도륙했는지 사실적으로 말해 줘야 한다.

잘하면 현문을 무림인들로부터 고립시킬 수 있다.

만무타배는 지금까지의 일을 상세히 적은 후 전서구를 날렸다.

전서구가 돌아오기까지는 이틀이란 시간이 남지만, 이틀 동안 도주한 골인들을 찾아낼 자신은 없었다.

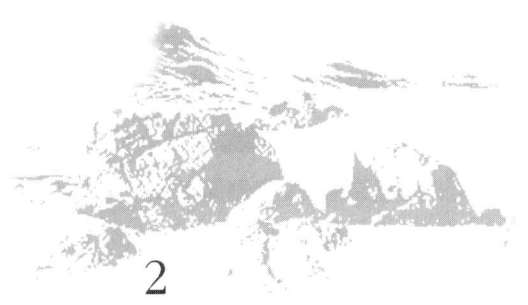

2

혈겁(血劫)을 피한 여인

"어디로 가는 거예요?"

"좋은 데로."

"좋은 데가 어딘데요?"

"사람을 다시 태어나게 만드는 데."

"점점 모를 소리만 하는군요."

"하하, 그런데 음경지의 약효는 어느 정도지?"

"몰라요!"

엽수낭랑은 짐짓 뾰루퉁한 표정을 지었다.

독사는 북쪽으로 가자는 말을 무시하고, 알 수 없는 길을 더듬어 나갔다.

햇볕에 드리워진 나무 그림자로 판단하건대 북쪽으로 가는 것은 아니었다. 독사는 그림자가 드리워진 방향, 남쪽으로 향하고 있다.

"그런 표정을 짓고 있으니까 귀엽네."

"정말요?"

"허! 여자의 표정은 천변만화(千變萬化)라고 하더니만……."

"왜요? 지금은 보기 싫어요?"

"아니, 보기 좋아."

마음속에 벽을 쌓고 있을망정 편하게 대화를 나눌 수 있으니 좋았다. 하지만 그런 기분도 그리 오래 지속되지 못했다. 미친 여자가 춤을 추는 듯 괴상하게 자란 나무를 보는 순간 엽수낭랑의 가슴은 철렁 내려앉았다.

'이곳은……!'

독사는 태연하게 나무를 지나쳐서 평평한 곳으로 들어섰다.

그곳에는 아직도 핏자국이 얼룩져 있다. 검게 변색되어 있다는 것만 다를 뿐, 그때의 모습이 고스란히 보존되어 있었다. 핏자국 위에 독사만 엎어져 있다면 당시로 돌아가게 된다.

"횡재했군."

독사가 담담히 말하며 요빙의 전낭을 집어 들었다.

'이 사람…… 너무 담담해.'

그것이 오히려 불안했다. 독사의 표정에서는 분노도, 증오도 떠오르지 않았다. 자신과는 전혀 상관없는 장소에 온 듯 태연하기만 했다. 그것까지도 괜찮지만, 목숨이나 다름없게 여기는 요빙의 전낭을 주워 들 때도 길거리에 떨어진 돈을 줍는 표정이었다.

독사가 전낭을 품속에 갈무리할 때 물었다.

"괜찮아요?"

"뭐가?"

"지금 기분 괜찮냐구요."

"괜찮지. 뭐가 어때서?"

"아뇨. 그냥 한번 물어봤어요."

독사는 주변을 휘휘 돌아봤다.

사람이 앉으면 딱 좋을 조그만 바위와 핏자국을 볼 때는 조금 눈길을 오래 주었다.

"가지."

"그래요."

'휴우!'

한숨이 절로 새어 나왔다. 아픈 상처를 편안하게 받아들이는 것이 고맙기까지 했다.

"어디 가는 거예요?"

엽수낭랑은 같은 질문을 또 했다.

"좋은 데."

"또 좋은 데예요?"

"응."

"이번에는 어떻게 좋은 건데요?"

먼저는 '사람을 다시 태어나게 만드는 데'라고 했다. 독사 스스로 그때의 일로 인해 다시 태어났다고 생각하는 게다.

"슬프게 좋은 데."

"그런 데도 있나요?"

"있지. 이 세상에 딱 두 군데 있지."

"두 군데씩이나요?"

조금 오래 걸었다. 도중에 솔잎을 따서 허기를 채웠고, 잠시 한담을 나누기도 했다. 독사는 주로 아미파(峨嵋派)와 청성파(靑城派) 같은 명문정파에 대해서 물었고, 엽수낭랑은 아는 만큼 성실히 답변해 주었다.

독사는 상세하게 말해 주기를 원했다.

명문정파에서 무슨 일을 했는지, 그 일을 누가 어떻게 처리했는지. 평소에는 무슨 일을 하고 있는지.

이름난 무인들의 행적도 궁금해했다.

'누가 무슨 일을 했다' 정도가 아니라 상세하게 파고들었다.

그런 말을 들으면서 나름대로 상상을 즐기는 것 같기도 했다.

해가 거웃거웃 넘어가더니 칠흑 같은 어둠이 사위를 뒤덮었다.

"멀었어요?"

"힘들어?"

이렇게 말해 주는 것이 좋았다. 무공을 수련한 무인인데 겨우 한나절 걸었다고 힘들 리가 있겠는가. 그런 점을 알면서도 힘드냐고 묻는 것은 정말 친누이에게나 할 수 있는 물음이다.

"아뇨."

"조금 더 가야 되는데, 쉬었다 갈까?"

"아뇨. 그냥 가요."

마음이 훈훈했다. 자신이 바란 대로는 아니지만 그가 염려해 주고 있다는 사실을 느낀 것만도 행복했다. 그러나 이번 행복도 오래가지 못했다.

"여긴!"

잊을 수 없는 곳이다. 평생…… 늙어서 죽을 때까지 기억 속에 남을 장소다.

토기(土器)에 갇혀서 도착했던 곳이 이곳이다. 유심동.

지금도 생생하게 기억난다. 여인으로서의 면모를 상실해 버린 여자 골인들. 그들 때문에…… 그들을 어떻게 해줬으면 좋겠다는 심정에서 음경지의 제련에 몰두하지 않았는가.

"유화신공을 전수해 줘야 해."

"그렇군요."

"음경지의는 사활근맥단에 영향을 주지 않나?"

"모르겠어요. 아직 시용(試用)해 보지 않아서요. 지금은 효과가 없을 것 같아요. 유화신공으로 사활근맥단을 몰아내면 내력을 증진시키는 데는 효과가 있겠지만."

진지하게 대답했다.

"몇 알이나 지니고 있어?"

"몇 개 안 돼요."

"제련할 수는 있나?"

독사의 의도를 알 수 있다. 독사는 유심동 여자 골인들을 정상적인 여인으로 돌리고 싶은 게다. 멸혼촌이 화(禍)를 당하지 않았다면 멸혼 촌 골인들이 먼저 혜택을 받았겠지만. 그거야말로 엽수낭랑이 바라던 바다.

"최선을 다해볼게요. 열흘 정도면 수량을 맞출 수 있을 것 같은 데…… 그만한 시간이 되나요?"

아무래도 만무타배를 의식하지 않을 수 없다. 오십여 명에 이른다는 무인들도 걱정된다. 독사 혼자서 그들과 부딪친다면 혈투(血鬪)가 예상 되기에.

"중요한 건 죽고 사는 게 아니라 사람답게 사는 거지. 이 사람들도 사람답게 살아야 해."

"호호호!"

"왜 웃어?"

"파락호답지 않은 말이라서요."

"그렇지?"

"그래요."

엽수낭랑은 흐뭇한 마음이 들었다. 독사를 협의(俠義)로 이끌고 싶은 것은 당연한 마음이었다. 하지만 군이 협의지사라는 말을 듣지 않아도 상관없었다. 현재의 독사로서도 충분히 만족했다.

독사는 약자를 괴롭히지 않는다. 망나니 짓을 하는 것도 아니고, 주색잡기에 몰두해 있지도 않다. 오히려 그런 쪽과는 거리가 멀다.

그럼 됐지 않은가.

그런데 독사 스스로 협의를 말하고 있으니 기쁘기 이를 데 없다.

"알아요? 굉장히 부드러워졌다는 것."

"내가?"

"예."

"하하! 부드러운 독사라…… 어울리지 않는데?"

"그렇죠."

"그래. 하하하!"

"호호호!"

이런 여정이라면 사흘 밤낮을 지속해도 질리지 않을 것 같다.

사람과 같이 있으면서 이토록 즐거웠던 적도 없다.

"왜요?"

독사가 문득 걸음을 멈췄다. 뿐만 아니라 지금까지의 온화함은 온데

간데없이 사라지고 짙은 살기를 뿌려대고 있다. 미간을 잔뜩 찡그리고 두 눈에서는 악귀 같은 살광이 뿜어져 나온다.

"······."

엽수낭랑은 너무나 진한 살기에 말문이 막혀 버렸다.

그녀는 자신도 모르게 주위를 둘러보았다. 칠흑 같은 어둠에 가려 보이는 것도 없지만, 보인다 해도 무엇을 발견해 내지는 못했으리라. 아무 기척도 느껴지지 않으니.

"왜 그래요?"

"여기 있어."

"네?"

"여기 있는 게 좋겠어."

"왜 그래요? 말을 해줘야······."

"늦었어."

"네? 뭐가요? 앗! 그럼 설마······."

엽수낭랑은 팔다리에 힘이 빠졌다.

멸혼촌이 멸겁을 당했을 때 유심동도 생각했어야 한다. 왜 유심동을 생각하지 못했을까. 왜······.

"여기 있어. 금방 올 거야."

"아뇨. 같이 들어갈래요."

독사는 엽수낭랑을 잠시 쳐다보다 고개를 끄덕였다.

여자 골인들은 그녀들이 가꾸던 화원 위에 쓰러져 있었다.

독사는 어떤 상황이었는지 쉽게 짐작해 냈다. 자신이 유심동에 들어왔을 때처럼 화원 속에 숨어 암습을 가했을 게다. 불운이라면 상대의 무공이 너무 높았다는 것.

엽수낭랑은 냉정을 회복했다.

온화하던 독사가 무섭게 변한 것처럼, 사랑을 갈구하던 한 여인에서 무림의 기녀(奇女)로 돌아갔다.

"목이 베였어요. 일검에 깨끗이. 무공도 강하지만 상당한 보검을 지녔군요. 베인 살결이 일그러지지 않았어요."

독사는 그녀의 말을 들으며 주위를 살폈다.

산 사람은 없다.

멸혼촌에 만무타배가 있듯이 유심동에는 요지성녀라는 여고수가 있다는 말을 들었다. 분명히 무공도 만무타배처럼 지고한 고수이리라.

"가슴을 베였는데, 오른쪽에서 왼쪽으로 그었군요. 이건 좌수검을 사용하는 사람들의 특징인데…… 좌수검과 우수검을 자유자재로 구사하는 고수예요."

"한 명이지?"

"네, 한 명이에요. 만무타배 아닐까요? 만무타배는 노룡검을 가지고 있잖아요."

"아냐. 단정할 수 있지."

"……."

독사는 죽은 골인들의 시신을 더 이상 살펴보지 않았다. 살펴볼 필요가 없었다. 흉수는 요지성녀이며, 여자 골인들은 한 명도 남김없이 모두 죽었다.

그는 뚜벅뚜벅 걸어 유심동주의 거처로 갔다.

"기관이군요. 투박하지만 위력적이에요."

엽수낭랑은 무너진 돌 더미만 보고도 기관의 형체를 찾아냈다.

"이건 옥이네요. 청한옥(靑寒玉)! 무저지갱의 한기를 형성시키는 옥이에요. 이게 왜 여기에……."

"여자 골인들은… 광부였지."

"네?"

"한 번 본 적이 있어, 곡괭이를 들고 걸어가는 모습을. 영락없이 광부의 모습이었어."

"옥을 캤단 말인가요? 말이 안 돼요. 이건 땅에 묻혀 있는 게 아니라 지저(地底)에서 바람을 맞으며 형성되는 옥이에요."

설문설답(設問說答)은 필요없다.

여자 골인들이 옥을 캔 것만은 확실하다. 그녀들이 들고 있던 옥검이 그 사실을 증명해 주고, 당장 눈앞에 있는 무너진 옥 창살이 대변해 준다.

"이곳에서 죽었을까요?"

"……."

"흉수 말예요."

"아니, 살았어."

독사는 반듯하게 잘린 옥 창살을 들고 있었다.

"노룡검이 아냐. 보검이긴 하지만 노룡검과는 성질이 달라."

"네?"

"난 노룡검이 우는 소리를 들었어. 검집에 들어가 있어도 인내할 줄 아는 잠검(潛劍)이지. 검집에서 풀려날 때만 용틀임을 하는 검이야. 이 검은…… 혈검(血劍)이야. 피를 머금지 않으면 직성이 풀리지 않는 검."

"그런 것도 알 수 있어요?"

무림에서 태어나고 자란 엽수낭랑조차도 처음 듣는 소리였다.

검이 운다는 소리는 들은 적이 있다. 검도(劍道)가 극상승에 이른 고수는 검과 같은 무정물(無情物)의 소리도 들을 수 있다고 한다. 부르르 떠는 소리가 꼭 검이 우는 것 같다고. 그러나 무정물의 성질까지도 알 수 있다는 말은 금시초문(今時初聞)이다.

독사는 들고 있던 옥 창살을 내밀었다.

옥 창살을 받아 살펴보던 엽수낭랑의 안색이 새파랗게 질려갔다.

"무서운 고수군요. 이런 검초는 처음 봐요."

잘린 부위가 두부를 갈라놓은 듯 깨끗했다. 검이 들어간 곳과 나온 곳을 구분할 수 없었다.

잘린 부위에 혀를 대고 맛을 보았다.

"혀…… 혈(血)! 피군요!"

"골인들의 피지. 이 검은 피를 빨아먹는 검이야."

"어떻게 그런……!"

"알게 되겠지, 언젠가는."

독사가 등을 돌렸다.

모두가 죽어버린 유심동은 커다란 무덤에 지나지 않았다.

"잠깐! 잠깐요!"

엽수낭랑이 불현듯 소리쳤다. 그러다 무엇인가 생각난 듯 부리나케 신형을 날렸다.

"음……! 이런 곳에 이런 것이……."

독사는 너무도 정교한 장치에 감탄을 터뜨렸다.

얼핏 봐서는 여느 동혈과 다름없는 동혈, 하지만 그 한쪽 구석에는 다른 동혈로 통하는 정교한 기관 장치가 숨겨져 있었다.

"전에 전신이 마비되어 있을 때였죠. 몸은 마비되어 있지만 청각은 살아 있었어요. 덕분에 발걸음 소리를 듣게 되었죠. 여기로 몇 사람들이 오고 가곤 했는데……."

엽수낭랑은 확신이 서지 않는 듯 말문을 흐렸다.

혹여 한 명이라도 숨어 있는 사람이 있었으면 하는 기대에서 찾은 동혈이다. 하지만 막상 와서 생각해 보니 너무도 허황된 바람이었다는 것을 깨달았다. 만무타배와 비슷한 경지에 이른 고수가 살수를 전개했다면 단 한 명도 요행을 기대할 수 없다.

"유심동주가 기관에도 뛰어난 줄은 몰랐군."

"종조부님의 연인이었잖아요."

엽수낭랑은 '연인'이라는 말에 특히 힘을 주어 말했다.

"그랬…… 던가."

"무공이나 독공(毒功), 암기술은 전수할 수 없지만 기관진학(機關陣學)은 전수할 수 있어요. 기관진학은 학문이거든요."

독사는 엽수낭랑의 말을 들으며 뻥 뚫린 동공 속으로 걸음을 떼어놓았다. 그때,

쒜에엑!

어둠 속에서 날카로운 검풍이 휘몰아쳤다.

독사는 느릿하게 반응했다. 곁에서 보기에는 기력 잃은 노인이 힘들게 손을 들어 올리는 것처럼 보였다. 하지만 독사의 일수(一手)는 그야말로 시기 적절해서 쏘아져 오는 검을 정확히 잡아챘다.

"엇!"

어둠 속에서 경악성이 터져 나왔다.

뒤따르던 엽수낭랑도 독사의 일수에는 경탄을 금치 못했다. 병기로 맞받아도 모자랄 쾌검을, 아무것도 보이지 않는 어둠 속에서 쏘아져 온 검을 독사는 두 손가락으로 잡아냈다.

"공격하지 마시오. 요지성녀가 아니오."

"……"

공격자는 대답하지 않았다.

"검을 놓겠소. 여기 그대들이 잘 아는 사람이 있으니 안심해도 좋을 거요."

"저예요, 엽수낭랑. 기억나요?"

독사의 말뜻을 알아챈 엽수낭랑이 즉시 음성을 토해냈다.

"아!"

어둠 속에서 탄성이 들려왔다.

사시, 삼화.

그녀들은 유심동을 빠져나가지 않았다.

빠져나갈 만큼 동혈을 깊게 판 것도 아니고, 빠져나가면 오히려 흔적이 드러나 괜한 추적을 불러올 것 같았다.

등잔 밑이 어둡다고 했다.

요지성녀는 유심동을 초토화시켰다고 생각할 테니, 오히려 유심동에 머무는 편이 사는 길이다.

암로에 숨은 사시와 삼화는 커다란 굉음을 들었다.

소리의 의미는 익히 짐작했다. 동주가…… 요지성녀와 목숨을 같이한 거다.

눈물이 치솟았다. 동주의 죽음은 모두를 슬프게 했다. 하지만 혹시 몰라 소리 내어 울지도 못했다. 고작 한다는 것이 옷소매로 눈가를 찍어내는 정도였다.

하루, 이틀, 사흘······.

시간이 흘러도 기관을 열지 못했다.

"백 일이다. 백 일이 될 때까지는 절대 나오지 마라."

유심동주의 엄명은 살아남은 사람들이 반드시 지켜야 할 천명이었다. 자신들이 살아야 유심동주의 한을 풀어주는 길이 될 테니까.

사람이 죽어서 장기가 썩고, 근육이 사라지고, 부패가 완료되기까지 여름 날씨로 오십이 일이 걸린다.

골인도 사람이다.

살가죽이 뼈에 달라붙어 있지만 오장육부 있을 것 다 있고, 혈맥에 피가 흐르는 사람이다.

골인의 부패도 오십이 일이 소요된다.

암로에 숨은 사람들이 밖으로 나올 무렵이면 죽은 골인들은 뼈에 말라비틀어진 살가죽 일부만 남아 있을 게다. 일부는 죽은 사람들의 절반이 그렇듯이 복부가 터져 있을 것이고.

죽음의 기운이 산재한 곳을 지나 백비로 가야 한다.

솟구치는 오열을 눌러 참고 분노를 되새김했다.

"어, 어떻게······? 나았군. 사활근맥단의 저주에서 풀려났어."

"그래요. 풀려났어요."

"축하해."

"모두 풀려날 수 있어요. 모두요. 이제 사활근맥단은 복용하지 않아도 돼요."

"그 말…… 다시 한 번 해주겠어?"

"모두 풀려날 수 있다고요. 사활근맥단을 복용하지 않아도 된다고 했어요."

"정말이야?"

"절 보세요. 제가 사활근맥단을 복용하는 것 같아요?"

여골인들의 눈가가 촉촉이 젖어갔다.

얼마나 듣고 싶던 말이었나. 사활근맥단의 저주만 풀 수 있다면 혼이라도 팔았으리라.

"우선 여기서 나가요. 좀 더 안전한 장소로 가서 치료하도록 해요."

"밖에는 요지성녀가……."

"요지성녀는 없소."

독사가 밝은 달빛을 쳐다보며 말했다.

달빛이 유난히 맑았다. 오늘따라…….

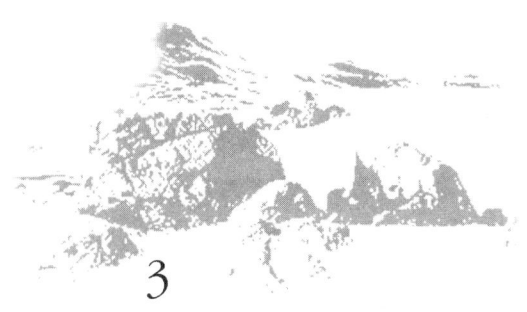

3

혈겁(血劫)을 피한 여인

유심동을 막 빠져나와 북쪽으로 방향을 잡을 무렵이었다.

"쉿!"

독사는 뒤따르는 여인들에게 재빨리 경고를 한 후 청각을 최고조로 끌어올렸다.

사사삭! 사사사삭……!

풀잎 밟는 소리가 상당히 경쾌하다.

강한 자들이다. 골인이 아닌 것만은 분명하다. 골인들은 이토록 경쾌한 신법을 펼치지 못한다.

사삭! 사사사삭……!

소리로 미루어 미지의 인물들이 유심동으로 오는 것은 아니다. 다른 방향으로 가고 있는데, 지극히 은밀하게 움직이고 있다. 소리가 들렸다가 끊기고 있다. 움직였다가는 멈추고, 주위 상황을 파악한 후 다시 움직이는 모습이 눈에 선했다.

"여기 있어. 절대 움직이지 말고."

"왜 그래요?"

"움직이지 마. 움직이면 위험해."

"알았어요. 물론 숨어 있어야겠죠?"

독사는 방긋 웃는 엽수낭랑을 뒤로하고 신형을 날렸다.

사사사삭! 사사삭……!

움직이는 소리를 잡아내는 것은 어렵지 않았다. 하지만 몇 명이나 되는지 인원수까지 파악하는 것은 힘들었다.

'하나, 둘…….'

미지의 인물들이 십 장을 나아갔다.

독사도 그들을 따라 십 장을 쏘아갔다.

'넷, 다섯, 여섯…….'

사람이 각기 다르게 움직이니 소리도 각기 다른 곳에서 들려온다.

독사는 그들이 움직이는 위치를 기억해 가며 한 명씩 인원을 헤아려 나갔다. 또한 그들 개개인의 무공도 어느 정도 추정해 냈다.

'굉장히 강한 자들이다.'

소리가 굉장히 가벼웠다. 그것은 몸놀림이 비호처럼 빠르다는 것을 의미한다. 신법이 절정에 이르고, 내력도 상당한 수준까지 연성했어야 한다.

'열, 열하나…… 그렇군. 열둘. 열둘이야.'

열두 명의 미지의 인물들.

처음에는 골인들을 쳤던 무림군웅들을 생각했지만 이들은 그들의 무공을 능가한다.

분명히 새로 나타난 고수들이다.

사사사삭……!

독사는 그들의 걸음을 쫓아갔다. 그들의 움직임을 살피며 조금씩 거리를 좁혀갔다. 그러다 어느 순간, 거리를 사 장까지 좁혀갔을 때 그의 걸음이 뚝 멈춰졌다.

'굉… 장한 고수!'

천지자연의 현묘한 기운을 받아들일 수 있는 몸이기에 색다른 기운 또한 읽을 수 있다.

미지의 인물들과는 전혀 다른 인물이 존재한다.

그는 정말 강해서 독사 자신도 필승을 장담할 수 없다.

"직이 요지성녀님께 인사드립니다."

"호호호! 잘 왔어. 십이추시(十二錐矢)는 더욱 강해진 것 같은데? 주공께서 색다른 무공이라도 전수했나?"

"은혜를 입었습니다."

"호호호! 잘됐어."

그들의 대화에서 이들의 정체를 알아냈다.

유심동을 혈겁으로 몰아넣은 요지성녀, 그리고 요지성녀가 속한 집단에서 파견한 십이추시라는 자들.

'잘됐군. 언젠가는 만나지 싶었는데 빨리 만났어.'

독사는 앞으로 나서기 전에 다시 한 번 진기를 끌어올려 주변 기운을 읽었다.

요지성녀와 십이추시를 한꺼번에 상대할 자신은 없다.

암혼사를 이성까지 연성하고 절공도 많이 알고 있지만 그것이 어느 정도인지는 독사 자신도 확신하지 못했다.

전에는 만무타배를 상대하지 못했다.

다섯 무인을 죽일 때도 만무타배를 이길 수 있다는 확신이 섰던 것은 아니다. 백비를 만들어 무인을 유인하고, 골인으로 만든 자들을 내버려 둘 수 없으니 쳤을 뿐이다.

뒤는 생각하지 않았다. 이기고 질 것도 생각하지 않았다.

지금도 같은 심정이다.

요지성녀를 이길 수 있을지, 아니면 오히려 죽임을 당하게 될지…….

독사는 막 몸을 일으키려다 말고 다시 숨을 죽였다.

저벅! 저벅……!

한 걸음 내딛기가 무척 힘든 듯 느리게 걸어오는 발걸음 소리.

'만무타배!'

새로 나타난 자의 발걸음 소리는 귀에 익었다.

"헐! 미안들하이. 이 늙은이가 일 처리 하나 변변하게 하지 못해서 자네들까지 수고하게 하는구면."

"저희가 영광으로 생각합니다."

"그렇게 생각해 주니 고맙고. 놈들은 북쪽으로 간다고 했는데, 북망산(北邙山)을 찾아가는 것도 아니고 북쪽은 뭐 하러 가는 건지……. 헐! 자네들이 수고 좀 해줘야겠네."

"존명!"

독사는 나서지 않았다.

요지성녀와 만무타배가 함께 있다면 승산이 굉장히 희박해진다. 그러나 그것 때문에 움직이지 않은 것은 아니다.

그는 만무타배와 요지성녀를 죽이는 것은 지엽(枝葉)에 불과하다는 것을 깨달았다.

나뭇가지를 쳐낼 것이 아니라 나무를 베어내야 한다.

그러나 그러기에는 자신의 힘이 너무 부족하다.

만무타배와 요지성녀는 심부름꾼에 불과하다. 십이추시라는 인물들도 개개인이 도왕과 버금가는 뛰어난 고수들이고.

도대체 미지의 집단에는 얼마나 많은 사람들이 우글거리는 것일까.

독사는 깊이 생각했다.

저들을 뒤쫓는 것은 성급하지 않다.

십이추시의 능력이 얼마나 뛰어난지는 모르지만 당진도가 손써놓은 곳이라면 쉽게 발견되지 않는다. 또 십이추시와 만무타배가 이곳에 있는 한 나무가 있는 곳을 놓칠 우려도 없다. 그들이 나무의 위치를 모른다면 어쩔 수 없지만.

독사의 뇌리에 만장지저에서 고민하고 고민했던 문제가 다시 떠올랐다. 요빙의 음성으로.

―독사, 넌 무림인으로 살아야 해. 네가 떠나고 싶어도 떠날 수 없어. 왜인지 알아? 무림이란 지워지지 않는 물감이기 때문이다. 지워지지 않은 물감을 뒤집어썼는데 지울 수 있어?

'요빙…… 이런 일을 시키려고 그렇게 나타난 거야? 그런 말을 했던 이유가 이거야?

무림인으로 살아가야 하는 것이 숙명이라면 최소한 끌려 다니지는 않겠다.

만무타배가 무슨 집단에 소속되어 있는지, 그 집단에서는 무슨 일을 하고 있는 건지 궁금해졌다.

그것은 사부님이 자신을 죽이려 했던 이유와도 상통할 것 같았다.

사부님이 어떻게 멸혼촌에 올 수가 있었는가. 당진도가 그렇게 빠져나가려고 해도 빠져나갈 수 없었던 오지(奧地)를 어떻게 찾아왔는가.

사부님과 사형을 본 사람은 아무도 없다.

자신만이 보았다.

또 있다. 사숙님들…… 그분들은 어떻게 이런 곳에 있는가. 만무타배는 왜 그분들을 죽이라고 했는가.

이유야 있었지만 모두 거짓이다.

원점에서 새롭게 다시 생각해야 한다.

분명한 것은 귀궁과 만무타배가 속한 집단 사이에 어떤 인과 관계가 있다는 것이다. 거기에 현문까지 끼어들었다.

'궁금증은 풀어야겠지. 힘이 없으면 키워야겠고. 끌려 다니지 않아. 내가 끌고 갈 거야.'

투지가 끓어올랐다.

그는 '영은촌 독사' 시절 강적을 피한 적이 한 번도 없다. 모두들 이번만은 몸을 피하고 보자는 의견을 개진해도 듣지 않았다. 항상 정면 돌파만을 고집해 왔다.

그것은 무모하거나 무식해서가 아니라 사내의 고집이다.

어쩌면 그런 고집이 요빙을 죽게 했는지도.

무천문 무인의 눈을 피해 도주할 수는 없었는지.

독사도 자신의 결점을 잘 알고 있다. 그렇기에 더욱 피할 수 없다. 자신의 고집 때문에 요빙이 죽었는데, 이제 와서 목숨을 아끼겠다고 피할 수는 없다.

고민하던 그의 뇌리에 퍼뜩 스쳐 가는 생각이 있었다.

'독사 패거리!'

第三十三章

독사 패거리

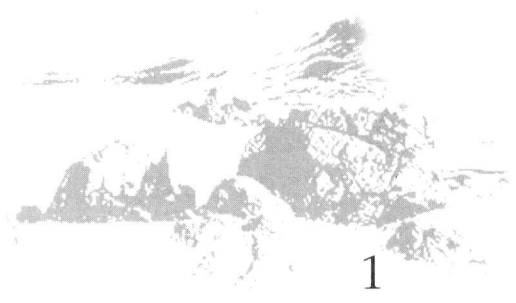

1

독사 패거리

도왕은 절반이나 갈라져 버린 대도를 무섭게 노려보았다.

일수일살은 부러진 검을 버렸고 삼비마룡도 소소자를 버렸지만 그는 병기의 효용을 잃어버린 대도를 버리지 못했다.

웃고 떠드는 사람도 없었다.

침울한 분위기는 허튼 농담을 용납하지 않았다. 진지한 대화도 거부했다.

"우리 무슨 말이든 해야 할 것 같지 않소?"

일수일살이 먼저 입을 열었다.

대꾸하는 사람은 없었다. 철저하게 짓밟힌 자존심은 움직이고픈 의욕마저도 빼앗아가 버렸다. 일 대 일의 싸움도 아니었고, 난다 긴다 하는 고수들이 우르르 달려들었는데도 패했다는 것은 죽음보다도 더한 고통을 안겨주었다.

절망감이다.

앞으로 백 년을 수련해도 발뒤꿈치조차 건드릴 수 없을 것 같은 절망감.

그런 고수가 무림에 존재하는 한 무인으로 살아갈 수 없다.

무림에서 나보다 강한 사람은 얼마든지 있다. 한두 번 패배를 겪는 일도 다반사다. 전승가도를 달리면 좋지만 그러기에는 무림이 너무 넓고 크다.

없었던 일로 치부하고 자리를 툭툭 털고 일어서면 된다.

하지만 도왕을 비롯한 다섯 무인은 그럴 수 없었다.

타인이 살려주었기에 사는 목숨이라니.

검 한 자루에 목숨을 걸고 무림을 종횡한다는 무인이⋯ 앞으로 무슨 낯으로 무림동도를 대할 것이며, 내 무공이 제일이라는 소리를 어떻게 할 것인가. 그런 자부심을 어디서 어떻게 얻을 것인가.

무공에 자신을 잃은 무인은 살아갈 수 없다.

꼽추노인은 생명을 앗아간 것이 아니라 자부심을 앗아갔다. 생명보다 더욱 소중한 것을.

"흩어집시다."

일수일살이 듣든 말든 자신의 생각을 말했다. 동의하든 말든 자신이 생각한 대로 움직이겠다는 뜻이 분명했다.

"서로 뭉쳐 다닌다고 득 될 것도 없고, 곧 인들이 그만한 무공을 지닌 것도 아니고⋯⋯ 어차피 강가에서 흩어지려고 했으니까."

"⋯⋯."

"무운(武運)을. 난 그럼 이만."

일수일살이 간단히 말한 후 먼저 몸을 일으켜 떠나갔다.

아무도 잡지 않았다. 일수일살의 말은 그들의 생각을 대변한 것이나 다름없었다. 지금에 와서 서로의 동행은 껄끄럽기만 했다. 무엇보다 타인을 의식하지 않는 곳에서 혼자 있고 싶었다.

"일수일살이 좋은 말을 했네. 잘 생각했지. 나도 그만 가봐야겠소. 골인들을 죽이면 연기를 피워서 알려주기나 합시다."

삼비마룡도 몸을 일으켰다.

도왕은 바라보고 있는 대도에서 눈길을 떼지 않았다. 갈 테면 가고 남아 있고 싶으면 남아 있으라는 투였다. 아니, 그들의 행동에 관심없다는 태도였다.

홍검쌍살이 삼비마룡을 따라 일어섰다.

홍검쌍살은 가타부타 말 한마디 하지 않고 떠나갔다.

'광풍삼도절은 절대무적이야. 패배란 있을 수 없어. 패배가 있다면 수련이 짧았을 뿐.'

도왕은 무공에 대한 자부심을 버릴 수 없었다. 그것을 버리는 순간 자신의 모든 것이 연기처럼 사라진다는 것을 알고 있었다.

하지만 마음은 점점 무겁게 가라앉기만 했다.

광풍삼도절…… 뇌, 전, 척.

최고조로 수련하면 묵천신공을 꺾을 수 있을지. 대도를 반으로 갈라버린 초식을 상대할 수 있을지.

생각을 거듭할수록 좌절만이 회오리쳤다.

도왕은 좌절한 무인들을 많이 봐왔다. 일부는 술에 절어 병기를 쥐지도 못할 수전증 환자가 되었고, 더러는 반미치광이가 되어 떠돌다 스스로 목숨을 끊곤 했다.

"나약한 놈들. 실패는 병가지상사(兵家之常事)라는 말도 모르는 놈들이군. 한 번 패했다고. 쯧! 저런 놈들은 애초부터 무공을 익히지 말았어야 해. 미꾸라지 한 마리가 온 연못을 흙탕물로 만든다더니만, 저런 놈들 때문에 무인이 욕을 먹는 거야."

쉽게 말했다. 너무 쉽게……. 패배란 것이 이토록 처절하게 가슴을 찢어놓을 줄도 모르고 너무 쉽게…….

현문 고수에게 패해 알지도 못하는 사람들을 죽일 때도 이런 심정은 아니었다.

그는 강한 자이지만 언젠가는 상대할 수 있는 자였다. 현재는 그가 강하지만 불철주야(不撤晝夜) 수련에 몰두하면 반드시 꺾을 수 있다는 자신감에 불탔다.

그렇다. 그는 좌절감을 준 것이 아니라 잠자는 사자의 코털을 건드린 거다. 그러잖아도 수련에 몰두하지 못하고 잡념이 일던 터인데 뚜렷한 목표를 설정해 주었다.

꼽추노인은 같은 패배를 안겨주었지만 먼저의 현문 고수와는 너무도 다른 것을 빼앗아갔다.

높지만 넘을 수 있는 산과 너무 높아서 오를 엄두가 나지 않는 산.

한참 동안 대도를 노려보던 도왕이 오른손을 치켜 올렸다가 힘껏 내려쳤다.

타앙!

절반쯤 갈라져 있던 대도가 경쾌한 소리와 함께 완전히 떨어져 나갔다. 떨어져 나간 반 토막 도신이 자신만큼이나 처량한 몰골로 나뒹굴었다.

'광풍삼도절로는 안 돼.'

끝까지 붙들고 있던 자부심이 기어이 무너지고 말았다.

차앙! 창!

홍검쌍살은 어둠 속에서 거웃거리는 그림자를 보는 순간 습관적으로 검을 잡아챘다.

반으로 잘려 버린 홍검이 패잔병처럼 모습을 드러냈다.

"음……!"

옅은 신음이 절로 배어 나왔다.

적이 나타났는데 병기가 없다는 것은 두 팔을 뒤로 묶고 싸우는 것과 진배없다.

반 토막 검으로 싸울 수 없는 것은 아니지만, 초식의 위력을 최대한 뿜어내지 못한다.

홍검쌍살은 악전고투를 예상했다.

골인들의 무공이 변변치 않지만 강가에서 놓친 자들은 신법이 뛰어났다. 그런 만큼 무공 역시 뛰어날 것이 틀림없다. 상황까지 역전되어 이쪽 인원이 더 부족한 상태에서는…… 힘든 싸움이 될 게다.

홍검쌍살은 한 손을 등 뒤로 돌리고 이체일신이 되었다.

저벅! 저벅……!

어둠 속에서 사람이 걸어나왔다.

한 명, 두 명, 세 명…….

나타난 사람은 무려 십여 명이나 되었다.

'이렇게 많이 놓쳤나? 다른 골인이 숨어 있었던 게군.'

생각은 여지없이 빗나갔다. 도주한 자들 중에는 여인이 섞여 있지 않았다.

'여자? 여자 골인?'

골인들 중에 여자도 있었나?

몰골을 보면 골인이 분명한데, 입고 있는 옷을 보면 여자다.

'모두 여자. 사내는 저놈 한 놈.'

적이 안심되는 순간이다.

여인이라고 무공이 낮다고는 생각할 수 없지만 그래도 사내들이 우르르 나타나는 것보다는 한결 마음이 편해진다.

'골인이니 죽여야겠지. 여자라 내키지 않지만……'

선택의 여지가 없었다. 자신들을 무참히 패배시킨 꼽추노인이 어디선가 지켜보고 있을 것 같았다.

파아앗!

홍검쌍살이 한 마리 비조처럼 날아올랐다.

두 명이 신형을 날렸지만 한 명이 솟구친 것처럼 정확했다.

골인들 중에서 유일한 사내가 불쑥 앞으로 나섰다.

'그럴 줄 알았지.'

홍검쌍살은 일심동체(一心同體). 서로의 생각을 읽었고 예정된 목표를 향해 검초를 뻗어냈다.

쒜엑! 쒜엑!

반 토막에 불과하지만 좌수검과 우수검이 뻗어내는 검풍은 소름이 오싹 돋을 만큼 날카로웠다.

"좌수, 우수!"

여인들 중에서 유독 멀쩡한 여인이 고함쳤다.

여인들 앞에 나선 사내, 독사는 엽수낭랑의 말뜻을 알아챘다.

독사는 한 손을 땅에 짚고 두 다리를 들어 올려 팽이처럼 빙글 돌렸다. 노리는 부위는 홍검쌍살의 두 다리.

"엇! 지퇴솔법(地腿摔法)!"

홍검쌍살 중 좌측에 있던 자가 경악성을 터뜨렸다. 그러나 공격을 멈추지는 않았다. 독사의 초식을 본 순간, 우측에 있던 자가 등 뒤로 돌린 손을 빼내 좌측 사내의 어깨를 짚고 위로 솟구쳤다.

좌측 사내도 등 뒤로 돌린 손을 뺐다.

우측 사내와 다른 점이라면 그의 손에는 서슬 퍼런 비수가 들려 있다는 점이다.

한 손에는 부러진 검을, 다른 손에는 비수를 꼬나 쥔 좌측 사내는 곧장 독사의 두 다리를 노렸다.

허공으로 솟구친 사내는 비룡번신(飛龍翻身)을 현란하게 펼치며 양손으로 검을 움켜잡고 내리찍었다.

독사는 팽이처럼 돌리던 두 다리를 머리 위까지 차올렸다가 반동을 빌어 되튕기며 벌떡 일어섰다.

그는 일어선 것으로 그치지 않았다. 허공에서 찔러오는 검은 등 뒤로 비키고, 양손을 활짝 펼쳐 좌측 사내의 좌우쌍검(左右雙劍)을 받아냈다.

터억! 턱!

좌측 사내의 비수가 아슬아슬하게 독사의 오른손을 스쳐 갔다. 부러진 검도 그야말로 간발의 차이로 손목을 긋지 못했다. 반면에 독사의 양손은 좌측 사내의 양 팔목을 움켜잡았고, 잡았다 싶은 순간 허공으로 던져 버렸다.

이어서 전개한 오른발 반회각(半回脚)이 등 뒤로 내려선 적, 우측 사내의 얼굴로 날아들었다.

우측 사내는 번개같이 검을 전개했다. 아니, 내리찍는 일검이 실패한 순간 그는 제이검을 뻗어내고 있었다. 그것이 공교롭게도 독사의 반회각과 마주친 것이다.

'빠르다!'

자신들이 한 번 공격하는 동안 독사는 한 명을 허공에 집어 던지고 다른 자에게는 반회각을 전개했다.

빠르다. 자신들이 화살이라면 독사는 섬전(閃電)이다.

쒜에엑!

반 토막 검이 실낱같은 차이로 발뒤꿈치 인대를 베지 못했다.

실패는 패배로 이어지는 것이 무림.

퍼억!

우측 사내는 독사의 반회각에 왼쪽 턱이 걸리며 휘청거렸다.

맞았기 때문일까? 엄청난 충격에 몸의 중심을 가누지 못한 탓일까?

우측 사내는 뻗어오는 독사의 장심(掌心)이 여러 개로 보였다. 어느 손이 진짜인지, 어느 것을 쳐내야 할지 순간적으로 판단이 서지 않았다.

"끅!"

손목에서 엄청난 압력이 느껴졌다. 독사가 손목을 잡고 쥔다는 것은 알겠는데, 그것이 마치 전도(剪刀:가위)로 잘라대는 것 같았다.

조임은 곧 가셨다.

손에서 압박감이 사라지자 우측 사내는 황급히 정신을 수습하고 뒤로 물러섰다. 허공에 날려졌던 좌측 사내도 우측 사내처럼 비룡번신을 전개하며 착지한 후였다.

"이 검은 아냐."

독사의 낭랑한 음성이 들렸다.

그제야 우측 사내는 검이 손에 없다는 사실을 깨달았다.

강적이다. 또 한 번 겨룬다면 틀림없이 목숨을 빼앗길 강적이다. 이 사내의 상대로는 자신들에게 처절한 패배를 안겨준 꼽추노인이 제격이다.

"벨 수 있었는데……."

좌측 사내가 중얼거렸다.

"찌를 수 있었어, 일 촌(一寸)만 안쪽으로 찔렀으면……."

우측 사내가 좌측 사내의 말을 받다가 이상한 예감이 들었는지 좌측 사내를 바라봤다. 그도 얼굴을 돌리는 중이었다.

우연이 아니다. 실수도 아니다. 일 촌을 안으로 찔렀어도 역시 결과는 같을 것이다. 독사는 일 촌 밖으로 벗어나 있을 테니까.

멀리 피할 필요도 없었던 것을. 일 촌이나 일 장이나 피하기는 마찬가지인 것을.

"그래요. 저 사람들은 아니군요."

'좌수, 우수'라고 소리쳤던 여인 엽수낭랑이 독사의 말을 받았다.

유심동을 피로 물들인 흉수는 요지성녀다. 사시와 삼화가 확실하게 증언했다. 그럼에도 좌수검과 우수검을 사용하는 무인이 있기에 확인해 봤다.

"별호는?"

독사가 물었다.

"홍검쌍살이다."

독사가 엽수낭랑을 쳐다보자 엽수낭랑이 말해 주었다.

"산동(山東)에서는 이름난 자들이에요. 자주 싸우는 편은 아니지만 싸웠다 하면 반드시 상대를 죽여요. 상대를 죽이기 위해서는 암습도 가리지 않는 사람들로 알려져 있어요."

엽수낭랑은 당연히 독사가 공격을 가할 줄 알았다.

이곳에 있는 무인이라면 멸혼촌을 급습한 무인이다. 유심동은 아니더라도 멸혼촌 골인들을 죽인 자다. 더군다나 홍검쌍살이라면 재고의 여지가 전혀 없는 악독한 자들.

그러나 뜻밖에도 독사는 공격하지 않았다.

"왜 피하지 않았나?"

독사의 물음은 더욱 뜻밖이었다.

"뭐야!"

좌측 사내가 짐짓 무슨 말인지 모르겠다는 듯 고함쳤다.

"피할 수 있었던 것 같은데? 당신은 내가 공격하는 순간 이기각(二起脚)을 펼쳐 가슴이나 얼굴을 노릴 수 있었어. 허공에 날려지는 수모를 감수하면서까지 공격을 자제했다는 게 이해 가지 않는데?"

지목을 당한 좌측 사내는 눈살을 가늘게 좁혔다.

"당신도 말해 볼까?"

"됐네."

우측 사내가 순순히 시인했다.

"왜 피하지 않았지?"

"피해봤자 상대가 되지 않으니까."

"그래서 순순히 죽음을 받아들이겠다?"

"그대도 무인이라면… 수모는 주지 마라."

"그런가? 하하하! 난 한 번도 내 자신이 무인이라고 생각해 본 적이 없는데? 그리고 당신들도 무인이 아냐. 무인이라면 혼(魂)이란 게 있어야 하는데 당신들에게는 그게 없어. 무슨 말인지 아나?"

"수모는 주지 말라고 했다!"

"이유야 많겠지. 당신 말대로 상대가 되지 않으니 포기할 수도 있고, 아니면 내가 추측한 대로 사문을 드러내지 않기 위해 절공을 감출 수도 있고."

"……."

홍검쌍살의 안색이 창백해졌다. 어깨가 가늘게 떨리고 있는 것으로 보아 내심 격동이 극심한 듯했다.

"무공이란 각양각색(各樣各色). 절공을 펼쳐도 파악하기 힘들었을 텐데. 내가 알아보리라 생각했나?"

"넌 많은 무공을 알고 있다."

"내가?"

"지퇴술법은 공동파(崆峒派)의 절기."

"……."

"쌍장직격(雙掌直擊)은 소림(少林) 나한권(羅漢拳)의 초식. 내 손을 움켜쥔 금나수(擒拿手)는 화산파(華山派) 마의 도인(麻衣道人)의 절기."

"재미있군."

"너 같은 사람을 만난 적이 있다."

"……."

"며칠 전에 우리를 패배시킨 꼽추노인."

독사의 눈빛이 반짝였다.

"그자는 현문의 묵천신공을 사용했지만 초식은 중원 전 문파의 절기들을 교묘하게 배합하고 있었지. 적시적소(適時適所)에 가장 적합한 초식들을."

"당신들은 살아남은 것 같은데, 몇 명이나 살려줬지?"

독사의 물음이 미묘한 여운을 남겼다.

그는 '살려줬냐' 고 물었다.

"다… 섯 명."

"이유는?"

"도주한 골인들을 마저 제거해야지."

독사가 한참 동안 말을 하지 않았다.

팔짱을 끼고 무엇인가 골똘히 생각했다.

이윽고 팔짱을 풀면서 그가 한 말은 의외의 말을 많이 들은 엽수낭랑조차도 기가 막힐 정도로 뜻밖이었다.

"그자… 꼽추노인은 만무타배라고 하지. 언젠가는 승부를 나눠야 할 것 같아. 오늘 만나면 오늘, 내일 만나면 내일. 어때? 승부를 보고 싶지 않아?"

"무슨 말이냐?"

"골인을 몇 명이나 죽였나?"

"……"

홍검쌍살도 이런 직설적인 물음에는 말문이 막혔다.

"내 수하로 들어와."

"뭣!"

"예?"

처음 놀람은 홍검쌍살이 터뜨렸고 나중 반문은 엽수낭랑이 했다.

이거야말로 무인에게는 수모 중의 수모다. 아니, 그것보다 골인을 죽인 자들인데 어떻게 수하로 받아들일 생각을 한단 말인가. 수하로 들어올 사람들도 아니지만, 제 발로 기어들어 와도 내쳐야 당연하지 않은가.

독사는 무림과 파락호의 세계를 혼동하고 있다.

파락호들 간에는 주먹으로 제압하고 이런 식으로 수하로 끌어들일 수도 있겠지만 무림에서는 수하란 곧 종(從)이란 말과도 같다. 어떻게 무인에게 그런 말을.

그러나 정작 말을 꺼낸 독사는 태연하기만 했다.

"간단해. 수하로 들어오던가, 죽던가."

"하하하하!"

홍검쌍살이 분노의 웃음을 토해냈다.

웃음을 그친 그들 얼굴에는 비장함이 배어 나왔다.

"선택하지, 생사결전으로."

"그 승부는 이미 끝나지 않았나? 말을 정확히 해야지, 생사결전이 아니라 죽여달라는 소리로."

"모욕하지 마랏!"

좌측 사내가 더 이상 참기 힘든 듯 쾌속하게 짓쳐 왔다.

독사는 마주쳐 가지 않았다. 뒤로 다섯 걸음이나 물러서며 유들유들하게 말했다.

"적을 죽임에 수단 방법을 가리지 않는다는 말도 헛소리군. 목적을 이루기 위해서는 허리를 굽히는 수모도 감수해야 하는 법. 한 번 더 공격해 오면 진의(眞意)로 알고 죽여주지."

좌측 사내가 거짓말같이 신형을 멈췄다.

우측 사내도 부들부들 떨다가 고개를 떨궜다.

"수하의 이름도 모르면 안 되겠지? 이름은?"

"조가상(趙家祥)."

왼쪽 사내가 씹어뱉듯 말했다.

"냉설(冷雪)."

우측 사내는 조금 고운 말투였다.

"기가 막히네요, 저런 사람들이 무인이라니. 정말 오라버니 말대로 무인혼이라는 게 없는 사람들 같아요."

엽수낭랑은 홍검쌍살이 들으라는 듯 큰 소리로 말했다.

수하가 되기는 했지만 홍검쌍살의 마음이 편한 건 아니었다. 사시와 삼화는 눈길도 곱지 않았다. 유심동은 아니지만 같은 골인 마을인 멸혼촌을 급습해 골인들을 죽였다는 것이 동병상련(同病相憐)의 아픔을 불러일으켰다.

"영아."

"왜요!"

엽수낭랑은 독사도 미운지 톡 쏘는 말투로 대꾸했다.

"홍검쌍살을 말해 줄 때 뭐라고 말했지?"

"뭘 뭐라고 말해요!"

"상대를 죽이기 위해서는 암습도 가리지 않는 사람들이라고 하지 않았나?"

"그래요."

"그런 자들이라면 정기(正氣)보다 흉기(凶氣)가 흘러나와야 돼."

"……"

엽수낭랑은 쏘아대지 못했다. 독사의 안목이 그녀를 훨씬 뛰어넘고 있다는 것을 알기 때문에.

"홍검쌍살은 정기를 흘러내고 있지. 겉으로는 흉흉해 보일지 모르지만 내심 아픈 마음을 지니고 있어. 저런 사람은 악인(惡人)이 될 수도 없고, 수단 방법을 가리지 않는 치졸한 짓도 못해. 그럼 왜 그런 악명(惡名)을 뒤집어썼을까? 목적이 있는 거겠지."

뒤따르던 홍검쌍살의 눈가에 잔경련이 일어났다.

"악명을 뒤집어썼다는 것은 별호에 연연하지 않는다는 것, 명예를 탐하지 않는다는 거지. 하하하! 쉽게 생각하면 백비의 실상을 탐지하기 위해 파견된 고수일 수도 있고…… 명예가 없으니 일시 수하가 되는 것도 감수할 수 있는 거지."

"당신…… 무서운 사람이군."

조가상이 신음을 뱉어냈다.

"그건 주공에 대한 말투가 아닌데? 말투부터 바꿔. 나에 대해서 하나 알려줄까? 난 파락호야. 무인들이 멸시하는 파락호. 그래도 나는 그쪽이 좋아. 내 수하가 되었으니 그쪽 율(律)에 맞춰."

"……"

홍검쌍살의 일그러진 표정을 본 엽수낭랑은 피식 웃고 말았다.

독사를 이해하려고 하면 곤란하다. 이해하면 할수록 골치만 아파지는 사람이니까. 그냥 있는 그대로 보면 된다. 홍검쌍살도 조만간 그런 이치를 알게 될 게다.

"하나만 묻겠소."

"물어."

"파락호가 어떻게 천하의 무공이란 무공은 모두 섭렵하고 있소?"

"내가 천하의 무공을 모두 섭렵한 사람인가?"

엽수낭랑에게 던진 말이다.

"아뇨."

엽수낭랑이 웃으면서 말했다.

"오라버니는 원래 그렇잖아요, 초식이라고는 횡소천군(橫掃千軍)도 모르는. 쌍장직격이 소림사 절기라고 했나요? 소림사에 가보기는 했어요?"

"하하하!"

두 사람의 대화를 들은 홍검쌍살의 얼굴이 더욱 일그러졌다. 말투로 보면 놀리는 것 같지는 않은데.

2

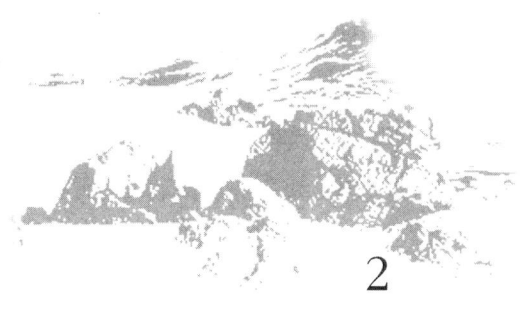

독사 패거리

"북쪽으로 가라고 했는데 안 갈 거예요?"

"가야지."

"갈 생각이 없는 것 같은데요?"

"……"

"무슨 생각을 하는 거예요?"

독사는 홍검쌍살에게 길 안내를 하게 하여 무인들이 기습당한 곳으로 갔다.

시신들이 벌써 썩기 시작해서 가만히 있어도 머리가 아플 만큼 악취가 심했다.

사람이 죽으면 제일 먼저 달려드는 것은 파리다.

시신의 몸에 알을 낳고, 구더기가 깨어나 살을 파먹는다. 마지막 청소는 딱정벌레가 한다. 딱정벌레는 시신의 연골을 청소해 준다.

무인들의 시신은 구더기가 끼기 시작했고 혈관이 퉁퉁 부어올랐다. 부어오른 혈관은 열을 발산하고, 열은 구더기로 하여금 더욱 활기 차게 움직이도록 만들어준다.

"병기를 챙겨."

홍검쌍살이 어기적거리며 병기들을 수습하기 시작했다.

만무타배와 싸우다 죽은 무인들은 병기가 온전하지 않지만 밤에 급습을 받아 죽은 무인들의 병기는 멀쩡했다.

조가상이 사뭇 못마땅한 투로 말했다.

"이건 무인의 도리가 아니오. 무인이라면 병기도 같이 묻어주어야지 이렇게 빼앗는 것은……."

"여긴 쇠가 없어."

홍검쌍살은 할 말을 잃었다.

"하나도 남김없이 쇠란 쇠는 모두 챙겨서 묻어둬. 녹이 슬어도 쓸 때가 올 테니까. 오지 않았으면 좋겠지만."

홍검쌍살이 반 토막 난 홍검을 버리고 장검을 취했다. 엽수낭랑도 사태가 심상치 않은 것 같아서 장검 한 자루를 찼다. 사시, 삼화는 옥검을 그대로 휴대했다.

"강도가 쇠에 못지않아요."

그러고도 독사는 북으로 향하지 않았다.

엽수낭랑은 이번에는 또 어디로 가느냐는 물음이 목구멍까지 치밀었지만 묻지 않았다.

아침녘에 출발하여 정오가 될 때까지 목적지도 알 수 없는 곳을 향해 걸었다.

어디로 무엇 때문에 가고 있는 것인지.

독사는 주변을 감상하며 여유롭게 걸었다. 마치 만무타배가 나타났으면 하고 바라는 사람처럼.

독사는 점심때가 되어 뱃속이 출출해질 무렵 걸음을 멈췄다.

"음⋯⋯!"

홍검쌍살이 제일 먼저 비음을 토해냈다.

독사가 걸음을 멈춘 곳에는 한 사람이 있었다.

"모습을 보니 일수일살인 것 같은데, 맞나?"

일수일살은 골인을 만나자 적의(敵意)를 번뜩였다. 하지만 그 속에 홍검쌍살이 섞여 있는 것을 보고는 의아한 빛을 감추지 못했다.

"왜 거기에⋯⋯?"

"일수일살이라⋯⋯ 별호를 듣고 짐작은 했지만 상당한 쾌검이군."

비웃는 말이 아니라 솔직하게 인정하는 말이었다.

"⋯⋯."

일수일살은 아무 소리도 하지 못했다. 홍검쌍살이 골인과 같이 어울려 있다니. 상황이 어떻게 돌아가는지 짐작도 하지 못했다.

일수일살을 숨죽이게 만든 것은 또 있다.

느닷없이 나타나 검초를 칭찬하는 사내, 무인이 분명한데 너무 부드럽다. 뼈가 없는 문어를 대하고 있는 느낌이랄까? 강인한 근육을 지닌 사내가 부드럽게 보이다니 이 무슨 조화란 말인가.

독사는 일수일살이 잘라놓은 나무줄기를 유심히 살폈다.

일수일살은 도왕과 헤어진 후 한적한 장소를 물색했다. 그리고 목검을 만든 후 뜬눈으로 긴 밤을 꼬박 지새우며 검초 수련에 몰두했다.

그는 내심 다짐했다. 꼽추노인의 검을 꺾지 못하는 한 영원히 이곳을 벗어나지 않겠다고. 꼽추노인을 일검에 벨 자신이 생기기 전에는 절대.

목검을 사용하여 철강장검으로 전개한 것과 똑같은 날카로움만 뽑아낼 수 있다면 꼽추노인도 상대할 수 있을 터인데.

홍검쌍살만 아니었다면 말을 건넬 필요도 없이 골인들의 목을 일검에 베어냈을 게다. 그리고 계속 검초를 수련했으리라.

자신의 뜻대로 벨 수 있는지는 의문이다.

자신이 잘라낸 나무줄기를 유심히 살펴보는 사내는 태연히 등을 보이고 있다.

그런데 일수일살은 이상하게도 그에게서 틈을 찾지 못했다.

등을 공격해 가면 살짝 우측으로 비켜갈 것 같고, 우에서 좌상방으로 올려치면 몸을 뒤집어 흘려 버릴 것 같다.

'고수닷! 엄청난 고수!'

일수일살은 심마(心魔)와 싸웠다.

자신이 알고 있는 가장 빠른 쾌검을 동원해서 베어내려고 했다. 일검으로 안 되어 이 검, 삼 검까지 전개해 봤다.

이런 식의 마음과의 싸움을 심마라고 한다.

단지 생각만 하는 것이 아니라 실제로 진기를 끌어올리고, 몸은 움직이지 않지만 실제 움직인 것처럼 심력(心力)을 소모한다.

심마에 지면 실전에서 진 것처럼 타격을 입는다. 검에 베이면 금창약을 바르면 그만이지만, 경혈이 진동된 타격은 내상단(內傷丹)을 복용해도 완쾌되려면 오랜 세월이 걸린다.

그렇다고 적을 살상할 수 있는 것도 아니다.

혼자서 안절부절못하는 어린아이처럼 혼자만의 싸움 속에서 이기고 지는 것이다.

적에게는 손가락 하나 상처를 입힐 수 없다. 적의 능력을 마음대로 평가하여 무공이 낮은 자를 높은 위치에, 혹은 고수를 낮은 위치에 놓는 우를 범할 수도 있다. 가만히 있으면서도 진기를 소모시키며 자칫 심화(心火)를 입는다.

그래서 심마라고 한다. 아무짝에도 쓸모없는 마음의 번뇌라고 하여.

"정말 놀라운 쾌검이야. 나이테 하나하나마다 각기 다른 힘을 준 것 같아."

독사의 말이 들리지 않았다.

일수일살의 이마에서는 굵은 땀방울이 줄줄 흘러내렸다.

무인이 심마에 빠지는 경우는 지극히 적다.

심마는 무공이 낮은 사람은 절대 걸리지 않는다. 강자를 알아보는 눈을 지녔고, 투지를 불같이 일으킬 수 있는 자만이 심마에 걸린다. 이길 수 없는 자, 그러나 지기도 싫고 물러서기도 싫을 때나 진퇴양난(進退兩難)에서 무조건 싸워야 할 때 자칫 심마가 찾아든다.

독사가 심마를 일으킬 정도로 강한지는 알지 못한다.

그는 검을 뻗어내면 피할 것이라고 생각했지만 신법이 그렇게 빠르지 않을 수도 있다. 왼쪽으로 비켜나리라 생각했는데, 실전에서는 그냥 주저앉을 수도 있다.

모든 것이 상상 속에서 상대의 무공을 마음대로 설정해 놓고 혼자 싸우고 있는 것이니 미친놈과 다를 게 무엇인가.

그래서 심마라 한다.

독사가 고개를 돌려 일수일살을 바라봤다.

일수일살은 얼굴 근육이 급격하게 뒤틀리고 있었다.

그는 일수일살의 상태를 한눈에 알아봤다.

일수일살은 비정상적인 호흡을 토해내고 있다. 길게 들이쉬고 짧게 토해내는가 하면, 짧게 들이쉬었다가는 길게 토해낸다. 더욱이 그가 뿜어내는 기운은 가늘게 요동 치고 있다.

"오오오오오옵……!"

독사는 장소성(長嘯聲)을 토해냈다.

처음에는 낮게 시작해서 점점 굵은 음성으로. 음성에 암혼사의 내공 일초(內功一招)를 담고.

"헉!"

일수일살이 부르르 경련을 일으키는가 싶더니 비틀거리며 뒤로 물러섰다.

"승부욕이 지나치군. 역시 만무타배 때문인가?"

홍검쌍살은 그제야 일수일살의 상태를 눈치 챘다.

일행에게 태연한 듯 말하고 제일 먼저 떠난 일수일살.

어느 정도 충격을 받은 줄은 알았지만 이토록 만무타배에게 집착하는 줄은 몰랐다.

만무타배에게 집착하지만 않았다면 처음 본 독사를 만무타배와 같은 위치에 올려놓지도 않았을 것이고 심마에 빠지지도 않았으리라.

역시 그 일전은 살아남은 무인들에게는 폐인과 다름없는 충격을 안겨주었다.

심마에서 헤어난 일수일살이 축 늘어진 음성으로 말했다.

"이번만은…… 살려주겠다. 가라!"

그는 심마에 빠졌을 때의 독사가 실제의 독사가 아니라는 점을 알고 있다. 그래서 두 번 다시 심마에 빠지지 않기 위해 독사를 쳐다보지 않았다. 독사의 무공도 인정하지 않았다. 지금은 판단 능력이 저하된 상태인지라 무공의 높고 낮음을 판별해 내기 힘들다.

"가지 못하겠는데?"

"죽고 싶은 게냐!"

"아니, 널 수하로 거두려고."

"뭣이! 하하하! 하하하핫! 이제는 개나 소나 이 일수일살이 만만해 보이는 모양이군. 하하하하!"

일수일살은 일고의 가치도 없다는 듯 웃어 젖혔다. 그리고 웃음 속에 독사를 가만두지 않겠다는 분노도 담아냈다.

오히려 엽수낭랑 등은 이번엔 놀라지 않았다.

오랫동안 걸어서 일수일살을 보는 순간 자신들이 무작위로 주위를 맴돌았다는 것을 깨달았다.

독사는 목적지가 있어서 걸었던 것이 아니다. 그는 다섯 명의 무인을 찾고 있다.

파락호의 율에 따라 수하로 거두기 위해서.

파락호들의 세계에서는 주종(主從) 간의 관계밖에 없다는 사실도 이번에야 알게 되었지만. 그들 말로 두목과 부하라고 해야 하나?

"나도 쓸 만한 쾌검을 알고 있지. 상당히 빠른데 해볼까?"

독사는 무공으로 제압만 하면 부하로 거두는 줄 알고 있는 모양이다.

엽수낭랑은 그 모습이 어처구니없었지만 홍검쌍살의 예도 있고 해서 말리지 않았다.

그런 점에서는 홍검쌍살도 같은 생각이었다. 억지로 맺어진 관계일

망정 도왕도 일수일살을 수하로 생각하지 못했는데.

"하하하! 노오옴! 죽인닷!"

일수일살이 정말 분노했다.

쒜에엑!

신법을 일으켜 쫓아가는 모습에서 살기가 물씬 풍긴다. 목검을 쥐었다 싶은 순간 어느새 몸통을 쳐가는 모습이 쾌검의 정화(精華)를 실었다.

독사도 빨랐다.

죽은 무인에게서 거뒀던 강도(剛刀)가 어느새 도집을 벗어났다. 한데 도를 잡고 있는 모습이 기괴하다.

도구(刀口)를 밑으로 하고 도배(刀背)를 오른팔에 붙였다. 검을 거꾸로 잡고 손을 무릎 아래로 내린 것과 같은 형상이다.

일면 독사의 모습은 쾌도와는 전혀 상관없어 보였다. 저런 자세에서는 절대 쾌도를 뻗어낼 수 없을 것 같았다. 그러나 홍검쌍살은 도세를 짐작해 냈는지 눈에 광채가 어렸다.

일수일살도 홍검쌍살과 같은 반응을 보였다. 그는 공격하는 것도 빨랐지만 물러서는 것도 빨랐다.

어느새 검을 거두고 뒤로 물러선 일수일살은 상당히 놀란 듯 가쁜 숨을 숨기지 않고 들이켰다.

"사라일잠도! 오래전에 실전된 것으로 알고 있는데…… 벽력도제의 사리일잠도가 맞나!"

독사는 고개를 끄덕였다.

엽수낭랑은 더욱 기가 막혔다.

이제는 정말 독사를 모르겠다. 대화산에서 무공 수련하는 모습을 보았지만 당시만 해도 이렇게 강하지는 않았다. 더군다나 벽력도제의 사리일잠도라니!

'저게 사리일잠도!'

엽수낭랑이 사리일잠도를 제대로 관찰하기도 전에 일수일살의 음성이 새어 나왔다.

"사리일잠도는 모두 몇 초식인가?"

검을 겨누고 싸우는 무인이 이런 말을 물어도 되는 건가? 그러나 독사는 순순히 대답해 주었다.

"일 초식."

"일 초식?"

"발도(拔刀)에서부터 수도(收刀)까지 하나로 이어지니 일 초식이지. 세(勢)를 묻는 것이라면 십이세(十二勢)라고 말해야 되겠지."

"으음!"

일수일살은 짧은 신음을 토해냈다.

그는 이제 독사가 허언하지 않았음을 깨닫고 신중해졌다.

도 한 자루로 중원을 횡행한 벽력도제의 사리일잠도는 빠르기로 정평이 난 무공이다. 무시해서도 안 되고 무시할 사람도 없는 절대도공이다.

일수일살이 조금 전과는 다르게 한 걸음 한 걸음 조심스럽게 떼어놓으며 다가왔다.

"내가 지금 전개하고 있는 것은 제삼세(第三勢) 압도세(壓刀勢). 여기서 제사세(第四勢) 투도접도세(投刀接刀勢)로 이어지지. 구결은 압일도(壓一刀:일도를 굳게 잡고), 도구향하(刀口向下:도의 손잡이를 밑으로 향한다), 투기도(投起刀:도를 일으켜 허공으로 던지고), 사도낙하(俟刀落

下:도가 떨어지기를 기다린다). 투도일도세를 깨는 방법은 사도낙하에 들어 있는데, 잘 이용해야 될 거야."

모두들 기가 막혀 입을 쩍 벌렸다.

독사와 마주 선 일수일살까지 놀란 표정이 역력했다.

싸움을 하고 있는데 상대에게 무슨 초식을 전개할지 알려주는 법도 있던가? 초식의 상세한 용법까지? 그리고도 이기기를 바라는가?

독사는 바보이거나 절대적인 자신감을 갖고 있다.

"타앗!"

일수일살은 거센 고함과 함께 신형을 띄워 올렸다.

상대가 전개하는 초식을 아는데 망설일 이유가 없었다.

독사는 진퇴양난(進退兩難)이다. 이제는 자신이 말한 초식을 사용할 수밖에 없다. 다른 초식을 사용해서 이긴다면 이겨도 이긴 것이 아니다.

빛보다도 빠른 쾌검이 독사의 옆구리를 베어갔다.

순간, 독사의 손목이 꿈틀거렸다.

아무리 검이 빠르다고 하지만 손목을 꿈틀거리는 것보다는 늦는 법. 손가락에 툭 맞은 도구(刀口)는 강한 힘을 싣고 허공으로 솟구쳤다. 화살이 날아가듯 힘찬 기운을 싣고 직선으로 솟구쳤다.

차앙!

경쾌한 음향이 터졌다.

일수일살의 목검과 독사의 도가 중간에서 부딪쳤다.

일수일살이 고의로 도를 가격한 것인가, 아니면 독사가 도를 튕겨 검을 막은 것인가.

결과는 곧 나타났다.

일수일살이 퉁긴 검을 고쳐 잡기도 전에 도구를 잡아챈 독사는 일수일살의 목에 도를 들이밀었다.

"졌…… 다."

일수일살의 안색은 흉측하게 일그러졌다.

"네 검을 논할 생각은 없지만 너무 빨라."

"……."

일수일살은 분노로 치를 떨었다.

독사의 말은 누가 들어도 놀리는 것이 분명했다.

'말투 좀 바꿔야겠어. 오해 사기 딱 알맞아.'

엽수낭랑은 고개를 휘휘 내저었다. 천생 성격이 그러니 말릴 수는 없지만 조금씩 고쳐 가볼 생각이다. 모르는 사람이 들으면 꼭 오해할 말만 사서 하고 있으니.

"너무 빨라서 눈에 보이지. 알고 있겠지만 보이는 검은 막을 수 있는 것이고."

이번에는 뭔가? 무론(武論)이라도 말하는 건가?

"쾌검월몽롱(快劍月朦朧). 빠르려면 더욱 빨라지던가, 빨라질 자신이 없으면 아예 느려지는 것도 괜찮겠지."

빠른 검이 달빛에 몽롱하다.

선문답(禪問答) 같기도 해서 쉽게 이해할 수 없는 말이었다.

"넌 누구냐?"

"별호? 그런 건 없어. 그냥 독사라고 불러. 모두들 독사라고 불러서 그게 귀에 익거든."

"……."

"수하로 들어오면 거둘 용의가 있는데, 어때?"

"이이……!"

"그렇게 이 갈지 말고. 좋으면 좋은 거고 싫으면 싫은 거지. 서로 원수질 일도 없고. 은원으로 따지자면 내 쪽이 더 커. 넌 골인들을 죽였거든."

"하나만 묻자. 쾌검월몽롱. 깨우쳤나?"

"아니, 그걸 깨우쳤으면 난 천하제일검이야."

"깨우치는 방법은 알고 있나?"

"풋! 알려준다면 올라갈 수 있나?"

"……."

"저기 산봉이 있어. 올라가 봐."

독사는 멀리 있는 산봉을 가리켰다.

선승이나 할 수 있는 큰 말이다.

산을 올라가는 것은 본인 스스로 해야 한다. 아무리 다른 사람이 손짓으로 산봉을 가리켜 준다고 해서 올라가지는 것이 아니다. 사람의 힘으로 오를 수 없는 큰 산이라면 차분히 올라갈 채비를 갖추고 때를 봐가며 올라가야 한다.

무공도 이와 같다.

산봉에 올라가기 위해서는 그에 버금가는 준비를 해야 한다.

독사는 쾌검월몽롱을 깨우치지 못했다고 말했다. 그 말은 사실이다. 그는 거짓말을 할 줄 모르니까. 그 역시 깨우치지 못한 것을 어떻게 알려주겠는가.

산봉에 오를 정도는 아니지만 산봉이 있다는 것은 알고 있다는 말이다.

일수일살은 한참 동안 독사의 눈을 응시했다. 그리고 말했다.

"벗이 되어주지. 쾌검월몽롱을 같이 깨우쳐 가는 벗으로."

일수일살은 심마에서 벗어났다. 만무타배로부터 받은 충격에서도 벗어났다. 그리고 독사와 교분을 쌓을 생각까지 했다.

그런데 독사는 한술 더 떴다.

"아니, 그런 건 없어. 난 수하가 필요해. 내가 파락호니 내 율에 맞추라고 했잖아."

"큭!"

지켜보던 홍검쌍살이 기어이 웃음을 터뜨렸다.

그제야 홍검쌍살을 의식하게 된 일수일살이 그들을 가리키며 물었다.

"그럼 저들도?"

"직책은 나중에 주기로 하고, 우선 거뒀지."

이번에는 홍검쌍살의 안색이 붉게 물들었다. 아무래도 무인에게 수하란 말은 어울리지 않는다. 이게 무슨 집단도 아니고.

"……"

일수일살이 말을 잃자 독사가 말했다.

"가지. 오늘 좀 바쁘게 돌아다녀야 해. 두 사람이나 더 만나야 하거든."

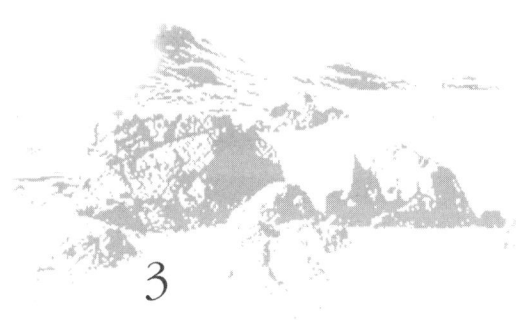

3
독사 패거리

독사가 세 번째로 만난 사람은 도왕 갈운태였다.

독사의 의도를 알게 된 일수일살과 홍검쌍살이 도왕의 착잡한 심정을 말해 주었고, 그렇다면 아직 움직이지 않고 헤어졌던 그 자리에 있을 것이라는 생각이 들어 찾아왔다.

도왕 갈운태는 그 자리에 있었다.

한 손에는 반 토막이 되어버린 대도를 들고 다른 손에서는 피를 철철 흘리며.

그의 두 발 아래에는 대도에서 떨어져 나온 나머지 반 토막이 놓여 있었다.

"아직 있네. 어지간하군."

일수일살은 자신도 패배의 충격을 벗어나지 못하고 헤맸으면서 도왕을 이해할 수 없다는 표정을 지었다. 사실은 그 누구보다도 잘 이해하고 있으면서.

독사는 쉽게 다가가지 않았다.

'불곰……'

도왕을 보자 불곰이 생각났다.

실종된 지도 꽤 됐는데 어디서 무엇을 하고 있는지. 그토록 사랑하던 설향의 죽음은 알고 있는지. 다른 친구도 생각났다. 청성산에 들어간다고 했는데, 잘 있을까? 잘 있겠지.

도왕은 덩치로 보나 기백으로 보나 불곰과 흡사했다. 늙은 불곰이라고 하면 딱 좋을 정도로.

한참 동안 도왕을 쳐다보던 독사가 문득 생각난 듯이 홍검쌍살에게 손을 내밀며 말했다.

"창."

"창…… 도가 아니고 창이오?"

홍검쌍살은 존칭을 사용했다.

오는 동안 무려 스무 번이 넘게 주의를 들은 후다.

독사보다 나이가 많으니 온말을 사용하겠다고 해도 반응은 싸늘하기만 했다. 이상하게도 독사는 그 부분에서만은 절대 양보하지 않았다. 웃는 낯으로 좋게 말을 나누다가도 반말이라도 튀어나올 양이면 어김없이 안색을 굳히곤 했다.

홍검쌍살과 일수일살은 반은 억지로, 반은 자의로 독사의 율을 좇았다.

비록 나이는 어리지만 독사에게서는 사내의 마음을 끌어당기는 기묘한 매력이 풍겼다. 매력만 풍긴다면 웃어넘길 수도 있지만, 그에게서는 고개를 숙이게끔 만드는 절대패도(覇道)가 줄줄이 흘러나왔다.

그들은 독사의 과거를 알지 못했다. 단지 본인이 입으로 말한 파락호였다는 것밖에는.

그가 코흘리개 시절부터 또래의 아이들을 휘어잡고 동네 싸움을 벌여왔다는 것도, 커서는 조그마한 문파라고도 할 수 있는 파락호들의 우두머리였다는 사실도.

파락호들의 세계를 이끌었던 그였으니 타인을 부리는 데 자연스러운 것도 당연했다.

홍검쌍살은 등에 잔뜩 짊어지고 있던 병기 가운데서 창을 꺼내 건네주었다.

뚜벅! 뚜벅!

도왕은 누가 걸어오고 있다는 것을 알면서도 고개를 쳐들지 않았다. 주위에 많은 사람들이 모여 있다는 것을 알았어도 아는 척을 하지 않았다. 그중에는 골인들도 있다는 것을 알았지만 숨 한 올 흐트러지지 않았다.

"도왕."

"……."

"아니지. 패배를 밥 먹듯이 하고 있으니 왕이라는 칭호는 어울리지 않지. 그래도 웬만큼 도를 다룰 줄 아니 도군(刀君) 정도는 되겠네. 도군."

"운수…… 좋은 줄 알고 꺼져라."

"들었어. 두 번이나 패했다고? 한 번은 현문 고수. 현문 고수라면 나도 많이 아는데 누군지 궁금하군. 얼마 전엔 만무타배에게도 패했다고 들었는데?"

"꺼지라고 했다."

"내 친구는 싸움을 무서워하는 놈을 보면 이런 말을 즐겨 했지. 나약한 자식, 가서 똥통에 머릴 처박고 뒈져.”

엽수낭랑은 깜짝 놀랐다.

독사에게 이런 면도 있었나? 지금 모습은 약한 자를 비웃는 무뢰배의 전형적인 모습이지 않은가. 잊고 있었다, 독사가 파락호였다는 것을.

도왕이 고개를 추켜올렸다.

그의 눈동자에 유들유들 웃고 있는 젊은이의 모습이 비쳤다.

“그럼 난 이런 말을 해줬어.”

“…….”

“말로만 하지 말고 똥통에 처넣어.”

독사의 지금 말은 허언이 아니었다.

무리들 중에는 이기는 싸움만 골라서 하는 작자가 있기 마련이다. 처절하게 싸워야 하는, 승패를 알 수 없는 싸움은 갖은 핑계를 대며 피하고.

얌체 같은 족속이다.

그럴 때 불곰은 독사가 말한 것과 똑같은 말을 했고, 독사는 실제로 뒷간에 빠뜨리라고 명령했다.

똥통에 빠진 자는 사흘 동안 나오지 못한다.

결국 사흘이 지나 끄집어냈을 때는 분독(糞毒)이 올라 살갗이 빨갛게 부어오르면서 짓물렀다.

그런 자는 두 번 다시 독사의 수하로 들어오지 못했다. 어디서 행패를 부리지도 못했고, 독사 패거리의 눈을 피해 전전긍긍하며 살아야 한다.

“네놈…… 죽고 싶어 환장했구나.”

도왕이 한기를 풀풀 날리며 일어섰다.

"이제야 좀 보기 좋군."

"넌 죽는다."

"듣자 하니 약속을 꽤나 잘 지킨다며?"

도왕이 반 토막 난 대도를 추커올렸다.

"승패의 조건으로 약속을 걸었다고 하던데?"

"죽인닷!"

대도가 불을 뿜었다. 비록 반 토막뿐이지만 광풍삼도절의 뇌는 수십 년 동안 적수가 없던 절학이다.

독사는 일정한 거리를 두며 창을 내질렀다.

그의 창법은 절정에 이르러 마해추룡의 월사창법을 자유자재로 구사하는 단계였다.

창창창……! 차앙!

요란한 소리와 함께 불똥이 튀었다.

창을 내지르고 빼는 솜씨나 섬전처럼 휘몰아치는 대도나 한 치의 양보도 없었다.

도왕의 광풍삼도절은 마치 미친 소가 달려오는 기세였다. 반면에 독사의 월사창법은 절도가 있으며 창대에 내경(內勁)이 실려 무거운 위력을 발휘했다.

"막상막하군."

일수일살이 말했다.

"마해추룡의 월사창법……."

홍검쌍살이 독사의 창법을 알아봤다.

그 말에는 엽수낭랑도 깜짝 놀라 독사를 다시 봤다.

마해추룡의 월사창법이라면 그녀도 안다. 백비를 찾기 전에 읽은 두

루마리 속에서 마해추룡이란 사람에 대해 읽은 적이 있다. 월사창법은 마해추룡의 진신무공이었고.

'정말 기이한 사람. 아는 무공이 없는가 하면 모르는 무공이 없어. 일반적인 초식도 모르면서 절정무공을 알고 있고……'

독사의 무공은 어디가 한계인가. 시작은 어디부터인가.

"음! 저게 월사창법이었나? 군더더기가 전혀 없는 실전 창법이군."

일수일살이 하나라도 자세히 보겠다는 듯 눈을 크게 떴다.

도왕의 공세는 뇌에서 전으로 넘어갔다.

뇌를 열여덟 토막으로 나눈 듯한 빠름. 일시에 몰아치는 십팔공세. 병기에 도가 닿는 순간 거두어지는 병기를 따라가 휘몰아치는 도법의 정화.

그러나 이번에는 십팔공세를 완전히 펼쳐 내지 못했다.

독사는 긴 창을 십분 활용, 도왕이 가까이 오는 것을 원천적으로 봉쇄했다.

도왕이 한 걸음 다가서면 그는 한 걸음 물러섰다. 도왕이 한 걸음 옆으로 빠지면 그도 빠졌다. 그러다가 도왕이 도를 물릴 기색이면 여지없이 따라붙어 창을 찔렀다.

이길 생각도 없고 질 생각도 없는 싸움이다.

무림에서도 종종 이런 싸움이 벌어지곤 한다.

대부분 일정한 거리를 유지하는 쪽은 초식에서 밀린다고 생각하는 쪽이다. 그렇다고 누구나 이런 싸움을 할 수는 없다. 초식은 뒤지지만 신법과 내력에는 자신이 있어야 한다.

신법에서 상대를 능가하고 내력에서 뛰어나야 지구전(持久戰)을 할 수 있다.

"헉!"

도왕이 급한 호흡을 들이켰다.

어쩌면 이 싸움은 처음부터 도왕에게 불리한 싸움이었다.

독사는 최고의 몸을 유지하고 있는데, 도왕은 심신이 무척 피로한 상태였으니까. 더군다나 마음을 후려친 충격은 심신의 피로를 훨씬 능가했으니까.

"그만 할까?"

독사가 웃으며 말했다.

"죽인닷!"

도왕은 열화가 치미는지 얼굴색마저 빨갛게 변한 채 달려들었다.

일수일살은 고개를 돌렸다. 홍검쌍살은 자리를 아예 피해 버렸다.

'왜 저렇게 혹독하게……'

싸움은 끝났다. 도왕은 광풍삼도절의 마지막 초식인 척을 전개하지 못하고 있다. 독사가 거리를 주지 않으니 비초(秘招)나 다름없는 척을 전개해 봤자 무용지물이 될 것은 뻔했다.

결국 도왕이 믿을 것은 빠른 도법밖에 없었는데, 독사도 도왕에 못지않게 빠르니 승부가 날 수 없었다.

싸움은 시간이 흐를수록 도왕에게 불리해졌다. 손발이 뒤엉키는 모습도 간간이 비치기 시작했으니 무슨 말을 더 하랴.

"조금 더 힘을 내봐. 이런 도법으로 도왕이라는 칭호를 받았으니 창피하지 않나."

"새파란 애송이 놈이!"

"말로만 할 것이 아니라 애송이 놈을 죽여보란 말야."

"덤벼라! 단 한 번으로 승부를 내자!"

도왕의 말이 끝나기 무섭게 독사는 창을 거두고 훌쩍 물러섰다.

"단 한 번이라고 했나?"

"흐흐흐! 귀까지 처먹었나!"

"좋아. 단 한 번으로 승부를 내지. 한데 우린 아직 내기를 걸지 않았어."

"무슨 개수작이냐!"

"내가 이기면 넌 내 수하가 되어야 해, 평생."

"흐흐흐! 미친놈!"

"싸움은 공평해야지. 운공조식부터 해."

도왕의 조건은 이미 말했다. 죽인다고.

이제 싸움은 도왕에게 유리하게 됐다. 도왕은 독사를 죽일 수 있지만 독사는 도왕에게 살초를 전개해서는 안 된다.

불합리한 조건이다. 거기에 운공조식까지 하란다.

도왕은 사양하지 않았다. 무림에서 산전수전 다 겪은 사람이 자신의 현재 상태를 모를 리 없다.

'졌어. 하지만 온전한 상태였다면……'

도왕은 한참 동안 노려보다가 털썩 자리에 앉아 운공조식에 몰입했다. 적의 면전에서.

운공조식으로 진기를 회복한 도왕의 눈길은 심오해졌다. 만무타배로부터 받았던 충격도 흔적을 찾아볼 수 없었다. 지금의 도왕에게서는 생생한 투지만 번들거렸다.

"기회를 줘서 고맙다."

"천만에."

"원래부터 그렇게 건방졌나?"

"수하 앞에서는 건방져도 괜찮아."

"건방진 놈."

"하하하!"

"……."

"난 월사창법. 그쪽은?"

"광풍삼도절이다."

도왕은 장병(長兵)과 싸운 경험이 많다. 하지만 지금은 어떤 경험도 도움이 되지 않았다.

창은 날렵하고 빠르게 사용해야 한다. 독사처럼 무겁고 진중하게 사용하면 빙충맞다는 소리를 듣는다. 일수일살의 쾌검이나 자신 같은 쾌도를 접하게 되면 순식간에 무너져 버린다.

한데 독사는 그렇지 않다. 창을 무겁게 사용하면서도 오히려 쾌도를 압박한다.

'신법…… 신법 때문이야. 신법이 월사창법의 효용과 겹쳐져 특이한 위력을 내는 거야.'

독사는 참으로 신묘한 신법을 지녔다.

그는 공격할 곳이 없다. 허리가 비었다 싶어 공격하려 들면 어느샌가 창이 앞을 가로막는다. 머리가 비었다 싶어 내려치려 하면 내 가슴이 먼저 꿰뚫릴 것 같다.

공격하기 전에 공격할 곳을 막아버리니 무슨 수로 공격하겠는가. 무식하게 밀고 들어가면 역시 예상했던 대로 딱 가로막히고.

이건 마치 광무신승이란 기승(奇僧)의 방위나이 같지 않은가.

광무신승은 무림을 종횡하면서 한 번도 패한 적이 없는 불패의 신화를 가지고 있다. 누구도 그의 옷자락을 건드리지 못했다. 더러는 비무 도중에 패배를 시인하며 물러서기도 했단다.

공격하고 싶어도 공격할 곳이 없는 완벽한 수비.

그래서 한때 무림에서는 공격 초식보다 수비 초식이 선호되었던 적도 있다.

'아!'

도왕은 속으로 탄식을 토해냈다.

이런 경험이 딱 한 번 있었다. 바로 며칠 전에 싸웠던 꼽추. 그자가 이런 신법을 사용했다.

독사는 반격을 하지 않았다. 꼽추노인은 반격을 했다.

그 차이뿐이다.

도왕은 마음을 추슬렀다.

어떠한 무공도 허점이 있기 마련이다. 허점을 파고들면 이기는 것이고, 그렇지 못하면 반격당한다.

'이길 수 있어!'

진기를 끌어올려 대도에 운집한 다음 독사 주변을 빙글빙글 돌며 틈을 노렸다.

'비었어! 아냐……'

또 돌았다.

'좌측 어깨! 아냐, 아냐……'

땀이 비 오듯 흘러내렸다. 그러나 손을 들어 땀을 닦는 따위의 어설픈 행동은 하지 않았다.

이토록 어려운 싸움은 처음이다. 만무타배의 경우에는 순식간에 초식이 교환되어서 실체를 꿰뚫기 어려웠지만, 독사의 경우에는 세심하게 살필 여유가 있었다.

'뚫고 들어갈 곳이 없다. 아!'

갑자기 도왕이 팔을 축 내려 버렸다.

"졌다."

독사는 그럴 줄 알았다는 듯 씩 웃었다.

"신법을 펼쳤나?"

도왕의 물음은 지켜보던 많은 사람들에게 의문을 던져 주었다.

독사는 움직이지 않았다. 도왕이 움직이는 방향을 따라 걸음만 조금씩 옮기고 몸의 방향을 틀었을 뿐이다. 그런데 독사의 대답이 또 뜻밖이다.

"그래."

"혹시…… 방위나이?"

"하하! 알아보는군."

"이럴 수가!"

"졌으니 따라와."

홍검쌍살은 자리를 피해 버렸으니 오히려 다행이다.

남아 있던 사람들은 멍청해져 버렸다.

벽력도제의 사리일잠도, 마해추룡의 월사창법에 이어 이제는 광무신승의 방위나이인가? 도대체 어떻게 해서 수십 년 전에 사라졌던 절세의 기공이 독사의 몸에 운집되었단 말인가.

"제길! 잠시 비위 좀 맞춰주면 될 줄 알았는데, 자칫하면 평생 수하 노릇에서 벗어나지 못할지도 모르겠군."

일수일살은 엽수낭랑이 듣고 있는 것도 아랑곳하지 않고 말했다.

第三十四章

모사(謀士) 마천옥(馬天鈺)

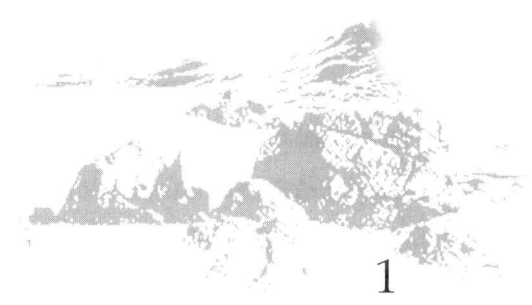

1

모사(謀士) 마천옥(馬天鈺)

삼비마룡은 지금까지의 무인들과는 사정이 달랐다.

도왕, 일수일살, 홍검쌍살이 등을 돌려 반대 편에 섰다면 그 혼자 몸
으로는 도저히 승산이 없다.

이럴 경우에는 체면을 버리고 도주하는 것이 상책이다. 도주의 기회
를 놓쳤다면 격장지계(激將之計)라도 사용해서 일 대 일의 승부로 유도
해 내야 한다.

삼비마룡은 어느 쪽도 택하지 않았다.

그는 골인들을 보자마자 다짜고짜 걸어와 무조건 살수를 펼쳤다.

쐐엑! 깡!

소소자 대신 어디서 주웠는지 검 한 자루를 들고 있던 삼비마룡은
그와 가장 가까이에 있던 사시에게 검을 날렸다.

공격을 받은 사시는 엉겁결에 옥검을 들어 막았지만, 천수팔장의 현

묘한 변화는 오른쪽 어깨에 깊은 검상을 새겨놓았다. 그래도 검이었기에 그 정도였지 소소자였다면 머리가 으깨져 죽었을 게다.

"앗!"

깜짝 놀란 엽수낭랑이 황급히 검을 뽑아 들고 삼비마룡의 앞을 가로막았다.

"어차피 다 죽여야 될 테니 아예 한꺼번에 덤비지."

"삼비마룡! 미쳤어!"

일수일살이 고함을 질렀지만 누구도 그가 미쳤다고는 생각하지 않았다. 적을 쳐다보는 뚜렷한 눈동자는 차가운 이성으로 빛났다.

"골인을 죽이던 자들이 하루 만에 골인 편에 서다니 불가해(不可解)한 일이 벌어졌군."

삼비마룡은 도왕 등을 쳐다보며 자조 섞인 웃음을 지었다.

"삼비마룡, 계속 공격하면 우리가 죽일 수밖에 없다."

도왕이 진심으로 말했다.

연유야 어찌 되었든 내기에 진 이상 수하 노릇을 충실히 해야 한다는 것이 그의 생각이었다.

쒜에엑!

삼비마룡은 공격으로 말을 대신했다.

엽수낭랑은 신속하게 좌측 발을 우측 발 앞으로 놓아 발을 꼬더니 빙글 몸을 돌렸다.

그녀의 신형은 빙그르르 한 바퀴 돌았고, 돌아가는 신형에 따라 장검도 춤을 추었다.

"흥! 비항파 무공이군."

삼비마룡은 여유있게 일검을 피해낸 다음 허리를 낮게 수그리며 앞

가슴으로 파고들었다. 그 순간,

"죽인다고 했다!"

도왕이 쩌렁 일갈을 내지르며 반 토막 대도로 광풍삼도절 뇌를 전개 했다.

파파파팟!

번갯불이 튀었다.

제일 먼저 대도에서 뿜어내는 광풍이 몰아쳤고, 두 번째로 도기가 살을 에일 듯 다가왔으며, 세 번째로 반 토막 대도가 요악한 웃음을 흘려댔다.

눈 한 번 깜짝하는 사이에 일 장 거리를 좁혀오는 쾌도.

삼비마룡은 엽수낭랑을 공격할 시간이 없었다. 공격할 수는 있지만 일검에 벨 자신은 없었다. 비항파 무공이 일순간에 깨져 버리는 삼류 무공도 아니고, 일검에 실린 경력으로 미루어볼 때 여인의 내력은 삼비 마룡조차도 무시할 수 없을 만큼 지고하다.

이제 막 여인의 꽃봉오리를 형성한 여자 같은데 이토록 강한 내력을 어떻게 지닐 수 있었는지.

삼비마룡은 엽수낭랑을 제쳐 두고 다가오는 도왕의 대도를 향해 장 검을 휘둘렀다.

어느 무공이나 어느 초식이나 빠름과 묵중한 경력은 실려 있기 마련 이다. 경력이 강하게 실리면 실릴수록 공격도 빨라진다. 경병(輕兵)은 신속하게 사용할 수 있고, 중병(重兵)은 빠름 대신 위력적으로 사용하 는 것과는 반대 이치다.

삼비마룡은 빠름을 변화에 주었다.

도왕이 거리에 빠름을 주고, 일수일살이 순간 가속에 빠름을 준 것과는 많이 다르다.

패애애앵……!

삼비마룡의 검이 크게 원을 그렸다. 순간 그의 팔이 네 개로 분신하여 각기 다른 방향에서 대도를 마주쳐 갔다. 원래는 하나이나 검보다는 손의 움직임에 빠름을 주었기에 나타난 현상이다.

칙! 쉬익! 칙!

도왕은 쾌속하게 허상(虛像)을 깨갔다.

화산파의 매화검법(梅花劍法)은 검을 전개하는 순간에 매화 꽃송이 모양의 환상이 어린다고 한다. 꽃잎 다섯 개가 활짝 핀 것처럼 날아오는 환상이.

천수팔장을 극도로 펼치면 여덟 개의 팔 그림자가 형성된다고 하니 매화검법에 비해 조금도 뒤지지 않는 절학이다.

타앙!

검과 대도가 맞부딪쳤다.

도왕은 허상 세 개를 깨고 실체를 찾아냈다. 삼비마룡이 허상을 만들어내는 시간과 도왕이 일도로 허상을 깨는 시간은 딱 들어맞았다.

도왕은 대도가 검에 닿는 순간, 비껴내지 않았다. 오히려 안으로 파고들며 대도를 밀어냈다.

삼비마룡이 검을 비켜낸다면 대도는 검신을 따라 들어가 육신을 난자한다.

삼비마룡도 익히 알고 있다.

이럴 경우 대응책은 하나뿐이다.

검과 대도를 맞대고 내력(內力)을 겨루는 싸움. 어느 쪽이든 밀리는 쪽이 두 토막으로 갈라지는 생사의 싸움이다.

도왕은 눈을 부릅떴다. 삼비마룡도 이를 악물며 검을 밀쳐 냈다.

이제 두 사람은 말도 할 수 없다. 말을 하느라 조금의 기혈이라도 흩어져 나간다면 그 순간으로 싸움이 끝날 수도 있다.

이때 홍검쌍살이 잔인한 웃음을 흘리며 삼비마룡의 등 뒤로 돌아갔다.

"흐흐! 어차피 죽이는데 무공으로 죽이면 어떻고 암기로 죽이면 어때. 죽이면 그만이지."

냉설은 삼비마룡의 목숨을 거머쥔 듯 이야기했다.

사실 그들의 말이 맞다. 다른 사람도 아니고 도왕과 내력 싸움을 하는 마당에 등 뒤에서 일검을 가한다면 신선이라도 피하지 못한다.

"그래도 같이 일한 적이 있는데, 깨끗이 죽여. 숨넘어가는 데 너무 오래 걸리지 않게."

조가상이 냉설의 말에 장단을 맞췄다.

"흐흐! 걱정 말라고."

차앙!

검 뽑는 소리가 들렸다.

삼비마룡은 표정에 변화가 없었다. 도왕만 뚫어지게 응시하며 최선을 다했다.

그때 그의 귀를 간질이는 소리가 옆에서 들려왔다.

"그만둬. 죽기로 작정한 사람을 죽여서 뭐 해."

홍검쌍살은 즉시 뒤로 물러섰다.

삼비마룡은 혼란스러웠다. 홍검쌍살이 비록 간악한 자들이기는 하지만 누구의 명령을 고분고분 들을 사람들은 아니다. 그런데 누가 있어 그들에게 명령을 내린단 말인가. 도왕은 입도 열지 않았는데……

그럼! 도왕도 이자의 명령을 받는단 말인가!

말을 한 자의 얼굴이 궁금했지만 고개조차 돌릴 수 없었다.

내력 싸움을 할 때는 전신진기를 오로지 하나의 병기에만 몰아넣기 때문에 미세한 움직임도 큰 변화를 불러온다.

"재미있는 사람이군. 만무타배에게 패배한 충격 때문은 아닌 것 같은데……."

독사는 노궁혈에 진기를 주입했다.

빙굴에서 기연을 얻기 전과 후의 달라진 점 중 가장 큰 것이라면 진기를 주입하기 위해 단전에서부터 진기를 이끌어오지 않아도 된다는 점이다.

진기 자체가 끊임없이 돌고 돌기에 언제든 어느 혈도에든 진기를 운집할 마음만 먹으면 운집이 된다.

걸음을 떼어 삼비마룡과 도왕이 겨루는 곳으로 갔다.

"도왕, 진기를 거둬."

독사는 밀치고 있는 삼비마룡의 검에 손바닥을 갖다 댔다.

그 순간에 도왕은 대도를 거두고 뒤로 물러섰다. 물러서는 도왕의 얼굴에는 감탄이 일렁거렸다.

독사는 방위나이라는 신법만 뛰어난 것이 아니다. 내력이 얼마나 강한지는 추측할 수도 없다.

전신진기를 모두 모아 밀쳐 대고 있는 삼비마룡의 검을 한 손으로 밀어낼 사람이 얼마나 될까.

"타앗!"

독사는 우렁찬 고함과 함께 맞대고 있던 손바닥을 쭉 밀었다.

"헉!"

삼비마룡이 큰 충격을 받은 듯 비틀거리며 물러섰다.

"나름대로 사연이 있겠지만 목숨을 아껴. 여기 있는 사람들 중 그대 손에 죽을 사람은 아무도 없어. 내가 죽이지 못하게 막을 테니까. 가지."

독사는 그 말을 끝으로 미련없이 몸을 돌렸다.

"이대로…… 가는 겁니까?"

홍검쌍살이 의아한 눈빛으로 물었다.

다른 사람들은 자극도 하고 모욕도 주며 수하로 거뒀다. 이번에도 그럴 줄 알았다. 한데 독사는 수하로 거둘 생각을 포기한 듯 보였다.

"사연이 있는 사람은 사연 때문에 움직일 수 없지."

경험에서 우러나온 용병술(用兵術)이다.

영은촌 파락호 시절, 거두고 싶은 자가 있었다.

그는 정말로 강했다. 주먹 한 번이면 누구든 나가떨어진다는 독사의 주먹을 맞고도 멀쩡히 버티며 달려든 자다.

스무 번이 넘는 타격 끝에 마침내 드러눕게는 만들었지만 그는 여전히 웃어댔다.

"재수가 좋군. 한 번만 잡혔으면 끝나는 건데."

"아직도 모르고 있군. 안 잡혔으니 내가 이긴 것이고, 잡지 못했으니 네가 진 거야."

"그래, 맞아. 좋아! 졌다. 이제 난 손 턴다."

"내 밑으로 들어와."

"안 되겠는데."

"특별한 이유라도 있나?"

"곧 혼인할 생각이거든. 어차피 손 떼려고 했어."

당시는 혼인이 사람의 인생에 얼마나 큰 비중으로 차지하는 건지 몰랐다.

사내의 말을 이해할 수 없었다. 혼인은 혼인이고 사내들의 세계는 세계이지 않은가. 힘있는 자가 힘을 썩이는 것처럼 답답한 노릇이 어디 있을까. 다른 사람은 고사하고 본인 스스로 답답하지 않겠는가.

독사의 수하 중에는 혼인을 하여 처자식이 있는 자도 있었다.

그 후로도 그를 네 번이나 찾아갔지만 대답은 한결같았다.

나중에 요빙을 만나고야 알게 되었다. 여인이 사내에게 어떤 영향을 미치는지. 진심으로 여인을 사랑하게 될 때, 여인의 한마디는 그 누구의 주먹보다도 아프다는 사실을.

그런 것이다. 사정이 있으면 어쩔 수 없는 게다.

독사 일행은 삼비마룡만 남겨둔 채 멀어져 갔다.

혼자 남은 삼비마룡은 검을 축 늘어뜨린 채 땅만 쳐다봤다. 얼마 전에 도왕이 그랬듯이.

2

모사(謀士) 마천옥(馬天鈺)

나이가 많고 적음을 불문하고 존대를 하게 하는 것은 새로운 조직을 형성할 때 중요한 부분이다.

상하 관계를 명확하게 해야 한다. 그래야 명령이라는 것을 내렸을 때 일사불란하게 움직인다. 평소에는 여러 가지 의견이 있을 수 있으나 결정적일 때는 자신의 뜻대로 움직이게 만들어야 한다.

도왕과 같이 나이가 쉰이 넘는 사람에게, 그것도 무림에서는 알아주는 명숙에게 존대를 하라는 것은 무리일지 모른다. 새파란 애송이에 불과한 자신이 그만한 명숙에게 하대를 하는 것도 껄끄럽다.

그래도 고집할 수밖에 없다.

서로 친분이 없고, 인간관계가 형성되지 않은 상태에서는 절대적인 명령 체계가 무엇보다 중요하다.

이런 문제는 나중에 자연스럽게 해결된다.

서로 간에 인간관계가 형성되고 나면 도왕은 하대를 하게 될 것이고 자신은 존대를 하게 될 것이다.

그것이 인간 세상의 순리이며, 순리를 거역할 생각은 추호도 없다.

"꼭 존대를 해야 되겠나?"

"가. 가도 좋아. 약속은 없었던 것으로 하지."

도왕의 얼굴이 일그러졌다.

독사는 '약속' 이라는 한마디로 도왕의 일생을 무너뜨리고 있다.

"좋아. 하지."

"정 말을 올리기 싫으면 날 깨."

"......?"

"날 깨면 우리의 약속은 없어지는 거야."

"훗!"

옆에서 가만히 말을 듣고 있던 엽수낭랑이 기어이 웃음을 터뜨리고 말았다.

자신도 그렇고, 도왕도 그렇고, 일수일살, 홍검쌍살…… 사시와 삼화까지도 '깨' 라는 말뜻을 쉽게 이해하지 못했다. 그러다 뒷이야기를 듣고야 '깨' 라는 말이 패배시킨다는 말과 같은 의미라는 것을 알았다.

독사는 무림에 대해서 너무나 모른다. 그런 사람이 강한 무공을 지녔다는 게 믿어지지도 않고.

"후후! 파락호였다더니 정말 그렇군. 묻고 싶은 게 한둘이 아니지만 모두 접지. 그래, 네 말대로 깨지. 언젠가는. 널 깨면 네 말대로 만무타배인가 하는 꼽추 놈도 깰 수 있을 테니까."

"도왕."

"말해."

"언제부터 올릴 거야?"

"픗! 푸하하하!"

기어이 웃음바다가 되고 말았다.

독사는 방향을 북쪽으로 잡았다.

세상에 무서운 사람이 아무도 없다는 듯 태연하게 낮에 걷고 밤에는 쉬었다.

원래가 쥐새끼 한 마리, 새 한 마리 살지 않는 곳이다.

유심동에 들어가기 전까지는 그런 현상이 기이하기만 했는데, 청한옥을 보고는 의문이 풀렸다.

청한옥은 한기와 더불어 사기(邪氣), 마기(魔氣), 요기(妖氣)도 뿜어낸다. 인간은 느끼지 못하는 미세한 기운이지만 동물들에게는 민감하게 전달된다.

청한옥이 있는 곳에는 동물이 모여들지 않는다.

엽수낭랑은 쉴 때가 오히려 바빴다.

사시와 삼화에게 유화신공을 전수해 주고, 한편으로는 음경지의의 성분을 파악하기 위해 부심했다.

거기에 한 가지 할 일이 더 생겼다.

"이미 봐서 알겠지만 벽력도제의 사리일잠도는 파괴적이야. 원래는 강도(鋼刀)로 시전해야 되지만…… 영아의 내력이라면 연도(軟刀)로 시전해도 제 위력이 나올 거야."

"사리일잠도를 전수해 주시겠다는 말인가요?"

"그래. 우선 구결을 전수해 줄 테니까 가는 동안 참오해. 수련은 천천히 해도 되겠지."

"왜요?"

"꼬박꼬박 이유 묻지 마."

"흥! 제 무공이 못 미더워요?"

"비항파 무공이 절공이긴 하지만 영아에게는 이게 더 어울릴 것 같아서 그래."

어울리다 뿐인가. 무림인치고 벽력도제의 사리일잠도라는 말에 솔깃하지 않을 사람이 없으리라.

독사는 사리일잠도 십이세 구결을 상세하게 설명해 줬다. 빙굴에서 암혼사를 전수해 줄 때처럼 자신이 터득한 심득까지 곁들여서.

거꾸로 돼도 한참 거꾸로 됐다.

대화산에서 독사와 겨룬 적이 있지만, 당시 독사는 자신의 상대가 되지 않았다. 소궁이라는 병기를 사용하고서야 간신히 대적할 수준이었다.

독사의 무공이 믿어지지 않을 만큼 괄목상대(刮目相對)한 것은 백비에서 실종된 다음부터다. 멸혼촌에서 다시 만난 독사는 감히 상대할 수 없을 만큼 높은 경지를 이룬 고수가 되어 있었다.

세상이 이런 식이라면 평생 무공 하나에만 집착해 온 많은 무인들은 설 땅이 없다. 아마 살맛이 나지 않을 게다.

어쨌든 백비가 전혀 틀린 소리를 한 것은 아니다.

말하라. 천하제일무공을 주겠다.

주었다, 독사에게는.

"뜻은 고맙지만 사양할래요. 염치없게 저만 배울 수 없잖아요?"

엽수낭랑은 생글생글 웃었다.

독사도 따라 웃으며 말했다.

"뭘 말하려고? 원하는 게 뭐야?"

"말투요."

"뭐?"

"말투를 좀 바꿔야겠어요. 무림인이라면서요? 그럼 무림인으로 살아야지 파락호로 살면 돼요? 무림인답게 말하는 법을 배워야 해요."

독사가 피식 웃었다.

"영아."

"또 설득하려고……. 그렇게 부르면 꼭 설득하더라."

"죽은 사람에게는 말투고 뭐고 없어."

"네?"

"우선은 살고 봐야지."

엽수낭랑은 독사가 하는 말을 이해하지 못했다.

만무타배나 요지성녀가 나타나도 독사는 어쩌지 못한다. 그녀의 확신이다. 도왕과 같은 무인도 독사에게는 여지없이 패했다. 독사는…… 당문주인 아버지와도 비견되는 초절정고수다.

그런 그를 누가 어쩐다고 죽음 운운하는 건지.

"안 돼요. 그래도 배울 건 배워야 돼요."

"훗! 그러지. 배우지."

"배운 건 써야 되고요?"

고개를 끄덕였다.

"됐어요. 그럼 어디 말해 봐요. 사리일잠도 구결이 어떻게 돼요?"

"허! 보약을 억지로 떠먹이는 격이네."

"싫으면 말고요."

독사는 사리일잠도 구결을 전수했다.

사시와 삼화의 신공 수련을 도와주고 음경지의를 분석하고, 그리고 사리일잠도 구결을 참오하는 것.

엽수낭랑은 걸어가면서도 쉬면서도 항상 바빴다.

섭혼살호가 말한 너와집은 쉽게 찾았다.

독사는 진작부터 너와집을 알고 있었다. 골인들 중 독사처럼 출행을 많이 한 사람도 드물 게다. 혈수가 되어 멸혼촌에 머문 날이 거의 없을 만큼 바쁘게 돌아다녔으니.

독사가 너와집을 아는 것은 당연했다.

"섭혼살호가 말한 곳이 이곳이야."

"지하에 공동(空洞)이 있다고 했어요. 가만있어 봐요."

엽수낭랑은 폐가나 다름없는 집을 이곳저곳 뒤졌다.

일행이 편하게 주저앉아 신발에 들어간 흙을 털 즈음 엽수낭랑의 맑은 음성이 들렸다.

"여기네요."

스르륵……!

엽수낭랑은 벌써 기관을 작동시켰는지 미미한 음향이 들려왔다.

일행이 그녀의 음성을 좇아 부엌으로 들어가자 싸늘하게 식어버린 아궁이 밑으로 작은 구멍이 보였다.

"들어가요. 제가 먼저 들어갈까요?"

"아니, 내가 먼저 들어가지."

독사가 앞장섰다.

섭혼살호가 말한 공동이란 하나의 통로에 불과했다.

일행은 통로를 따라 한참을 걸었고, 거의 백여 장쯤 걸어왔다 싶을 때 통로 저쪽에서 환한 빛이 스며들었다.

"밖으로 나가네요."

앞에서 길을 인도하던 엽수낭랑이 환한 미소를 지으며 말했다.

원래는 독사가 길을 인도하려 하였으나, 혹시 있을지도 모를 기관 장치를 대비해 엽수낭랑이 앞에 섰다.

기관 장치 같은 것은 없었다.

아궁이로 들어오는 입구가 처음이자 마지막 기관 장치였다. 그것도 그리 정교하지 않아서 부족한 물건들로 천신만고 끝에 간신히 만들었음을 짐작케 했다.

빛을 따라 밖으로 나오자 유심동 같은 선경(仙境)이 펼쳐졌다.

한쪽에서는 폭포가 우렁찬 굉음을 토해내며 흘러내리고, 다른 쪽에서는 계류(溪流)가 힘차게 굽이쳐 흘러간다. 나무도 풀도 물을 먹어서인지 삭막한 멸혼촌과는 사뭇 다른 풍경이다.

유일한 단점이라면 사람이 발을 딛고 설 만한 공간이 사오 장에 불과하다는 것.

독사 일행이 간신히 서 있을 만한 땅이다.

"이리 오라고 했는데…… 혹시 당한 게 아닐까요?"

독사는 엉뚱한 대답을 했다.

"견천지지심(見天地之心) 용호교회(龍虎交會)."

암혼사의 구결이다.

토굴에서 혈변을 받아내며 두 번, 세 번 잊지 말라고 당부하면서 전수해 준 구결.

"아!"

엽수낭랑은 확연히 깨닫는 바가 있어서 눈을 감고 마음을 가라앉혔다. 진기를 전신으로 휘돌리며 천지자연의 기운을 받아들였다. 청기(靑氣)는 받아들이고 탁기(濁氣)는 뱉어내면서.

어느 한순간, 엽수낭랑이 긴 숨을 뱉어내며 눈을 떴다.

그녀는 웃음을 지었다.

"뭐 해요? 어서 가지."

도왕과 일수일살, 홍검쌍살은 눈을 빛냈다.

그들은 방금 엽수낭랑이 신공을 운용했다는 것을 직감했다. 그리고 운용 결과 무엇인가를 찾아냈다.

중원의 신공과는 확연히 다른 신공이다.

그들이 그렇게 생각하는 반면, 사시와 삼화는 무슨 도깨비놀음인가 싶어 어리둥절해했다. 그러나 곧 계류를 타고 내려가는 엽수낭랑의 뒤를 좇아 걸음을 떼어놓았다.

한편 엽수낭랑의 가슴은 터질 듯 부풀었다.

겉으로는 태연히 웃으면서 말했지만 결코 태연할 수 없었다.

'이거야! 암혼사 구결의 요체가. 천지자연과 동화되는 것. 암혼사를 부지런히 수련하면 약초의 효능을 쉽게 판별해 내겠어.'

그녀는 정말 무공 대신 의술에 관심이 있었다.

계류를 따라 일 리 정도 내려온 다음 엽수낭랑은 다시 한 번 암혼사를 운기했다.

길을 찾기는 쉽다.

맑은 기운들 속에 스며 있는 은은한 탁기를 좇아가면 인간이 사는 곳이 나오리라.

인간은 많은 냄새를 흘린다. 불을 피울 때도, 숨을 내쉴 때도, 음식을 만들 때도…… 인간의 주변에는 항상 많은 냄새가 따라다닌다.

찾아내기가 너무 쉽다.

엽수낭랑은 오래지 않아서 멸혼촌같이 반은 땅속에, 반은 땅 위에 세워놓은 움막촌을 발견해 내고야 말았다.

지형 탓인지 안개가 음습하게 깔린 곳이다.

사람들이 내뿜는 탁기가 진하게 느껴진다. 숨은 곳에서 꼼짝도 하지 않는 사람들.

독사가 예전에 그랬듯이 그녀도 주변의 기운을 받아들이는 단계까지 올라섰다. 독사가 그랬듯 그녀 앞에서 숨어 있을 사람은 거의 없다고 봐도 좋다.

여기서 하나의 깨우침만 더하고, 단전 진기를 폭발시켜 전신이 단전이 되는 단계에 이르면 이성(二成) 경지를 이루는 게다.

"저예요, 엽수낭랑. 안 나오실 거예요?"

엽수낭랑이 허공에 말을 하자 그제야 숨어 있던 사람들이 우르르 뛰어나왔다.

"살았네! 살았어! 한동안 안 오기에 죽은 줄 알았지."

"호호! 반가워요."

"어! 독사! 이젠 멀쩡하네? 흐흐흐! 나을 줄 알았지. 훌훌 털고 일어설 줄 알았어!"

그러나 도왕 일행을 보는 순간 그들의 안색은 백지장처럼 하얗게 탈색되었다.

엽수낭랑이 재빨리 말했다.

"걱정 마세요. 모두 오라버니의 수하들이니까요."

"오라버니?"

"수하?"

골인들은 엽수낭랑의 말뜻을 이해하지 못했다.

오라버니는 뭐고 수하는 뭔가.

도왕 등은 어정쩡한 표정이었다. 한때는 죽이지 못해서 안달났던 사람들인데.

골인들도 편치 않았다. 많은 형제들이 이 살귀들 손에 죽었는데.

첫날은 서로들 회포를 풀었다.

헤어진 지 십여 일도 채 되지 않았지만 몇십 년 만에 만난 사람들처럼 반갑게 해후했다. 그러나 멸혼촌 골인들과 도왕 일행의 어색함은 좀처럼 가시지 않았다.

3

모사(謀士) 마천옥(馬天鈺)

독사 패거리는 다른 패거리처럼 힘들게 패싸움을 벌여가며 자리를 잡지 않아도 되었다. 어려서부터 싸움질하는 아이들이 뭉쳐 다녔고, 그것이 커서도 자연스럽게 독사 패거리라는 이름으로 자리 잡혔다.

그때까지는 싸움만이 전부였다.

누가 시비를 걸거나, 패거리 중 한 명이 두들겨 맞았을 때 우르르 나서서 복수해 주는 것이 전부였다.

그러나 나이가 들면서 상황이 달라졌다.

술을 알게 될 나이가 되니 주점에서 시비도 잦아졌고 돈이란 것이 필요할 때도 종종 있었다.

하지만 백수건달들인 독사 패거리가 어디서 돈을 구할 방법은 없었다. 싸움질하는 것 외에 다른 재주도 없었고, 독사 패거리들 대부분이 일하는 것을 극히 싫어했다.

뼈 빠지게 농사를 지어봤자 추수 때가 되면 지주(地主)의 배만 불려 줄 뿐 돌아오는 게 없었다. 산에서 나무를 해다 팔아도 술 한 잔 넉넉하게 마실 돈이 되지 않았다.

싸움은 모든 것을 해결해 주었다.

술도 마음대로 마실 수 있고 여인도 안을 수 있다.

그러나 그러기 위해서는 '밤새' 패거리와 일전을 벌여야 했다.

밤새 패거리는 자신들이 가지고 있는 기득권을 양보하지 않았다. 그 것뿐이면 싸움이 일어나지 않았을 텐데, 독사 패거리에게 밑으로 들어올 것을 강요했다.

독사는 자신만만하게 나섰지만, 파락호들의 수법이 얼마나 치졸한지를 곧 알게 되었다.

주먹만이 능사가 아니었다.

가족을 협박하고, 한밤중에 기습을 하고, 술에 취해 있는 자를 난타하고…….

일 대 일의 당당한 승부를 생각했던 독사는 분노했다.

확실히 당시는 어렸다.

독사는 패거리를 모아놓고 머리를 맞댔다.

"놈들이 치고 빠지고 있어. 비겁한 자식들이지. 이런 식이라면 조만간 이 자리에 앉아 있을 놈이 없을 거야. 그전에 잡아야겠는데, 좋은 생각 있으면 말해 봐."

그때 나선 것이 대물이다.

"우리 중에 가장 싸움을 못하는 놈이 누구지?"

"너."

이구동성으로 말이 튀어나왔다.

"새끼들…… 아무리 그래도 그렇지 면전에서 그렇게 말하냐! 그래, 좋아. 나야. 내가 제일 쌈 못해. 만만한 개부랄이지. 그래서 다음 목표는 나야."

"좀 더 자세히 말해 봐."

독사는 대물의 말을 흘러듣지 않았다. 비록 싸움은 못하지만 잔머리 하나만은 알아줘야 한다.

"날 깨면 독사 패거리 중 한 명을 깨는 효과가 있어. 아예 복창 터져 죽게 만들려는 거지. 한 명 한 명씩 깨는데, 밤새 놈들은 가장 싸움을 못하는 놈부터 깨고 있거든."

대물이 한 말은 피식 웃음이 새어 나올 만큼 간단했다. 당시까지 일어난 상황을 종합해 보면 쉽게 알아챌 수 있었다. 하지만 생각이란 것을 하지 않던 당시로서는 신선한 충격이었다.

대물 말대로 대물을 제물로 던졌다. 그는 두들겨 맞기 위해 이곳저곳을 배회했고, 밤새 패거리들이 나타나 주먹질을 쏟아낼 때 뒤통수를 쳤다.

대물은 그 일로 인해 독사 패거리에게 없어서는 안 될 사람이 되었고 모사 역할을 충실히 했다.

"네 잔머리 하나는 알아줘야 한다니까."

"이건 잔머리라고 하는 게 아냐. 닭서리 같은 것을 감쪽같이 하는 걸 잔머리라고 하는 거야. 알아? 이건 계략이라고 하는 거야."

"하하하! 그래, 그래. 계략이다, 계략."

"무식하기는……. 삼십육계가 뭔지 알아?"

"너 이 새끼, 주둥이 함부로 놀리지 마. 오냐오냐해 주니까!"

불곰이 와락 성을 냈다.

"흔히들 줄행랑으로 알지? 그러니 무식하다는 거야. 삼십육계는 병법(兵法)이야, 병법. 군사들이 전쟁에서 사용하는 병법. 서른여섯 가지 계략을 삼십육계라고 하는 거야."

독사는 흥미가 일었다.

"대물."

"왜? 뭐 또 알고 싶은 것 있어?"

"그 삼심육계 모두 말해 봐."

"끙! 실은 말야… 나도 듣기만 해서……."

"그럼 구해와."

그때부터 병법에 관심을 가지고 탐구했다.

육도삼략(六韜三略), 손자병법(孫子兵法), 오자병법(吳子兵法), 위료자(尉繚子), 이위공문대(李衛公問對) 등 무경칠서(武經七書)는 물론이고 무경총요(武經總要), 병서첩요(兵書捷要) 등등 병서라는 병서는 가리지 않고 읽었다.

그러면서도 대물의 의견에 귀를 기울였다.

독사가 보기에 대물은 천재다. 그는 병서라고는 한 줄도 읽지 않았으면서 줄줄이 생각해 내는 것은 병서에 부합된다.

"대물은 직감적인 병법의 달인이야. 대물이 하는 말에 귀 기울이면 당하지는 않을 거야."

병서가 죽어 있는 계략이라면 대물은 살아 있는 계략이다.

마천옥은 독사를 찾았다.

그는 바위 위에 가부좌를 틀고 앉아 아무것도 보이지 않는 허공을 쳐다보고 있었다.

안개가 사시사철 가시지 않는 음습한 지형이다.

오늘따라 안개는 더욱 진하게 껴서 두 걸음 앞이 보이지 않을 정도다.

마천옥은 독사의 옆 자리에 털썩 주저앉았다.

독사는 힐끔 쳐다본 후 텅 빈 허공으로 다시 눈길을 돌렸다.

"말을 들었습니다. 벽력도제, 광무신승, 마해추룡의 진전을 이어받으셨다고요."

"……."

"그중에서 천하제일무공을 골라내라면 무엇을 고르시겠습니까?"

"무엇 때문에 천하제일무공을 찾나? 비시문의 병법이면 천하를 오시할 수 있을 텐데."

"힘이 없는 머리는 한계가 있습니다."

"그래서 백비를 찾았군."

"백비에 천하제일무공이 있다고는 생각하지 않았습니다. 백비를 찾는 자들이 있을 것이고, 백비에 자신의 무공을 기재해야 한다면……."

"무공을 도둑질하려고 했군."

"그렇게라도 익혀야 했으니까요."

"하하하!"

"……."

마천옥은 웃지 않았다. 회한 섞인 얼굴로 안개 짙은 허공을 바라볼 뿐이다.

독사가 싸늘하게 말했다.

"마천옥."

"예, 대형."

"멸혼촌에 병법의 귀재가 있을 줄은 몰랐어."

"조금 생각을 깊게 한 것뿐입니다."

"겸손은……. 지천도에게 비시문 출신이라는 걸 흘린 것은 나보고 알아달라는 소리였겠지."

순간적으로 마천옥의 눈가가 파르르 떨렸다.

"잔머리를 쓰는 놈들의 특징은 다른 사람을 우습게 본다는 거야. 늘 한 수 아래로 접어두려고 하지."

여기서 '놈' 이란 마천옥 자신을 지칭하고 있다는 것을 직감하지 못할 리 없다.

마천옥의 표정은 점점 굳어졌다.

"나 같으면 말야, 내가 비시문 출신이라면 절대 백비를 찾지 않아. 계략에 무공까지 더하고 싶다면 대문파를 선택하겠어. 어떤 무공이든 골라서 배울 수 있지. 인심술(人心術)은 병법의 기본이야. 소림 무공을 수련하고 싶으면 중이 되면 되고 무당파 무공을 배우고 싶으면 도사가 되면 돼. 안 그래?"

"하하! 그만한 자질이……."

"그만 하지. 말을 하면 할수록 네가 싫어져."

마천옥은 독사를 뚫어지게 쳐다봤다. 독사는 허공에 눈길을 고정시킨 채 아예 쳐다보지도 않았다.

"휴우!"

마천옥은 깊은 한숨을 토해내며 고개를 돌렸다.

"현 상황을 어떻게 보십니까?"

화제를 돌렸다.

"만무타배, 현문, 그리고 그 사이에 낀 우리. 이게 네가 내린 결론이잖아."

"그건 제가 내린 결론이죠. 대형의 결론을 듣고 싶습니다."

"……."

독사는 침묵했다.

"절 내치기로 작심했군요."

"당신은 뛰어난 사람이지만 독사 패거리에 들여놓지 못하겠어. 당신처럼 뛰어난 사람은 잘 쓰면 영약이지만 못 쓰면 독약이야. 오늘 중으로 떠나도록 해."

독사가 일어섰다.

마천옥이 급히 말했다.

"지금 독약을 만들고 있는 겁니다."

백비를 찾는 사람은 네 부류로 나뉜다.

첫째, 생각할 줄 모르는 바보다.

백비가 천하제일의 무공을 준다는 말을 곧이곧대로 믿고 찾아온 바보들.

단지 강한 무공이 탐나서 찾는 사람.

사시와 삼화, 섭혼살호, 그리고 왕가달이 여기 속한다.

두 번째는 생각할 줄 아나 선택의 여지가 없는 사람들이다.

그들은 속는 줄 알면서도 백비를 찾는다. 없으면 실망하는 것이고 있으면 목적을 달성한다는 심정으로. 기연을 찾아 헤매듯이 백비를 찾아온 게다.

현재 살아남은 골인들 중에는 이 부류에 속하는 사람은 없다. 아니, 말을 하지 않았으니 사시, 삼화, 섭혼살호, 왕가달 중 이 부류에 속하는 사람이 있을 수도 있다.

세 번째로는 기이한 인연으로 백비를 찾은 사람들.

독사 자신이 그렇고, 엽수낭랑과 신검서생이 여기 속한다. 도왕과 일수일살, 당문삼기도 포함된다.

현재 살아남은 스물여섯 명 중 여덟 명이 이쪽 부류다.

마지막 네 번째는 백비라는 요물과 연관있는 사람들이다.

지천도는 백비의 비밀을 파헤치려고 들어왔다. 홍검쌍살도 이쪽이다. 도왕의 말을 빌리자면 칠백무원의 무인이 틀림없으니, 청성파에서 무슨 일인가를 탐지하려고 했던 것이다.

이 부류에 속한 또 한 사람이 마천옥이다.

그의 진의가 무엇인지는 전혀 알 수 없다. 비시문 자체가 무림과는 담을 쌓고 산 문파인지라 더 더욱 알 수가 없다.

아무리 뛰어난 사람이라도 목적을 알 수 없는 사람과는 같은 밥을 먹을 수 없다.

독인지 약인지 판별하는 가장 쉬운 방법은 먹어보는 것이지만, 독사는 그런 모험을 할 수가 없었다. 스물여섯 명의 목숨이 연결되어 있기 때문에.

시험하려면 다른 방도로 시험해 본 후 써야 한다.

마천옥이 다시 찾아온 것은 날이 어두워져서 개가 집을 지키기 시작한다는 술시(戌時) 무렵이었다.

"만무타배가 속한 곳은 마단이라고 합니다."

마천옥은 거두절미(去頭截尾), 본론을 꺼냈다.

독사의 눈에서 번갯불이 번쩍였다.

'약이 되었군.'

반가운 일이다. 독사 패거리를 만들기 위해서는 마천옥 같은 자가 꼭 필요했다.

독사는 마천옥의 말에 귀를 기울였다.

현재 마단에 대한 일은 독사의 모든 관심을 집중시키는 중대한 문제로 부각되었다.

마단이 어떤 곳인지, 어떤 사람들이 있는지…… 마단에 대해서 아는 것은 전혀 없었다. 또 그와 사사로운 원한이 있는 것도 아니었다. 고작해야 몽환소를 먹었고, 요빙의 물건을 담보로 살행을 시킨 정도에 불과했다. 하지만 철천지원수처럼 반드시 제거해야 될 집단으로 인식되고 있었다.

독사는 마단에 대한 정보를 만무타배와 십이추시에게서 얻으려고 했다. 새벽에 아침 안개를 맞으며 생각에 잠겼던 것도 그들을 효과적으로 유린하는 방법을 찾기 위해서였다.

한데 의외의 장소에서 의외의 사람에게 듣게 된 것이다.

"마단…… 좋은 정보를 주는군. 마단에 대해서 아는 게 많은가 보지?"

"대답하기 어렵군요. 아는 것이 많다고 하면 역시 믿을 인간이 못 된다고 생각하실 테고, 아는 것이 없다고 하면 마단이란 이름을 알게 된 것까지 의심받을 테니 말입니다."

독사는 마천옥을 뚫어지게 응시했다. 살갗을 꿰뚫고 들어가 뱃속에 무엇이 있는지 샅샅이 훑는 눈길이었다.

독사가 눈빛에 칼을 심은 채 말했다.

"절근(切筋)이라고 들어봤나?"

"근맥을 절단한다는 소리 같습니다만……."

"파락호들에게 아주 못된 형벌이 있지. 형제를 적에게 팔아먹은 놈은 절대 죽이지 않아. 죽이는 것은 너무 편한 형벌이지."

"근맥을 절단하는군요."

"사지 모두."

"……."

"벌레처럼 꿈틀거리면서 평생을 살아야 되지. 좋아. 그럼 이런 모욕까지 감수하면서 여기 남으려는 이유를 말해 줘야겠어."

"대형을 이용하고 싶습니다."

마천옥은 태연히 대답했다.

'절근'이란 말을 듣고도 태연했다. 마천옥 같은 사람은 옛날 장의처럼 혓바닥만 남아 있으면 살 만한 세상이라고 생각한다.

"나를 이용한다? 듣기 좋은 말은 아닌데?"

"이런 말을 해야 자극할 수 있을 테니까요."

"들어보지, 어떻게 이용하려는지."

"대형을 이용하는 방법에 대해서 말하려면 먼저 현 무림 상황부터 이야기해야 합니다."

"해봐."

독사로서는 사람을 시켜서라도 구해 들을 정보다.

"도왕은 현문 고수가 집어넣었습니다."

"알고 있는 일."

"하지만 단언하건대 현문에서도 골인들이 몰살하는 것은 바라지 않았습니다."

"어디서 왔나? 현문인가?"

"무천문."

독사가 눈을 부릅떴다.

"무천문주께서는 사부님의 조언을 듣고 계시죠."

"그렇군. 무천문이 급성장한 배후에는 비시문이 있었어."

마천옥은 독사를 알지 못했다. 독사가 무천문과 갈등을 겪을 때는 멸혼촌 골인이 된 지 오래였다.

마천옥이 다가와 앉았다.

"마단은 폭풍의 중심입니다. 마단이 깨어나면 사천무림에 피바람이 몰아치는 것은 불문가지죠. 마단은 그럴 만한 힘이 있습니다. 만무타배를 보셨으니 아시겠지만, 초절정고수인 만무타배나 요지성녀가 겨우 골인들이나 지키고 있는 곳입니다."

비사(秘事)였다. 독사로서는 처음 듣는 비사.

"사천오주는 피바람을 원치 않습니다. 다행히도 현문이 앞을 막아주고 있죠. 그래서 마단에 관한 일이라면 모든 걸 양보하고 있습니다. 당진도가 실종되었을 때 당문이 움직이지 않았던 것처럼. 당진도뿐만이 아니죠. 엽수낭랑 소저도, 당문삼기도…… 자신의 딸이 실종되었는데도 당문주는 움직이지 않았습니다. 당문이 움직이면 사천오주가 움직여야 하고, 사천오주가 현문처럼 정면에 나서서 마단을 상대하는 처지가 되는 거죠. 한마디로 피바람이 부는 겁니다."

마천옥의 말을 들으면 현문은 정도(正道)였다.

하지만 독사는 동의하지 않았다. 사천무림, 아니, 중원무림이 현문을 정도라고 말해도 독사만은 그렇게 말하지 못하겠다. 정도인이라면 목적을 위해 골인을 죽이는 짓은 하지 못한다. 그 짓만은 어떤 변명으로도 설명되지 않는다.

"그래서?"

"사천오주는 현문에게 마단 일을 맡기고 있지만 궁금하기야 하겠죠. 그래서 여러 사람이 잠입했지만 모두 소식이 끊기고 말았습니다. 연락할 수 있는 도구를 가지고 왔습니다만 대형도 겪었듯이 알몸으로 들어와서야…… 그래서 혹시나 하는 심정에서 저를 집어넣은 겁니다. 백비에서 무슨 일이 벌어지고 있는지 알고 싶어서."

"알았나?"

"아시다시피 이런 꼴만 됐죠."

마단이 무인들을 백비로 유인한 이유는 끝내 궁금증으로 남았다.

"대형께서도 짐작하시겠지만 홍검쌍살은 칠백무원의 무인입니다. 저도 어제야 알았습니다만. 손속이 워낙 잔혹해서 사천오주를 연상하기 힘들더군요."

고개를 끄덕여 대답했다.

"제게서 소식이 가지 않으니 다른 방도로 잠입을 시킨 겁니다. 현문조차도 모르게. 이곳에 들어오는 길은 백비를 통하는 길과 현문을 통하는 길, 두 길이 있으니까요."

마천옥은 '마단과 현문, 그리고 그 사이에 낀 우리'라고 현 상황을 설명했었다.

거기에 사천무림, 사천오주가 가세했다.

'거짓은 아니군.'

독사는 마천옥의 기도를 예의 주시했다.

거짓말을 할 경우에는 심적인 동요를 일으키고, 심적 동요는 기도의 파랑(波浪)을 불러온다.

마천옥의 기도는 시종 담담했다.

"솔직하게 말씀드립니다. 멸혼촌 골인 중에 사활근맥단의 영향을 받지 않은 신검서생과 대형을 제외하고…… 몰골이 귀신과 다름없는 우리 열네 명은 무림으로 돌아가지 못합니다."

"……."

"유화신공이 내력은 되찾아줄 수 있을지 모르지만 이런 몰골까지도 정상으로 만들어줄지는 의문이죠."

"그래서?"

"저흰 저희끼리 모여서 살려고 했습니다. 그게 제 계획이었죠. 숨어서 사는 것이야 문제없지만, 제겐 머리가 있고 골인들에게는 무공이 있습니다. 조그만 문파를 창건하기에는 충분하죠."

"목적이 뭔가?"

"급한 것은 사는 것. 나중 목적은 마단에 조그만 타격이라도 주는 것. 그럴 수 있을지 모르지만 제 머리를 잘만 활용하면 부족한 무공으로도 웬만한 타격은 줄 수 있을 겁니다."

"언제부터 이런 생각을 했나?"

"오래전부터입니다. 사활근맥단의 저주에서 풀려나기만 하면 당장 골인들로 세를 규합해서……."

"이제 날 어떻게 이용할 건지 말할 차례인 것 같은데?"

"무공을 빌리려고 합니다. 대형께는 도왕, 일수일살, 홍검쌍살 같은 막강한 수하들이 있으니 도와주시면……."

"마단을 치겠다?"

"네."

"마단이 어디 있는지 아나?"

"그들은 스스로 모습을 드러내게 되어 있습니다. 저희가 살아 있는 한. 꼭꼭 숨지 않고 살짝 숨는 한 반드시 죽이려고 나타날 겁니다."

"……."

독사는 무슨 생각에서인지 뚫어지게 바라보기만 할 뿐 대꾸하지 않았다.

독사는 마천옥이라는 사람을 다시 보고 있었다.

'비시문이라는 곳…… 놀라운 문파군. 마천옥…… 병법을 달달 외우고 있어. 외우는 정도가 아니라 몸에 붙었어.'

조정에 헌신하면 군사(軍師)가 되기에 충분한 위인이다. 어느 문파에 입문해도 모사(謀士)의 역할을 충분히 해낼 사람이다.

마천옥의 심정을 이해한다. 사람됨도 알 수 있을 것 같다.

독사를 비롯해 많은 사람들이 정상이다.

그들은 언제든지 무림으로 떠나갈 수 있다. 지옥 같은 이곳만 벗어나면 바로 무림이다.

아무 말 없이 자신들을 버리고 떠난다면…….

정상인 사람치고 골인들과 어울려 살고 싶은 사람은 없을 테니까 말이다.

태연함을 가장하고 있지만 마천옥의 내심은 개미굴처럼 바글거릴 것이다.

한참 만에 독사가 입을 열었다.

"제갈공명(諸葛孔明)이 융중대(隆中對)에서 이른바 천하삼분지계(天下三分之計)를 설파했지. 덕분에 나라도 없이 떠돌던 유비(劉備)는 촉(蜀)이라는 나라를 얻게 되었고. 나는 촉이라는 나라를 세우려고 해."

"촉…… 이라고 했습니까?"

"마단이 위(魏)라면 현문은 오(吳). 사천오주는 마단을 경계하겠지만 난 현문도 경계해. 지금 네 말을 듣고 더욱 확실해졌어. 마단을 가로막을 만큼 거대한 힘을 가지고 있으면서도 사천오주처럼 앞에 나서지 않는 문파. 골인을 수단으로 이용하는 비정함. 경계하기 충분한 문파지. 마단과 현문, 양쪽을 상대할 만한 거대한 힘이 있어야겠지. 서로가 적인 삼정(三鼎)의 건재. 이게 내 생각이야."

"대형, 겨우 이십여 명으로…… 아니, 이들로는 만무타배 한 사람도 상대할 수……."

"시작은 언제나 한 걸음부터. 지금은 몇 명에 불과하지만 뚜벅뚜벅 걷다 보면 곧 큰 세력이 되지. 안 된다는 생각에 가만히 앉아만 있으면 평생 한 걸음도 나아가지 못해."

한 지역의 패주로 대형 노릇을 했던 경험은 그에게 문파의 귀중함을 일깨워 주었다. 독사 패거리도 처음에는 주변의 몇 명에서부터 시작했다.

"대형…… 미쳤군요. 그래서 도왕과 일수일살, 홍검쌍살을 수하로 끌어들이신 겁니까?"

미쳤다는 말을 들을 만하다. 사천오주조차 나서지 않는 싸움에 한 문파, 아니, 무천문의 고수 몇 명조차도 상대할 수 없는 사람들로 마단과 현문을 동시에 상대하겠다니.

"우선 당장은 살아야겠지. 만무타배와 요지성녀가 십이추시라는 고수들을 이끌고 수색에 나섰어. 여기가 얼마나 안전한 곳인지 점검해 봐. 그리고 촉을 세울 기본 구도도 잡아보고."

마천옥은 고개만 살래살래 흔들었다.

자신도 미쳤다고 생각했는데, 독사는 자신보다 더 미친 사람이었다.

第三十五章

추격자(追擊者)

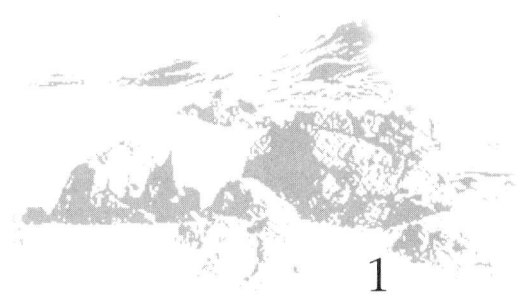

1

추격자(追擊者)

　당진도가 오랜 세월에 걸쳐 은밀하게 마련해 놓은 은신처는 기가 막
힌 천험의 요새였다.

　하루 열두 시진, 한시도 걷히지 않는 짙은 안개가 첫 번째 방어막이
다. 안개가 옅어져도 겨우 삼사 장 앞을 볼 수 있을 뿐이니, 적을 상대
하기에는 아주 용이하다.

　두 번째 방어막은 엽수낭랑이 움막을 찾아왔던 계류다.

　먼저 움막에 와 있던 지천도 일행은 독사가 오는 것을 사전에 알고
대비했다.

　상대가 누구인지는 모르지만 누가 오고 있다는 것은 알 수 있다.

　계류 곳곳에 칡넝쿨이 깔려 있고, 한 명이라도 넝쿨을 밟는 순간 움
막촌에 경종이 울린다.

　세 번째 방어막은 탈출로다.

짙은 안개가 껴 있을 때는 보이지 않지만 안개가 풀어지면 넓은 강이 나온다.

움막촌은 강가에 세워져 있었다.

물로 뛰어드는 것처럼 안전한 탈출로도 없으리라. 부목(浮木)까지 준비되어 있으니 금상첨화(錦上添花)다.

독사는 십이추시의 능력을 생각해 봤다.

'무엇인가 특별한 능력이 있을 거야. 어쩌면 귀주사괴처럼 타고난 능력일지도 모르고. 발견되면…… 너와집부터 시작되겠군.'

생각을 입증이라도 하듯 마천옥이 같은 보고를 해왔다.

"이곳이 발견될 가능성은 없습니다. 발견된다면 너와집 아궁이부터 파고들 겁니다."

화약이라도 있으면 아주 큰 함정을 매설할 수 있다. 그러나 불행히도 없다. 쇠붙이를 다듬을 수만 있다면 죽은 무인들이 남긴 병기로 암기를 만들 수 있다. 불행히 장인(匠人)도 화로(火爐)도 없다.

생각할수록 만무타배의 눈을 피해 이만한 은신처를 만든 당진도의 능력이 놀랍기만 하다.

"촉나라를 세우는 일은?"

"정말 하실 겁니까?"

"하하! 농담으로 들었나?"

"나라를 세우는 일이 쉽게 되겠습니까."

독사와 마천옥의 말은 지천도를 궁금하게 했다.

"나라를 세우다니? 무슨 나라?"

마천옥이 대답했다.

"대형께서 촉나라를 세우시겠답니다."

"촉나라? 도대체 무슨 말인지……."

"하하하!"

골인들은 상세한 계획을 알지 못했다. 그들은 목숨을 부지한 것만도 천운이라고 생각했다. 거기에 사활근맥단의 저주에서 풀려나 마음 놓고 유화신공을 수련할 수 있으니 더 바랄 게 없었다.

"음경지의는?"

"잘 안 되네요. 사시 언니들에게 사용해 봤는데 아무런 효과도 없었어요. 절 너무 믿지 마세요. 돌팔이 의원을 그렇게 믿으면 어떻게 해요."

"영아를 믿지 않으면 믿을 사람이 없지. 하하!"

독사와 엽수낭랑.

이 둘의 관계를 놓고도 말이 분분했다.

어떤 사람은 결국 한 쌍의 원앙(鴛鴦)이 될 것이라 했고, 어떤 사람은 그렇지 못할 것이라고 했다.

결국 내기가 성립되었다.

하루 이틀에 결과를 볼 수 없는, 장구한 세월을 기다려야 하는 내기다.

그래서 기한을 정했다, 향후 오 년으로.

은자 한 냥을 기본으로 시작해서 일 년에 한 냥씩 추가하는 큰 내기다. 물론 지금은 은자 한 냥이 아니라 동전 한 문도 없지만, 나중에 생길 것이라는 기대에서 결정되었다.

내기 속에 반드시 중원으로 나갈 수 있다는 희망을 담은 것이다.

신검서생과 당문삼기는 원앙이 되는 쪽에 걸었다. 엽수낭랑이 쉽게 변하는 성격도 아니고, 아름답고, 똑똑하고, 중원 어느 여자와 비교해도 빠지지 않는 기녀(奇女)이니 나중에는 독사도 돌아설 것이라는 것이 이유다.

안 되는 쪽에 건 사람도 많았다.

도왕도 안 되는 쪽이었다. 이유는 살아서 나가는 것만도 벅차다는 것. 중원에 나가 편안하게 삶을 누린다면 당문삼기의 이유가 통하지만 하루 한시를 장담하지 못하는 곳에서는 어렵다는 생각이다.

내기는 반반으로 갈려 성립되었다.

그것은 살아남은 사람들의 마음이 어느 쪽으로 기울어져 있느냐 하는 말과도 같았다.

모두들 눈을 뜨는 순간부터 잠드는 순간까지 잠시도 한눈을 팔지 않았다.

유화신공을 얼마나 빨리 자신의 것으로 만드느냐에 따라서 사활근맥단의 저주에서 벗어나는 길도 빨라지니 하루 온종일 수련에만 매달리는 것도 무리는 아니었다.

가장 할 일이 없는 사람들은 귀주사괴였다.

그들은 애당초 무공에 자질이 없었다. 타고난 능력이 없었다면 진작 무림에서 사라졌을 사람들. 그나마 지금 익히고 있는 무공도 평생을 수련한 끝에 체득한 것이었다.

특이한 점이라면 잔심마도가 도왕을 사부처럼 따르고 있다는 것이다. 실제로 도왕은 간간이 자신이 익힌 도리(刀理)를 전수해 주었다.

지금은 도왕 자신이 수련에 몰두하고 있는 관계로 세밀하게 전수하지 못하지만 시간이 흐르면 사제지간(師弟之間)으로 발전할 것이 자명했다.

새로운 멸혼촌 생활은 순탄했다.

*　　　　　*　　　　　*

십이추시, 그들은 구멍이 숭숭 뚫린 너와집을 에워쌌다.

그들은 안으로 들어갈 생각을 하지 않고 밖에서 기다렸다. 하기는 안으로 들어갈 필요도 없었다. 들어가나 들어가지 않으나 안이 환히 보이는 것은 마찬가지였다.

십이추시의 우두머리인 추시장(錐矢長)이 향전(響箭)을 쏘아 올린 지 반 각이 되어갈 무렵 만무타배와 요지성녀가 다정하게 말을 나누며 걸어왔다.

"흠! 예상은 했지만 설마 여기일 줄은 몰랐는데. 여기가 틀림없는 가? 여긴 호랑이 굴이야."

"틀림없습니다. 인근 삼십 리를 샅샅이 뒤졌습니다."

추시장이 확신했다.

단 며칠 만에 인근 삼십 리를 열두 명에 불과한 사람들이 뒤진다는 것은 불가능했다. 하지만 십이추시는 불가능한 일을 성사시킬 수 있는 사람들이다.

이들은 오로지 신법 하나만 수련했다.

온갖 지형에서 가장 빠르게 나아갈 수 있는 신법을 수련하고 또 수련했다.

신법에 목숨을 건 사람들이 있다면 믿겠는가?

이들이 그런 사람들이다.

어느 문파에나 있기 마련인 비무(比武). 비무가 이들에게도 있다. 깃발 잡기, 나무 열매 따기 등 갖가지 방법으로 새로 익힌 신법을 견주어본다. 다른 문파와 다른 점이 있다면 비무에서 진 사람은 목숨을 내놓아야 한다는 것이다.

비무는 곧 죽음의 결전으로 통하는 곳에서 신법만 수련한 사람이 추시다.

정해진 기간 내에 전수받은 신법을 수련해 내지 못해도 목숨을 내놓는다. 용서란 없다. 절벽을 반 각 만에 올라가야 한다면 무조건 올라가야 한다.

단계가 올라갈수록 수련의 강도는 거세진다.

평야를 질주하며 죽은 고양이를 찾아내는 일 정도는 어린아이 장난이다. 호흡 두 번 들이쉬고 내쉬는 사이에 대청을 휘돌며 바늘을 찾아오는 과제도 있다.

물론 사전에 그에 합당한 신법과 안법(眼法)을 전수해 주기는 하지만 각 단계마다 탈락하는 사람은 나오게 되어 있고, 조용히 사라진다.

모든 단계를 거치고 마단을 위해 본격적으로 활동에 나서도 좋다고 인정받은 사람들, 그중에서도 신법 부분에서 인정받은 사람들을 송곳처럼 날카로운 화살이라는 뜻에서 추시라고 부른다.

"미안하이. 괜한 질문을 했구먼. 늙은이의 노망이라고 생각해. 혈혈혈."

만무타배는 이빨 빠진 입을 쩍 벌리며 웃었다.

"들어가지, 들어가. 빨리 정리하고 단에 돌아가야지. 이구! 날씨가 추워지니 몸이 오그라들어서."

요지성녀는 아무 소리도 하지 않았다.

폐허에 도착할 때부터 그녀의 눈길은 추시장에게 꽂혀 움직이지 않았다.

만무타배가 요지성녀의 옆구리를 팔꿈치로 치며 말했다.

"그만둬. 다 늙어서 젊은 놈을 넘보고 그래. 나 아직 팔팔한데 생각

있음 말혀."

"호호호! 감당하지 못할 말은 하는 게 아니에요. 알았어요?"

요지성녀가 기품있게 웃으며 말했다.

그들이 농담을 주고받을 때 추시장은 손을 들어 추시 두 명을 가리켰다.

지목을 당한 추시들이 재빨리 폐허 속으로 몸을 날렸다.

빨랐다. 화살이 쏘아진 것보다 더욱 빠른 듯했다. 그리고 다시 돌아나오는 것도 빨랐다.

"기관입니다."

"파훼는?"

"불가(不可)합니다."

"파괴는?"

"가능합니다."

"예상 시간은?"

"촌각(寸刻)."

"시행(施行)."

대답은 들리지 않았다. 그들이 대답을 했다면 '존명' 정도로 말했을 게다. 단 두 마디. 그 시간 동안 그들은 폐허의 아궁이 앞에 도착해 있었다.

퍼엉! 따앙! 따아악!

찰나에 여러 가지 소리가 동시에 울렸다. 그리고 두 명의 추시가 몸을 날려 돌아왔다.

그것으로 끝이다.

그들은 언제 움직였냐는 듯이 숨소리 한 올 흘리지 않고 십이추시가

서 있는 곳으로 돌아왔다.

그제야 추시장이 성큼성큼 걸어 부엌으로 들어갔고, 만무타배와 요지성녀도 농담을 주고받으며 뒤를 따랐다.

"헐헐! 우리 서로 바꿀 걸 그랬지? 내가 유심동을 지키고 성녀가 멸혼촌을 지켰으면 좋았을걸."

"호호호! 그러지 말아요. 아무리 궁색해도 해골들하고는 할 생각 없어요."

"호오! 그럼 아직 궁색한 게 아니네."

십이추시는 일 리에 걸친 암로도 거침없이 치달렸다.

기관 장치가 우려될 만도 하건만, 목숨을 서너 개쯤 호주머니 속에 넣고 다니는 사람처럼 쏜살같이 질주했다.

그들은 그냥 질주한 것이 아니다.

앞에 네 사람은 전면 좌우상하를 살폈고, 중간에 있는 네 명은 현재 달리고 있는 암로의 상하좌우를, 뒤에 네 명은 후면에서 몰아닥칠 암습에 대비했다.

철저한 역할 분담이 그들을 더욱 빨리 치달리게 만들었다.

밝은 빛이 새어 나오는 입구에 도착해서도 신법은 멈춰지지 않았다. 속도도 변함없었다.

그러나 밖으로 나와 폭포를 보는 순간, 그들의 신법은 거짓말처럼 멈춰졌다.

추시장이 뒤따라오는 만무타배와 요지성녀에게 말했다.

"시간이 걸리겠습니다."

"그래그래. 시간이야 얼마든지 있지."

"호호호! 살날도 얼마 남지 않았으면서 시간이 많다고 할 수 있나요? 나중에 후회하지 말고 시간을 아껴요."

"아껴서 할 일도 없는걸."

"그럼 할 일 있게 만들어 드릴까? 남들은 내 손가락이 꼭 문어 같다고 하던데."

"그 문어 손가락으로 몇 마리나 잡았누?"

"호호호! 그런 건 묻는 게 아니랍니다."

추시장은 그들의 대화를 듣지 않았다. 그들과 자신들은 전혀 다른 남남이라는 듯 자신들 일에 몰두했다.

추시 네 명을 지목한 후 계류 좌측을 가리켰다. 그러자 추시들은 일제히 단검을 뽑아 들고 좌측으로 달라붙었다.

추시들은 추시장의 명령에 따라 신속하게 움직였다. 다른 네 명이 우측으로 달라붙었고, 남은 세 명은 계류 속으로 들어가 물속을 훑어 나갔다. 전부 단검을 손에 든 채.

한동안은 아무런 일도 없었다.

추시들은 보통 사람들이 걷는 속도로 계류를 타 내려갔다. 그러다 앞서 가던 좌측 추시가 오른손을 번쩍 들어 올렸다.

다른 방향에 있던 추시들의 행동이 약속이나 한 듯 멈춰졌다.

손을 든 좌측 추시와 같이 행동하던 추시들은 재빨리 단검을 놀렸다. 한 명은 흙을 더듬어 단검을 찔러 넣었고, 다른 한 명은 칡넝쿨을 잘랐다. 또 다른 한 명은 허공으로 솟구쳐 나뭇가지를 타고 올라간 칡 줄기를 잘라냈다.

행동은 각기 달랐으나 단검을 놀리는 순간만은 똑같았다. 똑같은 순간에 똑같이 단검을 전개했다.

손을 들고 있던 추시가 손을 내렸다. 그러자 다른 방향에 있던 추시들이 걸음을 떼어놓기 시작했다.

만무타배가 말했다.
"그동안 가장 인상 깊었던 사람은 누구였누?"
"아픈 걸 묻네요."
"아파? 혈혈! 성녀의 아픔은 사랑에서 나오지. 연인이었누?"
"예광(倪匡)이라는 아이였는데… 참 예뻤죠. 얼마나 예쁜지 보는 순간 숨이 턱 막히더라고요."
"흐흐흐. 그래서 어쨌누?"
"지금도 생생하게 생각나네요. 보송보송한 피부 하며, 겁에 질려 파랗게 질린 입술. 하지만 그래도 예뻤어요. 조그만 입술이 파랗게 질리는데 얼마나 안쓰럽던지."
"쯧! 그렇게 마음에 들었으면 그냥 눈 찔끔 감고 데리고 살지."
"호호호!"
"언제 죽었는데?"
"얼마 전에요. 내 손으로 죽였죠."
"그때 심정이 어땠누?"
"호호! 누군지 알아야 심정이고 뭐고 있는 거죠."
"응? 몰라?"
"여인의 피부란 건요, 팽팽할 때 가치가 있는 거예요. 늙어서 쭈글쭈글하거나 탄력을 잃어버리면 여자로서의 생명은 끝난 거예요. 호호호! 난 골인에게는 관심없답니다."
"혈혈! 성녀다운 말이네."

순간적으로 성녀의 눈가에 아픔이 떠올랐다가 사라졌다.

요지성녀는 거짓말을 했다. 골인에게는 관심이 없지만 단 한 사람, 예광만은 관심이 있다. 아주 많다. 예광은 성녀가 처음으로 본 미녀였다. '아름답다', '예쁘다', '절세가인'이라는 여자들을 많이 보았지만 예광처럼 아름다운 여자는 처음이었다.

처음 본 순간, 숨이 콱 멎는 듯했으니.

당연히 그런 여자를 내버려 둘 리 없다.

밖에서는 어떤 여자였는지 모르지만, 유심동에 발을 딛는 순간부터 요지성녀의 노예로 전락하는 거다.

그날, 예광은 처녀성을 잃었다. 뱀처럼 꿈틀거리는 손가락에 파과(破瓜)의 진통이 진하게 전달되었다.

요지성녀는 지금도 그날의 일을 잊지 못한다.

그날처럼 쾌감에 몸을 떨었던 기억이 없다. 수를 헤아릴 수 없을 만큼 많은 사내와 계집을 접해봤지만 예광처럼 완벽한 계집은 처음이자 마지막이었다.

요지성녀는 예광이 완벽한 골인이 된 다음에야 유심동에 들여보냈다.

그동안 예광은 충실하게 아내 역할을 했다.

밥해주고, 빨래해 주고…… 밤에는 한 이불을 덮고 자고, 나중에는 밤 기술도 훌륭해져서 나무랄 데가 없었는데.

기특한 계집, 함구령(緘□令)을 죽는 순간까지 지킨 계집.

예광을 떠올리자 요지성녀는 마음이 급해졌다.

'빨리 일을 끝내고 유심동에 가봐야 돼.'

비록 자신의 손으로 죽이기는 했지만 아직 할 일이 남아 있다. 그녀의 시신으로 할 일이 있다. 죽었어도 죽지 않게 만들 수 있다. 예전의 포동포동한 살결도 되찾게 해줄 수 있고…… 생명이 끊어져 예전의 감흥이 되살아날지 의문이지만 한번 해보고 싶다.

수많은 골인들 중에 예광을 찾아낼 수 있을지 모르지만, 찾아내기만 한다면 영원히 곁에 있게 만들 수 있다.

이럴 줄 알았으면 만무타배처럼 골인들에게 신경 좀 쓸걸.

이건 한결같이 삐쩍 말라서 누가 누구인지 알 수도 없으니.

'주공'의 명을 잠시 뒤로 미룬 것도 마음에 걸렸다. 유심동을 불태워 흔적을 없앴어야 하는 건데…… 하지만 예광은…….

유심동은 예광을 찾은 다음 불살라도 늦지 않다.

만무타배가 멍청하게 일을 처리하지만 않았어도 지금쯤 예광을 찾아냈고, 유심동은 잿더미로 변해 있으리라.

'예광, 조금만 기다려라. 곧 가마.'

요지성녀는 마음을 감추기라도 하듯 황급히 말을 건넸다.

"그런 꼽추는 인상 깊었던 사람이라도?"

만무타배가 무슨 말인가를 하려고 할 때 추시장이 다가와 읍을 했다.

"가셔도 되겠습니다."

"헐헐! 수고했네."

"두 가지 문제가 있습니다."

"말해 보게. 헐헐. 십이추시의 말은 하나도 버릴 게 없지."

"하나는 지형입니다. 안개가 자욱해서 한 치 앞을 볼 수 없습니다. 저희들이 간다면 삼 할 능력밖에 발휘하지 못합니다."

"음! 짙은 안개군. 알 만하네. 자네들이 그 정도라면. 또 다른 하나는 무엔가?"

"앞에 강이 있습니다. 이곳은 축사(畜舍) 밖입니다."

축사……. 마단에서는 골인들이 사는 곳을 축사라고 불렀다.

유심동과 멸혼촌을 포함하여 출행에 나선 모든 곳이 축사 울타리 안이다.

철망(鐵網)이라고 부르는 곳도 있다.

축사를 탈출한 골인들은 이곳저곳을 헤매다 지쳐 쓰러지기 마련이다. 지금까지, 몇십 년 동안 축사를 빠져나온 골인은 상당수 있었지만 철망 밖으로 나간 골인은 단 한 명도 없다.

당진도는 그런 점을 몰랐다. 만약 알았다면 조금 더 멀리 나가 축사 밖에서 새로운 은신처를 마련했으리라. 너와집이 축사 밖에만 있었어도…… 그랬다면 십이추시는 축사 안에서 흔적을 잡아내지 못했을 게고, 범위가 한층 넓은 철망 안을 뒤져야 했으리라.

그래도 발견되겠지만 적어도 시간은 배로 벌 수 있었을 것이다.

"축사 밖이라…… 당진도가 꽤나 멀리 나왔군. 헐헐! 그리고도 남을 사람이지. 성녀, 아까 인상 깊었던 사람 물었지? 지금 말한 당진도도 인상 깊었던 사람 중의 한 명이지. 그 외 몇 더 있고."

"강에 부목도 있는 것으로 보아 여차하면 강으로 뛰어들 심산인 것 같습니다."

"그럼 안 되지. 끝낼 때는 끝내야 좋은 거야. 질질 끌어서 좋은 것 하나도 없어. 어서 가서 부목을 제거하시게."

"존명!"

추시장이 읍을 해 보인 후 계류 아래로 사라져 갔다.

"성녀, 우리도 슬슬 가보지."

만무타배와 요지성녀는 산책이라도 나온 표정이었다.

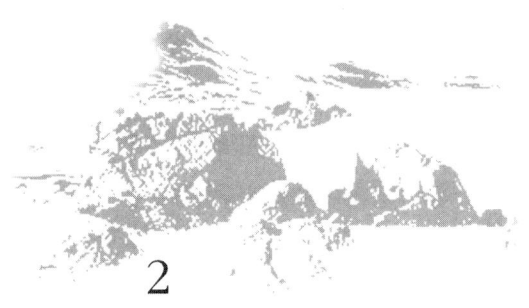

2

추격자(追擊者)

"이건 무언가? 살기는 아니고 암기(暗氣) 같은데? 그래. 암기야, 암기. 기운이 굳건하나 속으로 숨겼어."

"땀을 많이 흘린 모양이군. 땀 냄새가 코를 진동해."

"후후후! 굉장히 경쾌한 소리야. 우린 뛰어봤자 벼룩 같은데? 서너 걸음도 움직이기 전에 잡히겠어."

"고역스럽군, 이놈의 안개. 나만 무용지물인가? 내 눈에는 아무것도 잡히지 않는데."

귀주사괴가 서로를 쳐다보며 말했다.

당진도의 안배는 수포로 돌아갔다.

마천옥이 조사한 대로 계류를 타고 내려온 인물들은 칡넝쿨 기관을 간단히 파훼해 버렸다.

통음이 옆에 있던 칡넝쿨을 잡아당겼다.

딱!

가벼운 소리가 났다.

이번에는 여러 번 잡아당겼다.

따다다닥……!

"됐어."

"그러나저러나 대단하네. 우리보다 더한 놈들이 있었어. 어떻게 여길 찾았지?"

"그러게 말야. 혹시 우리 같은 놈들이 또 있나?"

"넓은 세상이야. 없을 리 없지."

"후후후. 어떤 놈들인지 얼굴 좀 보고 싶구면."

귀주사괴는 편안하게 대화를 주고받았다.

그들은 믿었다, 독사를.

구멍이 있는 줄을 알면서도 막지 않으면 반드시 사단이 일어난다.

독사에게는 쇠붙이도 없고 화약도 없지만 귀주사괴가 있었다. 공격을 잘하는 사람은 방어도 능숙한 법. 귀주사괴가 마지막 관문을 막고 있으면 어떠한 침입도 막을 수 있다.

"도왕, 일수일살, 홍검쌍살, 신검서생."

거명된 다섯 명은 즉시 병기를 들고 일어섰다.

"저도 갈래요."

"여기 있어."

"사리일잠도를 시험해 보고 싶단 말예요."

"나중에."

"제 고집 알죠?"

"혹시 이곳에 누군가 오면 지켜줄 사람이 필요해. 이곳에도 한 명 남아 있어야 해."

"정말…… 말로는 못 당하겠네요. 조심해요."

엽수낭랑은 제발 만무타배와 요지성녀만 아니기를 빌었다.

사시와 삼화에게서 전해 들은 요지성녀의 무공은 그야말로 신이었다. 여자 골인 칠십여 명을 눈 깜짝할 사이에 베어낸 신기(神技)를 말로 표현하지 못하고 더듬거릴 정도였다.

도왕이나 일수일살로부터 전해 들은 만무타배의 무공도 기가 질리게 만들었다.

난다 긴다 하는 무인들이 합공을 하고도 처절하게 패했다면.

비로소 도왕이 왜 그토록 비참한 표정으로 앉아 있었는지, 일수일살 같은 고수가 심마에 걸리는 실수를 왜 저질렀는지 이해가 갔다.

만무타배나 요지성녀는 너무 무서운 고수들이다.

물론 독사의 무공도 강하다. 독사도 고수들이 힘도 제대로 써보지 못하고 무너지게 만들었다. 하지만 불안한 것을…… 만무타배 같은 고수와는 싸우지 않았으면 하는 바람이 간절한 것을.

엽수낭랑은 움막 밖으로 걸어나가는 독사를 눈길로 배웅하며 속으로 말했다.

'상공, 한 여자를 책임진 사내는 죽음도 마음대로 선택할 수 없는 거예요. 죽을 각오를 할 때는 제 생각을 한 번만 해주세요. 그리고 선택하세요. 제발……'

마천옥은 부지런히 움직였다.

당진도를 믿었지만 마단이 상상 이상으로 강한 집단이라는 것을 알기에 준비를 해뒀다.

"지금 움직입니다. 전에 말했던 대로 실수가 있어서는 안 됩니다. 실수하는 사람은 어쩔 수 없이 버리고 간다는 점을 명심하세요. 자, 어서들 준비하세요."

사시와 삼화를 비롯해 남은 사람들이 조용히 사라져 갔다. 안개 속으로.

마천옥도 일어섰다.

'나도 준비해야겠군.'

"몇 명이오?"

"열두 명이죠. 흐흐! 굉장히 빠른 놈들이에요."

통음이 대답했다.

독사는 진기를 이끌어 귀에 모았다.

통음에게 물어본 적이 있다. 통음은 어떤 식으로 소리를 듣느냐고. 그때 통음의 대답이 그냥 들린다는 것이었다. 듣고 싶지 않아도 들리기 때문에 소음이 심한 곳에서는 귀마개를 한다며, 소리를 잘 듣는 것도 형벌이라고 했다.

사사사삭……!

민첩하게 움직이는 소리가 잡혔다.

'그들이군. 그럼 만무타배와 요지성녀도 왔겠군. 힘든 싸움이 되겠어. 득보다는 실이 많은 싸움이야.'

독사는 잠시 머뭇거렸다.

파락호 시절 같으면 승패를 불문하고 부딪쳤다. 상대가 아무리 강해도 암습이나 계략을 사용하지 않고 정면으로 공격해 올 때는 반드시 맞부딪쳐 갔다.

그때와 지금은 다르다.

그때는 지게 되더라도 이권(利權)을 빼앗기는 것에 그치고, 심하게 당해도 불구가 되는 것이 고작이었다.

지금은 죽는다. 자신뿐만이 아니라 스물다섯 명이 지금 자신이 내릴 한마디 말에 생사가 좌우된다.

독사는 마음을 굳히고 명했다.

"이계(二計)."

"이계라 했습니까?"

귀주사괴로부터 독사의 명을 전해 들은 마천옥은 다시 되물었다.

"분명히 이계라고 했네."

"……."

"왜 그러나? 뭐가 잘못됐나?"

"아닙니다."

"그럼 표정이 왜 그래? 완전히 생감 씹은 표정이잖아?"

마천옥 같은 골인은 얼굴 표정이 없다. 단지 근육이 씰룩거리는 정도다. 그것으로 웃는 표정도 지어지고 슬픈 표정도 지어진다.

귀주사괴도 골인들의 얼굴에서 표정을 읽을 수는 없지만 느낌으로는 알 수 있기에 한 말이다. 그들은 골인들의 아픈 점을 건드리지 않기 위해 조심했다.

"대형을 잘못 본 것 같아서 그럽니다."

마천옥의 음성은 격정으로 떨렸다.

"잘못 보다니?"

"일계는 강직한 사람이 선택하게 되어 있죠. 삼계는 시류(時流)를 아는 사람이 선택합니다. 대부분 둘 중 하나. 이계는 병법을 아는 사람만이 선택합니다. 대형은 병법을 아는 사람이군요."

"도대체 무슨 말인지……."

"하하! 뭐 하십니까? 대형께서 이계를 명하셨으니 빨리 움직이셔야죠. 자칫하다가는 퇴각을 하지 못합니다."

"이 사람아, 그건 퇴각이라고 말하는 게 아니라 도주라고 말하는 거야. 이 사람이 병법병법 하더니만 영 이상하게 변했네."

"하하하! 그렇죠, 도주. 빨리 움직이세요. 자칫하면 도주하지 못합니다."

'어쩌면 정말 촉나라를 세울 수 있을지도 모르겠군. 무모하다고 생각했는데…….'

누군가 침입해 왔을 때 마천옥이나 독사가 대응할 방법은 세 개밖에 되지 않았다.

맞서 싸우는 것, 일계. 타격을 가한 후 도주하는 것, 이계. 도주하는 것, 삼계.

누구나 생각할 수 있는 삼안(三案)이지만 사실 그것밖에 달리 방도가 없었다. 물자라도 풍부했으면 다른 방책이 나올 수 있지만 기껏해야 나무와 돌밖에 없는 처지로서는 하찮은 함정조차 팔 수 없었다. 그 정도는 충분히 만들 수 있지만 시간이 너무 부족했다.

귀주사괴는 열두 명이 침입했다고 했다.

열두 명……. 그 속에 만무타배가 끼어 있느냐 없느냐에 따라 싸움 양상이 달라진다.

없으면 일계요, 있으면 삼계다.

여기서 대부분은 삼계를 선택한다. 확인한 다음에는 선택의 여지가 상실되기 때문에.

만약 일계를 선택한다면 무모하다고밖에 할 수 없다.

만무타배가 추적을 해왔는데, 사람 수가 많아졌다고 그가 빠질 리 있겠는가.

그런 선택을 한 사람에게는…… 미안하지만 목숨을 맡길 수 없다. 골인들에게는 어떻게든 살아남아서 중원에 멸혼촌이 존재했다는 사실을 알려야 한다고 말했지만, 그의 생각은 최대한 살 때까지 살면서 마단에 타격을 주어야 한다는 것이었다.

그런 면에서 빙굴에서 목숨을 던진 골인들에게는 미안하지만, 어쩔 수 없다. 어차피 모두 죽을 수밖에 없는 목숨이었으니, 이해할 게다.

이계는 선택하기 힘들지만 현명한 선택이다.

단, 여기에는 단서가 붙어야 한다. 만무타배의 손아귀에서 무사히 빠져나올 수 있는 무공.

그만한 무공이 없다면 역시 무모하다. 혹시 빠져나올 수 있지 않을까 하는 정도로는 부족하다. 확실하게 빠져나올 자신이 있어야 한다.

도주 시점에 대한 판단에도 자신이 있어야 한다.

때릴 만큼 최대한 때리고 한 대만 더 때리면 잡힌다 하는 시점에서 빠져나와야 한다.

그만한 선택을 할 수 없다면 차라리 삼계를 선택하느니만 못하다.

결과는 두고 봐야 알겠지만 마천옥은 독사가 제대로 이계를 수행해 주리라 믿었다.

'이계라면 내가 빠빠지겠군. 정말 빠빠지겠어.'

마천옥은 움막을 벗어났다.

사사사삭······!

계류와 강이 합류하는 부분을 빙 돌아 부목이 있는 곳으로 달려가는 발걸음이 무척 가벼웠다.

짙은 안개가 깔려 있어서 신법을 전개할 엄두가 나지 않는데, 십이 추시는 경쾌하기 이를 데 없는 신법을 구사했다.

십이추시 중 여섯 명.

부목을 제거하라는 명을 받는 순간, 그들은 싸움 준비를 갖췄다.

단검을 허리춤에 찔러 넣었다. 장검보다 길이가 절반 정도 짧고 폭도 좁은, 그러나 소검(小劍)이라고 하기에는 긴 기형장검(奇形長劍) 두 자루를 양손에 들었다. 그전에 비침(飛針) 한 움큼을 꺼내 입에 물었다.

여섯 명은 짙은 안개 속을 빠르게 달렸다.

그걸로 충분했다. 발걸음 소리는 흘리지 않았고, 안개 너머까지 인기척을 훑으며 나갔다.

십이추시가 되기 위해 수련하는 많은 신법 중에 운무행법(雲霧行法)이라는 것이 있다.

연기가 자욱하여 한 치 앞도 볼 수 없고, 매캐한 냄새 때문에 코로 숨을 쉴 수 없는 방에서 상박(上膊) 넓이의 나무 위를 건너다녀야 한다.

나무 밑은 물론 도검이 빼곡히 꽂혀 있다.

추시가 되고자 하는 사람들에게는 비교적 가벼운 공부(工夫)였다. 처음에 깔렸던 넓적한 나무가 둥근 통나무로 변하기 전까지는. 그리고 거기에 기름이 발라지기 전까지는.

운무행법에 비하면 지금 상황은 어린아이의 팔을 비트는 것보다도 쉽다.

사사사삭……!

달리는 속도가 점점 빨라졌다.

경계를 늦춘다거나 방심을 해서가 아니라 안개가 점점 눈에 익어오기 때문이다.

여섯 명의 추시가 부목이 있는 곳에 도착할 때까지 골인들이 머무는 움막촌은 조용하기만 했다.

추시들은 골인들을 경시하지 않았다.

만무타배의 굴레를 벗어난 사람들은 무엇인가 한 가지 재주는 있기 마련이니까.

앞서 가던 두 명의 추시가 좌우로 갈라져 사방을 경계했다. 그 틈에 뒤따르던 추시 네 명이 부목을 집어 들었다. 순간,

쒜에엑!

막 부목을 집어 들던 추시의 몸으로 번쩍이는 도광이 폭풍처럼 몰아쳐 왔다.

굉장히 빠른 도광, 어찌나 빠른지 사람은 보이지 않고 도광만 번쩍이는 현상.

부목을 집어 들던 추시는 피하지 않았다. 반격하지도 않았다. 그는 양손에 들고 있던 검을 놓아버리고 양손을 허리춤에 댔다. 두 눈은 날아오는 도광을 뚫어지게 바라보면서.

쒜엑! 카각!

도광이 정확히 추시의 머리를 허공에 띄워 버렸다.

그러나 그 순간 추시의 몸에서 진짜 섬광(閃光)이 번쩍였고,

콰꽝!

엄청난 폭발음과 함께 가루가 된 피와 살이 사방으로 비산했다.

"제길!"

자폭(自爆)을 예상하지 못했던 도왕은 기미를 알아채고 물러섰지만 한 발 늦어서 피와 살점이 틀어박히고 말았다.

함께 폭발되지 않은 게 다행이라고 말할 수도 없었다.

도왕은 피와 살점에 맞은 것뿐인데 몸 곳곳에서 피를 흘려냈다.

추시가 입에 물고 있던 비침, 그리고 몸 곳곳에 숨겨져 있던 암기가 폭발과 함께 날아온 것이다.

처걱! 꽈광!

일수일살도 도왕과 같은 변을 당했다.

일수일살은 도왕보다 훨씬 심해서 가슴을 움켜잡고 있었다.

손가락 사이에서 붉은 핏물이 줄줄 흘러내렸다.

홍검쌍살과 신검서생은 주춤했다.

쾌도와 쾌검의 공격은 그들의 공격보다 한발 빨라서 싸움을 빨리 종결 지었지만, 그들은 이제 막 추시의 몸을 치려던 참이었다.

"제길!"

어지간해서는 고운 말만 사용하던 신검서생의 입에서 거친 소리가 튀어나왔다.

신검이란 명성을 얻은 그의 공격은 무산되고 말았다.

신검서생이 주춤한 영향도 있지만, 추시의 신법이 빨랐기 때문이다.

파아앗!

추시는 물러서는 듯하더니 곧장 반격을 가해왔다.

"어딜!"

신검서생이 다시 검초를 전개하려는데, 추시는 뒤로 쑥 물러나 버렸다.

'굉장히 빠른 놈들이네. 빠르다는 소리는 들었지만 이렇게 빠른 놈들이라니.'

신검서생은 호기(豪氣)가 치밀었다. 자신의 신검과 상대의 신법을 비교하고픈, 승부를 내고 싶은.

'좋아. 해보자고!'

신검서생의 손에서 가문의 절학인 화영검법(火影劍法)이 도도하게 풀려 나왔다.

검광이 추시의 면전에서 불덩이처럼 강렬한 기세로 번져 나갔다.

홍검쌍살도 입장이 비슷했다.

그들은 두 명의 추시를 상대로 검을 전개했지만 물러섰다가는 덤비고, 덤비는가 싶으면 물러서는 그들의 신법 앞에 번번이 허공만 베어냈다.

다른 한 명의 추시는 상처를 입고 물러선 일수일살을 향해 달려들었다.

심장, 아니면 폐에 상처를 입었을 일수일살은 거동이 자유롭지 못했다. 무인에게는 뻗어내는 검초에 속도가 깃들이지 않은 것만으로도 거동이 부자유스럽다고 말할 만하다.

쒜에엑! 차앙!

일수일살과 추시의 검이 부딪치는 찰나, 추시의 신형이 뒤로 쭉 빠졌다. 그나마 일수일살의 쾌검이기에 검을 부딪칠 수 있었지, 환검(幻劍)이거나 패검(覇劍)일 경우에는 검이 부딪치는 일도 없었으리라.

추시들은 본격적으로 검을 부딪치지 않았다. 그렇다고 물러서지도 않았다. 물러섰다가는 달려들고, 달려들었다가는 물러선다. 신법이 압도적으로 빠른 자들의 전형적인 공격 수법이다. 그러다가 틈이 생기면 득달같이 달려들어 요절을 낼 것이다.

곤란한 점은 이들이 신법만 빠른 게 아니라는 점이다. 최후의 순간에 전개될 자폭도 염두에 두어야 한다.

"타앗!"

일수일살보다 상처가 얕은 도왕이 고함을 내지르며 도결을 풀어냈다. 노리는 사람은 일수일살과 겨루고 있는 추시.

일수일살도 도왕의 뜻을 알고 검을 쏘아냈다.

합공은 마음에 들지 않지만 신법이 빠른 자, 그리고 승부를 빨리 끝내야 하는 처지에서는 어쩔 수 없었다.

스스슷!

추시는 만만치 않았다. 두 사람이 합공을 펼쳤어도 이미 대비하고 있던 터라 슬며시 옆으로 빠져나갔다. 하지만 그는 억세게도 재수가 없었다. 하필이면 수단 방법을 가리지 않고 적을 죽인다는 홍검쌍살의 옆으로 흘러갔으니.

"흐흐!"

징그러운 웃음소리를 듣고 경각심을 돋웠을 때는 이미 늦었다.

푸욱!

짧은 비수가 척추를 꿰뚫어 버렸다.

꽈과쾅!

추시는 역시 자폭했다. 하지만 이번 자폭은 별로 효과가 없었다.

일수일살과 도왕은 등 뒤로 돌아가 있던 냉설의 왼손이 쭉 펼쳐지는 순간 신형을 뒤로 빼버렸다. 냉설도 비수를 찌르는 즉시 앞에서 달려드는 추시를 아랑곳하지 않고 몸을 뺐다.

사아악!

기형장검 한 자루가 허벅지를 긁고 지나갔다. 하지만 추시의 자폭은 피할 수 있었다.

한 명의 추시가 자폭을 선택했을 때, 또 한 명의 추시도 허리춤에 있는 끈을 잡아당겼다.

신검서생의 검은 과연 신검이란 말을 듣기에 부족하지 않았다.

서둘지 않고 천천히 검초를 전개하다가 확 피어오른 불꽃처럼 득달같이 가슴을 베어낸 검초.

완검(緩劍)에서 폭검(爆劍)으로 변하는 속도가 너무 빨랐다. 그것보다도 조금 전 자폭한 추시의 피와 살점이 신검서생과 마주 선 자의 얼굴을 덮어버렸다.

꽈아앙!

추시들은 혼이 육신을 완전히 떠나갔다 싶은 순간에도 자폭만은 시행했다.

남은 추시는 두 명, 다섯 무인이 천천히 거리를 좁혔다.

두 명의 추시를 가운데 놓고 다섯 방위에서 거리를 좁혀가는 관계로 추시들의 특기인 신법을 펼치기가 용이치 않았다. 공격을 해오는 순간에 살짝 열려진 방위로 신법을 펼칠 수는 있지만 다른 사람들이 용납하지 않을 것이다.

궁지에 몰린 추시들의 얼굴은 무표정했다.

3

추격자(追撃者)

꽈앙! 꽈아앙!

연이은 두 번의 폭발음, 여섯 번째 폭발이다.

만무타배와 요지성녀는 주고받던 농담을 그쳤다.

"이만한 고수가 있었나요? 추시가 여섯 명이나 당하다니!"

"이상하네. 두세 명만 가도 충분할 텐데……."

만무타배가 말을 하며 고개를 살래살래 흔들었다.

십이추시에게 부목을 제거하라고 지시한 것은 도주를 막기 위해서였다. 안개가 짙게 깔려 있다니 혹여 한 명이라도 놓치는 일이 벌어질까 봐.

명령을 내리면서도 십이추시가 골인들에게 당할 것이라고는 손톱만큼도 생각하지 않았다.

"조금 빨리 가봐야겠는데."

'조금 빨리'가 아니었다. 그들은 벌써 발이 보이지 않도록 쏘아가고 있었다. 서로 말을 주고받으면서도.

추시장은 감정을 잃은 사람처럼 무표정했다.

"여섯 명이…… 죽었다."

가늘게 새어 나오는 음성만이 추시장의 분노가 어떠한지를 일깨워 주었다.

마단 고수들은 마단 밖을 나오는 일이 거의 없다.

멸혼촌이나 골인들에 대한 이야기는 들었지만 실상이 어떤지는 이번에 마단을 나오며 처음 알았다.

마단은 현재 임무에 필요치 않은 일은 절대 알려주지 않는다. 알려고 하지도 않는다. 한시라도 수련을 게을리 하면 목숨을 잃는데, 다른 일에 신경 쓸 겨를이 어디 있는가.

하지만 십이추시처럼 마단 밖을 나올 때는 맡은 일과 관계된 모든 사항을 알게 된다.

장경고(藏經庫)에는 무수한 정보가 있다. 삼층으로 이루어진 전각 두 채가 모두 서적으로 가득 채워져 있다. 장경고에서 서적을 관리하는 사람만 열 명에 이른다.

그 많은 서적들이 모두 정보다.

백여 년 전의 일부터 현재의 일까지 마단과 연관된 모든 사항은 장경고에서 알 수 있다.

추시장은 멸혼촌과 골인들에 대한 서적이 의외로 많은 데 놀랐다.

다른 때는 일에 관계된 서적은 모두 읽고 나섰지만, 이번만은 그렇지 못했다. 서적의 양이 너무 많아서 총체적인 사항이 기술되어 있는 서적 몇 권만 읽었다.

그것만으로도 골인들을 파악하기에는 충분했다.

축사에서 벌어진 일 중 최근의 일은 유심동과 멸혼촌이 깨끗이 정리되었다는 것이다. 단지 멸혼촌에서만 현문과 약간의 신경전을 벌이느라고 골인 몇 명을 정리하지 못했다는 것이 문제 사항으로 기술되어 있었다.

추시장은 자신들이 바로 깨알같이 작은 글씨로 적힌 그 문제 사항 때문에 투입된다는 것을 직감했다.

사단(事端)이 벌어질 일은 결코 아니었다.

그런데 일이 틀어져도 단단히 틀어졌다. 숱한 죽음을 딛고 탄생한 십이추시 중 여섯 명이 일도 아닌 일에 목숨을 잃었다. 그까짓 부목을 없애는 것이 뭐가 어려웠다고.

그러나 분노하지는 않았다. 분노는 했지만 속으로 삭였다.

"잘 들어라. 이게 추시의 운명이다. 추시란 신형이 발각되면 죽는 것이다. 언제 어느 장소에서든 방심하지 말고 최선을 다해서 가장 적합한 신법을 펼쳐라."

다섯 명의 추시는 대답하지 않았다.

마단 밖을 나오면 추시들은 말을 잊는다. 말을 할 수 있는 사람은 오직 추시장뿐이며, 추시들이 말을 할 때는 묻는 말에 대답을 할 때뿐이다.

"부목은 반드시 치워야 한다. 선대(先隊)가 실패했으니 우리가 한다. 실패라는 말은 십이추시가 모두 죽은 후에야 하라고 해."

그런데,

"그 말, 지금 하고 싶은데."

안개 너머에서 잔잔한 음성이 들려왔다.

'발견하지 못했다! 이토록 가까이 다가오도록! 고수닷!'

이심전심(以心傳心). 추시장의 생각은 추시들에게도 전달되었다.

쒜에엑······!

추시 다섯 명이 비조처럼 날아올라 안개 저쪽으로 쏘아갔다.

추시장도 망설이지 않았다. 그의 신형도 앞서 가는 추시들을 따라 쏘아져 갔다.

'속전속결(速戰速決)!'

독사는 추시들의 기도를 면밀히 읽었다. 그가 읽는 기도는 내력과 관계되어 있다. 무공의 기도를 읽는 것이 아니라 인간 본연의 모습을 읽기 때문에 무공과 관계되는 부분이 있다면 내력뿐이다.

신법이 가공함은 자신이 직접 겪어봐서 안다.

독사는 제일 앞서 달려오는 추시를 향해 일권(一拳)을 내뻗었다.

무공이란 것을 익히며 수련한 일권이 아니라 파락호 시절에 파락호들과 싸우며 몸에 붙은 주먹이다.

당시는 몰랐지만 무공이란 것을 배우고 나니 얼마나 허점이 많은지 모르겠다. 무인이란 사람들과도 싸운 적이 있지만, 정말 운이 좋았다. 삼류도 아니고 사류에 불과한 무인들만 만났으니 말이다.

약간이라도 무공에 진전이 있는 무인과 싸웠다면 피곤죽이 되어 널브러졌으리라.

쒜에엑!

추시가 날렵하게 다가와 서슴없이 쌍검을 휘저었다.

일검은 팔목을 베었고, 다른 일검은 심장을 찔러왔다.

기형장검이 막 손목을 베려는 순간, 싸움은 추시의 뜻과 반대로 전개되었다. 전신의 기력이 모두 실린 것 같던 주먹이 날개 꺾인 새처럼 힘을 잃고 뚝 떨어졌다. 아니다. 떨어진 듯싶은 주먹이 장(掌)으로 변해 가슴을 격타했다.

펑!

둔탁한 소리가 안개 속에 흩어졌다.

가슴을 격타당한 추시는 입으로 피를 뿜어내며 뒤로 날아갔다. 전신 진기가 일시 한 점에 모이는 내공 일초에 격타당했으니 즉사하지 않는다면 청동 인간(青銅人間)이다.

그가 가슴을 찔러온 기형장검은 독사의 왼손 검지와 중지 사이에 끼어 있었다. 그는 가슴을 격타당한 순간, 쌍검 중 한 자루를 놓쳤고 자폭해야 된다는 사실마저 망각했다.

독사는 즉시 두 번째 추시를 노렸다.

두 번째, 세 번째, 네 번째…… 세 명의 추시는 거의 동시에 검을 날려왔다.

─상대의 검이 일어나면 내 검도 일어난다. 단지 조금 빠르게. 상대가 살기를 일으키는 즉시 나는 공격 방법과 방향을 알아낸다. 상대의 몸속에 흐르는 진기의 흐름을 알 수 있으니 어떤 공격인들 감지하지 못할까.

'머리! 배! 다리!'

추시 세 명은 각기 쌍검을 지니고 있지만 공격 부위는 중복된다.

독사는 추시에게 일권을 날리는 순간부터 뒤따르는 추시들이 어떤 부위를 공격해 올지 감지해 냈다.

검지와 중지에 끼어 있는 기형장검을 비수 던지듯 쏘아냈다.

타앙!

머리를 노리던 자가 기형장검을 퉁겨냈다. 그리고 이상한 반응을 했다. 검 하나로 장검을 퉁겨냈으면 다른 검으로 짓쳐들어와야 당연한데, 추시는 뒤로 쑥 물러섰다.

독사는 양손을 올려 작은 원 두 개를 그렸다.

사부……. 대화산에서 사부님을 만나 전수받은 귀궁 무공, 소수천라변이다.

배를 노리고 달라붙던 검 두 자루가 손바닥에 휩쓸려 밀려났다. 살짝 비튼 몸은 다리를 베어오던 검을 비켜냈고, 추켜올렸다가 옆으로 차낸 다리는 배를 노리던 자의 관자놀이를 걷어찼다.

'반응은 상대보다 조금 빠르게…….'

픽!

추시는 옆으로 픽 쓰러졌다.

관자놀이는 신경이 뇌에 연결되어 있다. 관자놀이를 걷어채이면 뇌가 일시 마비되고, 맞는 즉시 혼절해 버린다.

독사의 각법은 혼절하는 정도가 아니었다. 뼈를 으스러뜨리는 강도가 심겨져 있었다.

공격을 실패한 추시들은 일시 뒤로 물러섰다.

아주 잘못된 습관이다. 신법에 자신을 가지면 종종 이런 실수를 저지른다. 빠졌다가 다시 들어오려는.

독사는 숨 돌릴 틈도 없이 뛰어올랐다.

물러선 추시들의 뒤에서 또 다른 검들이 다가오고 있다. 손가락을

까딱거리는 시간이면 충분히 몸을 베고 지나간다.

'머리! 옆구리! 다리!'

독사는 그들이 다가오기 전부터 노리는 부위를 알았다. 그래서 뛰어 올랐다.

쉬익! 쒜에엑!

검 한 자루가 귓가를 스쳐 지나갔다. 또 한 자루는 옆구리의 옷을 찢었다. 그러나……

빠악!

뼈 깨지는 소리가 터졌다.

독사는 단지 허공으로 뛰어오른 것이 아니다. 머리와 옆구리를 노리는 자의 얼굴을 들이받기 위해 허공으로 솟구친 거다.

어려서부터 단련하고 단련했던 이마에 추시의 안면이 걸렸다.

"크윽!"

비명이란 것을 모를 줄 알았던 추시가 비명을 지르며 나뒹굴었다. 그리고…… 그는 다른 추시들이 잊어버린 자폭도 잊지 않았다.

꽈아앙!

혈육(血肉)이 비산했다.

노란색의 섬광이 안개를 헤치며 퍼져 나갔다가 스러졌다.

그러나 그는 한 가지 실수를 했다.

추시들이 근접전을 펼치고 있고, 그가 쓰러지기 전에는 물러섰던 추시들이 다시 달려들고 있다는 사실을 잊었다.

"……"

소리없는 비명이 터졌다.

독사를 향해 달려들던 추시들의 신형이 잠시 비틀거렸다.

비산하는 혈육 속에 섞인 비침과 암기가 추시들의 육체에 아픔을 가했다.

독사는 그 틈을 놓치지 않았다. 어차피 속전속결을 생각했으니 망설일 이유가 전혀 없다.

붕 떠올라 전개한 이기각(二起脚)이 추시 한 명의 얼굴을 피 범벅으로 만들었다. 얼굴을 걷어찬 탄력으로 몸을 빙글 돌리며 걷어찬 발뒤꿈치는 또 다른 추시의 뒤통수를 가격했다.

거기서 그치지 않았다. 허공에서 양팔을 벌리고 뛰어내리듯 마지막 추시를 향해 몸을 날린 독사는 왼손으로 추시의 오른팔을 잡고 오른손은 왼쪽 겨드랑이 밑으로 쑥 집어넣었다.

몸을 빙글 돌리며 오른손을 위로 쳐올리자 추시의 신형이 허공으로 붕 떠올랐다.

파락호 시절에 많이 사용하던 싸움 기술이다.

여기서 마지막 일격을 가해야 한다.

다시 허공으로 떠올라 본의 아니게 허공에 띄워진 추시의 머리를 정통으로 들이받으면 된다.

'아냐! 위험!'

순간적인 판단이다. 추시들이 그랬듯 독사 자신도 습관적으로 싸울 뻔했다.

독사는 뛰어오르려던 신형을 오히려 반대 방향으로 물렸다. 양 발로 땅을 걷어차고 뒤로 쑥 빠졌다. 그 순간,

콰콰쾅!

허공에서 섬광이 일며 혈육이 비산했다.

'위험했어!'

싸움이 끝났고 그가 이겼지만, 독사는 망치로 뒤통수를 얻어맞은 듯한 충격에서 헤어 나오기 힘들었다.

직접 눈으로 보고도 믿을 수 없었다. 세상에 스스로 자신의 몸뚱이를 폭사시키는 사람이 있을 줄은 몰랐다. 이런 부류의 사람이 있을 줄은.

강가에서 폭음이 들릴 때 어느 정도 짐작은 했지만, 이토록 지독한 사람이 있을 줄은.

큰 명분이나 대의를 위해서 , 또는 나라를 위해서 한목숨 희생하는 경우는 있지만, 싸움에서 오로지 상대를 죽이기 위해 자폭하는 경우는 듣지도 보지도 못했다.

이건 무인 대 무인의 싸움이 아니다. 서로 죽이지 않으면 죽는 전쟁이다. 홍검쌍살에게 붙은 소문대로 죽이기 위해서는 수단 방법을 가리지 않는 싸움이다.

'마단, 실수했어. 최소한 나 한 사람만은 적이 된 거야. 죽이지 않으면 죽는 싸움이라면, 수단 방법을 가리지 않고 죽이는 싸움이라면……해주지.'

생각은 짧았다.

지금은 죽은 사람을 보고 감상에 젖어 있을 때가 아니다.

만무타배가 오고 있다.

강가에서 들린 폭음이 여섯, 자신이 죽인 추시가 여섯, 귀주사괴가 말한 침입자는 열둘.

말대로라면 모두 처리했지만, 독사는 무서운 속도로 치달려오는 기척을 감지해 냈다.

만무타배가 틀림없다.

쐐에엑!

신형을 띠우자 옷자락이 펄럭이며 찢어지는 소리를 냈다.

"……!"

만무타배의 안색이 처음으로 경직되었다. 요지성녀의 얼굴에서도 웃음기가 사라졌다.

십이추시가 비록 신법에만 전념한 무인들이라고는 하지만 그래도 중원무림에 나오면 일류고수와 겨룰 수 있는 무공을 지녔다. 마단에서 수련한 신법을 펼치지 않더라도.

신법을 펼쳐서 상대한다면 당장에 명성을 얻을 자들이다.

깨끗하게 당했다, 십이추시 모두가.

만무타배와 요지성녀는 추시들의 죽음 외에 또 다른 것을 보았다.

자폭하지 않은 멀쩡한 시신 네 구.

추시들이 자폭하지 않은 이유는 훑어보는 일견(一見)만으로도 알 수 있다. 자폭할 시간조차도 주지 않았다. 본인조차도 죽는 줄을 모르고 죽었다. 약간이라도 죽음의 기미를 느꼈으면 자폭했을 것이다. 죽음의 기미를 전혀 느끼지 못했기에 자폭하지 않았다.

맞은 모습을 보아하니 권각술(拳脚術)에 당한 것 같은데, 그렇다면 주먹과 발이 날아오는 모습을 보고도 죽음의 기미를 느끼지 못했다?

상대의 무공이 터무니없이 강했다는 말이 된다.

만무타배와 요지성녀는 찰나간에 추시들을 훑어본 다음 쾌속하게 신형을 쏘아냈다.

지금은 시신을 점검할 여유가 없다. 죽은 사람이 어디 가는 것도 아니다. 그러나 십이추시를 죽인 놈은 지금 이 순간에도 점점 멀어지고 있다.

쒜에에엑……!

만무타배와 요지성녀가 지나간 후에야 바람 소리가 들려왔다.

진흙이나 다름없는 강가는 온통 붉은빛 천지였다. 혈육이 비산한 흔적이다. 여기저기 흩어져 있는 비침도 추시들의 죽음을 말해 주는 중거다.

만무타배와 요지성녀는 닭 쫓던 개처럼 안개가 자욱한 강만 쳐다보았다.

있다던 부목은 한 개도 없었다.

그렇다면 뻔하지 않은가.

철썩! 스으윽! 철썩……!

거리가 얼마만큼 떨어져 있는지는 몰라도 강을 헤엄쳐 가는 소리가 들렸다.

'멀리 가지는 않았어!'

만무타배와 요지성녀는 즉시 강으로 뛰어들었다.

강은 넓었다.

축사를 관리해 온 그들이니 축사 안을 흐르는 강이 어떤 성질을 지녔는지는 누구보다도 환했다.

안개가 이토록 자욱해서는 찾을 길이 없다.

물 위에 떠서 귀를 기울였다.

전신내력을 모두 끌어 모아 청각에 집중시켰다.

헤엄치는 소리는 씻은 듯이 사라지고 없었다. 강가에서 소리를 듣고 뛰어든 것이 방금 전인데, 마치 살아 있는 생물체가 없다는 듯 강물만 조용히 흘렀다.

"직삼, 분명히 고수가 없다고 했잖아!"

요지성녀의 말투가 싹 바뀌었다. 존대는 온데간데없이 사라지고 하대가 거침없이 튀어나왔다. 만무타배의 별호도 부르지 않고, 마단에서 부르는 '직삼'이라는 호칭을 사용했다.

"이만한 고수는… 이만한 고수는……."

만무타배는 말을 더듬거렸다. 평소에 늘 하던 어눌한 말투도 쓰지 않았고, 간혹 헐헐 웃는 웃음도 흘리지 않았다.

문득 만무타배의 고개가 쳐들렸다.

"독사!"

"독사라니! 독사는 죽었다고 했잖아!"

"시신을…… 시신을 발견하지 못했어."

"말도 되지 않는 소리는 그만둬! 다른 놈들도 전부 무공이 강하단 말야! 강가에서 죽은 추시는 어떻게 설명할 거얏!"

상당한 힐문(詰問)이었다.

도주한 골인이 누구인지 환히 아는데…… 설명할 수가 없다. 그들 무공으로는 절대 추시를 죽이지 못하는데.

나중에 들린 폭음은 분명히 지척에서 들었다. 숨 한 번 크게 쉴 동안이면 다가설 수 있는 거리였다. 그런데 감쪽같이 사라지고 없다.

물소리는 또 어떻게 설명할까? 코앞에서 들었는데 사라지고 없다니. 안개 때문에 삼 장 밖을 볼 수 없지만, 청력을 모으면 십 장 밖에서 흘리는 소리도 들을 수 있는데…… 지금처럼 사위가 조용할 때는 삼십 장 밖에서 나는 소리도 들을 수 있고.

상상할 수 없는 고수⋯⋯.

독사가 살아 있다고 해도 설명이 안 된다.

만무타배가 알고 있는 독사의 무공은 그 정도가 아니다.

"아!"

느닷없이 만무타배가 신음을 토해냈다.

"헐헐! 흐흐흐! 속았군, 속았어. 안개에 속았어. 헐헐!"

요지성녀도 불현듯 무엇인가를 깨달은 듯했다.

"호호호! 속았네. 골인들은 지금쯤 강에 뛰어들고 있겠지. 먼 곳에서. 호호호! 아주 약은 놈이야. 놈은 우리가 추시들의 시체를 보는 순간 이리 달려올 줄 알고 있었어. 호호호! 이렇게 어처구니없어서야."

사태를 파악한 만무타배와 요지성녀는 다시 여유를 되찾았다. 말투도 평소의 말투로 돌아갔다.

만무타배가 말했다.

"헐헐! 아무리 발버둥 쳐도 철망을 벗어날 순 없는걸⋯⋯."

『대형 설서린』 제6권으로⋯

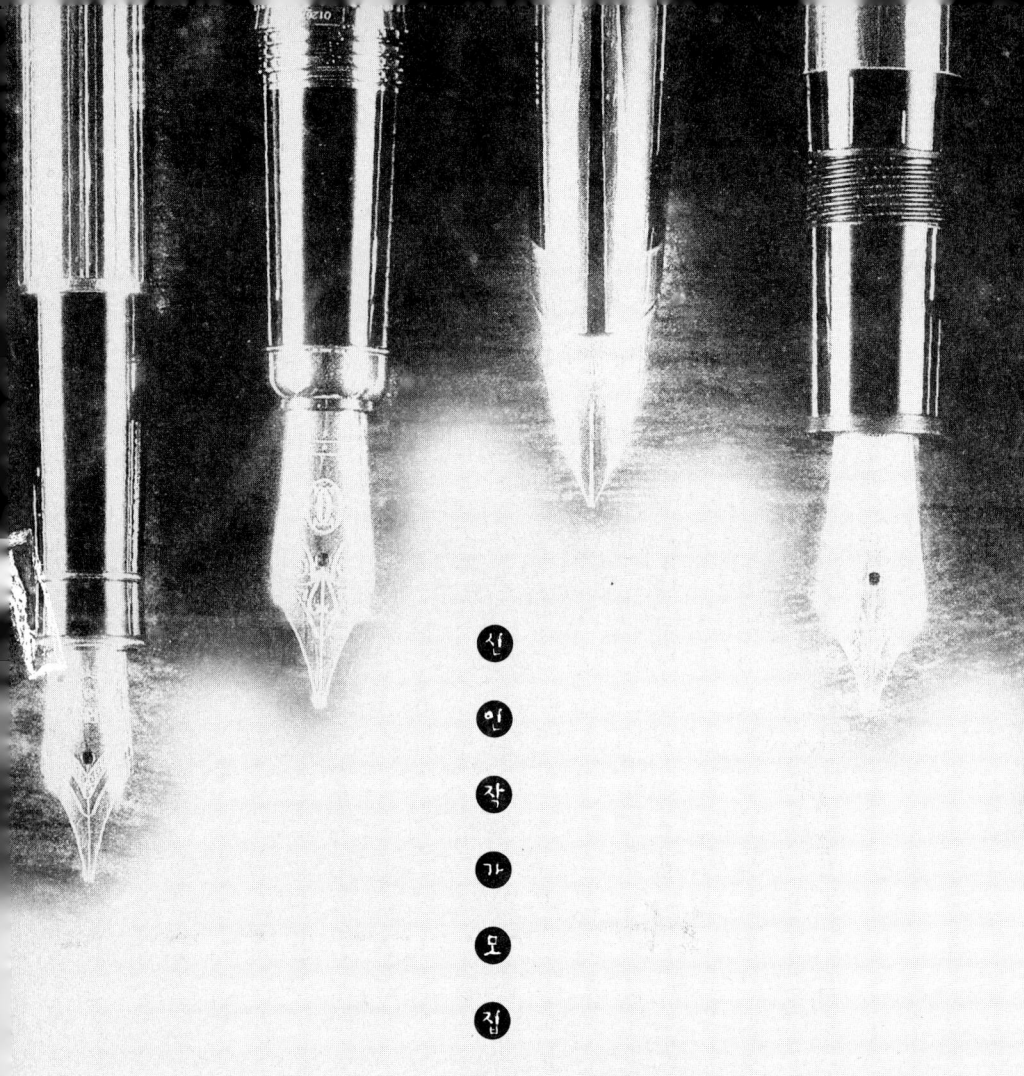